Marie Hélène

# L'OMBRE AU TABLEAU

DU MÊME AUTEUR

MORSURES, Le Passage, 2005
Prix Alain-Fournier 2006
Prix du premier roman du Rotary Club International 2006

ÉCHAFAUDAGE, Le Passage, 2007

Conception graphique : ateliersJeanGrisoni
Photographie de couverture : © Jean Grisoni

www.lepassage-editions.fr

HÉLÈNE BONAFOUS-MURAT

# L'OMBRE AU TABLEAU

*roman*

LEPASSAGE

*[Ils] ne posent pas, mais ils vous regardent.*
*Il semble que vous entriez brusquement dans la maison,*
*et que toutes ces bonnes gens, sans sortir de leur quiétude*
*ni de leur caractère, tiennent les yeux fixés vers vous.*

Sainte-Beuve

*[…] cette terreuse et brute matière humaine,*
*où luisent les regards qui nous cherchent […]*

Charles Sterling

*[…] ces êtres comme surpris soudain*
*par un visiteur qui s'approche […]*

Jacques Thuillier

## I.
## GÉRARD RATAUD

Péniblement, il souleva une paupière, puis l'autre. Le petit jour filtrait à travers les vieux volets de métal rouillé et traçait des rayures sur le linoléum. Une journée de plus à affronter. Quarante-deux ans que ça durait. Et il y en aurait sans doute encore pour un bout de temps.

À chaque réveil, c'était pareil. La première chose qui s'emparait de sa conscience, c'était son nom, Gérard Rataud. Gérard Rataud et sa surcharge pondérale, comme disait pudiquement son médecin traitant. Une sensation de fatalité pesante se réinstallait dans toute sa carcasse molle, en même temps que s'effaçait irrémédiablement le souvenir confus de rêves joyeux et légers. Ils appartenaient au domaine de la nuit et s'évaporaient avec elle. À jamais insaisissables.

Allongé sur le dos, dans le creux profond et moelleux que son corps, au fil des ans, avait imprimé au matelas, il prit une grande inspiration et, au prix d'un effort de volonté, parvint à s'appuyer sur ses coudes. Déjà le souffle lui manquait. Basculant son poids du côté droit vers le côté gauche, tout en effectuant une habile rotation, il s'allongea sur le flanc. Son ventre énorme et flasque débordait, comme la pâte d'un gâteau cuit trop vite qui cherche à s'échapper du moule en un magma informe. Il lui cachait la vue de ses jambes, mais Gérard étira son pied droit et força la contraction musculaire à monter jusqu'à la cuisse. Alors, inspirant une nouvelle fois de toutes ses forces, il combina la prise d'appui sur son coude gauche et le basculement de la jambe droite vers le sol. Son bassin pivota lentement, son buste se redressa et il se retrouva assis au bord du lit. Sorti du gouffre.

Déjà en nage, il s'accorda une petite pause. Le plus dur était fait. Il regarda le vieux réveil, les aiguilles indiquaient sept heures vingt. Gérard baissa les yeux, fixant ses pieds comme pour les encourager. Il s'arc-bouta des deux mains sur le matelas et se mit debout. Un instant il vacilla, puis l'équilibre s'établit. Mission accomplie.

Ses pantoufles enfilées, il avança à petits pas vers le réchaud. Il tourna le bouton et attendit que l'eau se mette à bouillir dans la casserole. Comme toujours, il avait pris soin de la remplir la veille. Du placard en formica il sortit un flacon de Nescafé et en versa une bonne dose au fond d'un bol. Il y ajouta deux rectangles de sucre qu'il saisit délicatement avec cette pince en argent qu'il aimait tant. Elle lui venait de sa mère. Il vida le contenu bouillant de la casserole dans le bol : la quantité exacte, pas une goutte perdue. Chaque matin, il trouvait là une grande satisfaction. Presque enjoué, il se dirigea vers la fenêtre et ouvrit les volets qui grinçaient horriblement. Il laissa les battants ouverts. L'air avait grand besoin d'être renouvelé. La cour de ciment était humide, par endroits des flaques stagnaient. Le vacarme de la pluie sur le toit en zinc de son petit studio de banlieue avait duré une bonne partie de la nuit, le maintenant dans un état étrange, à mi-chemin entre la veille et le sommeil. Il se sentait fatigué.

Il revint auprès du réchaud et s'assit pesamment sur la chaise. Le café refroidit sous ses yeux pendant de longues minutes durant lesquelles il ne fit et ne pensa rien. Il l'accompagna de six biscottes bien beurrées qui, trempées dans le breuvage, ramollissaient plaisamment et fondaient sous le palais. Comment diable s'en tenir aux directives médicales ? Son taux de cholestérol, l'insuffisance cardiaque elle-même, tout s'effaçait devant ce plaisir matinal. L'angoisse du réveil s'amenuisait peu à peu, comme broyée par l'activité tranquille de ses mâchoires. Gérard Rataud but la dernière goutte de son café froid et reposa le bol. Il retourna à la fenêtre pour la fermer.

Ses géraniums d'un beau rouge vif, eux, se portaient bien. Ils avaient profité de la pluie d'orage, bienvenue après ces jours de chaleur. Accrochés comme un étendard sous la fenêtre, ils égayaient la cour trop grise et faisaient la fierté de leur propriétaire. Gérard salua d'un geste de la main la jeune voisine qui s'en allait faire des ménages. Il avait un peu honte du spectacle qu'il offrait, dans ce tee-shirt démesuré, à peine caché derrière ses bacs de fleurs. Un autre habitant, de l'autre côté de la cour, ouvrait lui aussi ses volets. Les logements vétustes de plâtre et de bois s'empilaient tant bien que mal, augmentés au fil du temps d'extensions clandestines et de cahutes comme la sienne. Un miracle qu'ils soient encore debout : les promoteurs avaient les yeux rivés sur eux depuis des années. Gérard referma la fenêtre et tira les rideaux.

La matinée s'écoulait lentement, rythmée par le tic-tac du réveil qui lui reprochait son indolence par son petit bruit sec et nerveux. Gérard se força à agir. Contrairement à ses fleurs, il ne pouvait pas se poster sous l'ondée et attendre qu'elle le décrasse : il lui fallait traîner sa masse corporelle jusqu'au lavabo et y faire couler de l'eau tiède, juste à bonne température. Puis au moyen d'un gant attaquer les opérations – passer le linge humide imbibé de savon dans les multiples recoins de sa chair, patiemment, en l'enfilant au besoin sur une brosse à long manche pour couvrir toute la surface dorsale, sans négliger les extrémités, notamment les orteils, pourtant si difficiles d'accès. Et finir, une fois rincé et séché avec soin, par l'inévitable précaution : enduire l'intérieur de ses cuisses, là où la peau est aussi douce qu'une joue de bébé, d'une bonne couche de vaseline, afin d'éviter l'insupportable échauffement engendré par la friction des membres l'un contre l'autre. Ces efforts le laissaient pantelant. Il abordait la journée le souffle court, haletant comme un vieux cabot asthmatique. Mais au moins, il était propre.

Il vida le lavabo dont la faïence ébréchée trahissait le grand âge, y passa une éponge et fit à nouveau couler l'eau pour y laver son bol et son assiette. Il regarda les miettes de biscotte s'enfuir dans le trou noir, emportées par le courant. Quand il releva les yeux, le miroir piqué de points de rouille lui renvoya l'image d'une face enflée comme une baudruche, dont les traits réguliers n'étaient pourtant pas si désagréables. Les yeux étaient grands et d'un beau bleu ciel, curieusement ourlés de longs cils sombres. « Ouh, les yeux de fille ! » lui lançaient autrefois ses camarades d'école. En ces temps reculés, Gérard Rataud souffrait déjà de surpoids. Son tortionnaire, Christophe Favard, devenu depuis commissaire de police, l'avait surnommé « Cochonnet ». Le sobriquet lui était resté, lui avait collé chaque jour un peu plus à la peau. Son corps aurait voulu s'ébrouer, s'agiter en tous sens pour s'en défaire. Au lieu de cela, il restait immobile, comme tétanisé, et continuait à se distendre et se boursoufler. Cela avait duré jusqu'en troisième. Après quoi, il avait quitté l'école, soulagé.

Il espérait alors secrètement rester pour toujours à la maison, veillant tendrement sur sa mère, et elle sur lui, buvant son chocolat chaud à la crème, goûtant les pâtisseries qu'elle inventait à partir de trois fois rien, un reste de farine, des œufs, du sucre, du miel, des amandes ou de la confiture. Mais Sylvaine Rataud leur avait fait faux bond : à peine âgée de quarante-quatre ans, elle était tombée sans un bruit dans sa cuisine, victime d'une rupture d'anévrisme. Gérard s'en voudrait toute sa vie : il n'avait pas bougé de sa chambre de l'après-midi, allongé sur la descente de lit, absorbé par sa collection de *Pif Gadget*. Quand il était venu voir pourquoi cette odeur inhabituelle de brûlé se dégageait du four, il avait trouvé sa mère déjà passablement refroidie et le clafoutis aux pommes carbonisé. Son premier geste avait été d'attraper un torchon pour sortir le gâteau et poser le plat brûlant dans l'évier où il avait dégagé de la vapeur d'eau, avec un agréable bruit mouillé ; puis il avait appelé les pompiers et tenu, perplexe, vaguement paniqué, la main molle de sa mère dans la sienne en attendant leur arrivée. C'est seulement en les voyant l'allonger sans précaution sur une civière et la recouvrir d'un drap qu'il avait compris la gravité de la situation.

Son frère Gilbert et leur père étaient rentrés précipitamment, le premier du lycée, le second de son garage. Dans leurs bouches, les sanglots et les hoquets alternaient avec les reproches à son encontre. Ils l'accusaient d'avoir manqué de vigilance ; à les en croire, s'il avait pour une fois aidé sa mère à faire la vaisselle, elle serait restée en vie. Gérard avait alors ressenti avec une acuité sans pareille l'embarras monstrueux de son corps. Il s'était enfermé dans sa chambre jusqu'à l'enterrement, deux jours plus tard, s'alimentant uniquement en puisant dans sa réserve de carambars, et songeant, au fur et à mesure que les friandises disparaissaient, que jamais plus sa mère ne lui en offrirait, comme elle le faisait au retour des courses : de pleins sachets de longues papillotes jaune et rouge qu'il refusait toujours de partager avec son frère. Il bourrait son corps de caramels, mais au fil des heures la douleur devenait de plus en plus insidieuse. Sa chair s'emplissait d'un vide immense qui à ce jour ne l'avait toujours pas quitté. Il avait simplement renoncé à le combler.

De distants, ses rapports avec Gilbert étaient devenus franchement hostiles. Son frère aîné ne desserrait plus les dents. Il semblait une boule de nerfs, ramassé sur lui-même, perpétuellement prêt à bondir et à le rouer de coups. Gérard aurait préféré qu'il passe sa colère sur lui, le coupable, le fils indigne, une bonne fois pour toutes. Mais cela n'arriva jamais. Gilbert reprit ses études avec un mépris affiché pour Gérard. Leur père essaya bien de prendre en main l'avenir de son second fils. Il renonça assez rapidement à faire de lui le mécanicien dont son garage avait besoin. Gérard était trop balourd pour se glisser sous les voitures et l'assemblage subtil des pièces resta à jamais pour lui un secret hermétique. Le père le renvoya et se consola assez vite en se mettant en ménage avec sa secrétaire, plus jeune que leur mère de quinze ans.

Déjà dix heures dix, indiquait le réveil. On était mercredi matin. Le jour du marché. Toujours nu, appuyé d'une main au rebord de son vieux lavabo, Gérard Rataud adressa une moue amère à son reflet dans le miroir et se dirigea tant bien que mal vers la commode où il piocha des sous-vêtements, un pantalon de molleton gris et un tee-shirt blanc. Il les posa sur l'édredon et les lissa du plat de la main. L'enfilage lui prit quelques minutes, à l'issue desquelles il se sentit enfin à peu près présentable. Une fois les tiroirs refermés, les draps et le couvre-lit remis en place, la table desservie et dépoussiérée, Gérard jeta un regard circulaire sur son logement. Son cerveau aussi était parfaitement ordonné, libre de toute angoisse ; il pouvait à présent s'autoriser à sortir.

Il avançait sur le trottoir à pas lents, concentré sur ses enjambées. Le rythme pesant et mécanique l'empêchait de percevoir trop vivement la brûlure qui s'était déjà réinstallée entre ses cuisses et la pression à l'intérieur de sa poitrine. Il tenait à la main un panier en osier qui se balançait. Il parvint bientôt en vue des étals et fut saisi par le tourbillon des couleurs et des parfums. Les poulets rôtissaient, embrochés par grappes entières ; des bassines de paella fumaient, encadrées de femmes noires en boubous assortis au riz couleur safran, aux moules bleutées et aux crevettes rose orangé. Elles parlaient haut et fort et éclataient soudain d'un rire tonitruant. Certaines portaient sur leur dos de petits paquets endormis d'où ne dépassait qu'un duvet crépu, d'autres avaient délaissé les poussettes où s'entassaient, parfois à deux ou trois, des enfants blancs à l'air ébahi qui s'attiraient les foudres des grands-mères dont ils bloquaient le chemin. Les roues des caddies et celles des poussettes s'emmêlaient, une altercation s'élevait entre les petites voix chevrotantes et les timbres sonores des Ivoiriennes. Les commerçants en rajoutaient et criaient plus fort encore pour couvrir le vacarme.

Gérard se réfugia au loin, vers les fruits et légumes. Il en admira le bel ordonnancement et les amoncellements luisants. Aujourd'hui, il s'offrirait deux bananes, qu'il couperait en deux pour qu'elles lui fassent quatre desserts d'ici la fin de la semaine. Monsieur Chevrier, le traiteur, lui vendrait à bas prix le talon des jambons qu'il gardait toujours à son intention dans un bac en plastique sous son étal. Gérard regagnerait ensuite son appartement de la rue Jean-Jaurès, les yeux et les oreilles bourdonnant encore de toute cette agitation. Il reviendrait le soir après dîner, à l'heure où les commerçants rangent leurs tréteaux et chargent leurs camions, pour ramasser dans les cageots jetés à terre les quelques restes abandonnés – une pomme ou trois navets qu'il disputerait à la petite vieille un peu folle du carrefour et à la mère de famille tunisienne qui n'arrivait plus à joindre les deux bouts depuis que son mari avait eu la jambe écrasée sur un chantier. Souvent d'ailleurs, Gérard rentrait bredouille de ces expéditions : il n'avait finalement pas le cœur de dérober ces quelques victuailles dont les autres habitués avaient plus grand besoin que lui. Il les leur abandonnait.

Il mangeait surtout des pâtes à l'eau et du cassoulet en conserve. Des paquets de biscuits, aussi, qu'il achetait par dizaines à la grande surface voisine. Sa vie était une routine tranquille. La visite au marché, deux fois par semaine, en faisait partie. L'agitation bon enfant, les bruits et les couleurs le grisaient. Ce matin-là, un agréable soleil de fin d'été chauffait le goudron de la place et, depuis la fontaine, au centre, près de laquelle il s'était posté, Gérard voyait monter autour de lui une brume légère. Les millions de gouttes d'eau tombées pendant la nuit qui n'avaient pas fini leur course dans le caniveau puis les égouts, retournaient tout là-haut, vers le ciel d'où elles étaient venues, sous la forme d'une fine vapeur qui frôlait son corps au passage. Gérard était bien le seul, perdu dans le brouhaha, à percevoir ce délicat mouvement ascensionnel.

Indolent, tel un bouddha en survêtement, son panier presque vide posé à ses pieds, il sentit une extase délicieuse l'envahir. Le soleil atteindrait bientôt son zénith, très loin au-dessus de sa tête. Les yeux mi-clos, Gérard le voyait tourner imperceptiblement, lancé à l'assaut du ciel. Il était quant à lui planté en terre comme l'aiguille d'un gigantesque cadran solaire. Le monde s'ordonnait autour de lui à la perfection, chaque être et chaque chose était à sa place. L'univers palpitait, tout fusait, bougeait, s'entrechoquait, et c'était lui, immobile en son centre, qui battait la mesure. Il eut une pensée fugace pour sa mère, qui lui avait appris à ressentir cette harmonie merveilleuse.

– Eh, Rataud ! Dégage, nom de Dieu ! glapit soudain une voix à son oreille.

Gérard fut bousculé, son panier renversé. Une poursuite s'était engagée autour de la fontaine, puis dans le labyrinthe des allées qui séparaient les étals. Gérard reconnut le fromager, un petit homme rougeaud au ventre ceint d'un tablier blanc. Il avait bondi, délaissant ses fromages et sa clientèle.

– Arrêtez-le ! hurlait-il. C'est lui, on le tient !

Les commerçants tendaient le cou, perplexes, dans la direction vers laquelle pointait son doigt. Certains lui avaient emboîté le pas et tous couraient comme un seul homme. Gérard crut un instant qu'il s'agissait là d'un jeu, qu'une folie de gamins espiègles s'était emparée d'eux. Mais la rage qui se lisait sur leurs visages le détrompa aussitôt. Loin devant, se faufilant avec souplesse entre les obstacles, glissant au besoin sous les éventaires pour réapparaître soudain derrière une bâche en plastique, un enfant galopait comme si sa vie en dépendait. Il avait une main ballante, l'autre serrée contre sa poitrine, où il semblait cacher un trésor.

Le groupe d'hommes finit par se dissocier, chacun dans un coin du marché, égaré dans le dédale qui quadrillait la place. L'enfant avait disparu. Une hésitation flotta dans l'air un instant puis la meute des chasseurs se reforma peu à peu, suante et pantelante, devant l'emplacement où le fromager tenait boutique. Gérard n'avait pas bougé de son poste d'observation.

– Le salopard ! beuglait le fromager. Toute ma caisse y est passée !

– Je sais bien, moi j'y ai eu droit la semaine dernière, s'exclama monsieur Chevrier, que Gérard reconnut alors dans le groupe.

– Ça ne peut plus durer, ce gosse doit être arrêté, renchérit un boucher. On ne peut pas continuer à se faire dépouiller sans rien dire ! Y a trop de Roumains par ici ! Et vous croyez que la police se bougerait ? Il va falloir qu'on organise nous-mêmes une milice !

Sur le côté opposé de la fontaine, une fleuriste avait assemblé ses gerbes de roses et de lis, et composé des buissons odorants et touffus. Gérard l'entendit glousser et déclarer à l'adresse d'une commerçante voisine :

– Ils me font bien marrer, tous ces bonshommes ! C'est pas le premier venu qui pourra me piquer mes biffetons ! Parce que moi, voilà où je les mets !

Et elle désigna l'échancrure de son chemisier qui révélait une opulente poitrine. Gérard, la gorge un peu sèche, se dit qu'elle n'avait vraiment pas besoin de la rembourrer, même avec des billets de banque.

Les commerçants continuaient de maugréer et d'évaluer le montant des bénéfices envolés. La faute à un vaurien qui depuis deux ou trois semaines, vif comme un serpent, se faufilait sous les tables, entre les jambes de leurs propriétaires, pour dérober les boîtes de biscuits secs en métal, posées à même le sol, où dormaient les grosses coupures, ou, profitant d'une seconde d'inattention du vendeur qui rendait la monnaie en papotant avec un habitué, pour vider le tiroir-caisse avec la rapidité de l'éclair et s'enfuir à toutes jambes.

Gérard se baissa pour ramasser son panier et ébranla sa carcasse. Quelque chose, dans ce petit événement, le mettait en joie. Lui qui se déplaçait avec tant d'efforts trouvait admirable la vivacité du petit voleur dont il n'avait aperçu que la silhouette frêle tourner au coin de la rue, quelques centaines de mètres plus loin. Il revit ses cheveux châtains, ébouriffés, flottant autour de sa tête. C'était la crinière d'un animal traqué, mais épris de liberté. Avant d'obtenir ses allocations, Gérard avait lui-même assez souffert du dénuement pour comprendre que cet enfant ne devait pas avoir le choix : probablement des circonstances sur lesquelles il n'avait aucune prise le poussaient-elles à commettre ces actes. Pour lui-même, pour sa famille miséreuse, pour un malfrat qui le tenait sous sa coupe et le battrait s'il ne lui rapportait pas ce butin quotidien… Malgré tout, l'enfant bondissait comme si rien ni personne ne devait jamais l'entraver.

Sur le chemin du retour, Gérard se sentait le cœur léger, gonflé par une allégresse inconnue, comme s'il s'était lui-même faufilé sous les éventaires et avait détalé au nez et à la barbe des commerçants trop bien nourris, son pactole serré contre lui.

## 2.
## GILBERT RATAUD

Gilbert Rataud sursauta, tiré du sommeil par une main qui caressait son torse et par une chevelure parfumée qui se blottit dans le creux de son aisselle. « Merde, merde et merde, se dit-il. Ça m'apprendra à m'endormir. » Il n'avait pas pour habitude de passer la nuit chez ses conquêtes, et celle-ci, Estelle de son prénom, était sûrement du genre à se faire des idées. En ce début de journée, elle se voyait sans doute déjà pendue à son bras sur le parvis de l'église, arrosée de grains de riz et de pétales de roses, ou bien – autre scénario tout aussi prévisible –, encore et toujours accrochée à ses basques, tirant après elle, radieuse, une ribambelle de mouflets en file indienne. La colère grondait dans sa poitrine, autant contre elle que contre lui-même. Sa coupable négligence mettait à mal ses plus élémentaires principes.

La jeune fille semblait ne rien remarquer de son volcan intérieur et poursuivait ses cajoleries. Il gardait les yeux fermés, sachant bien qu'au moindre signe de rétablissement de sa conscience, il se verrait abreuvé de roucoulements ou de jérémiades – c'était selon. Elles ne pouvaient s'empêcher de remettre en route le moulin à paroles dès les premières heures du jour, et rien ne le fatiguait davantage. D'ailleurs, il était très fatigué ces temps-ci. Trop de travail, trop de temps passé dans ses bouquins pour nourrir des étudiants ingrats qui de toute façon se moquaient bien de ses efforts. Il avait envie de tout laisser tomber.

Un soupir profond comme les prémices d'un ouragan s'échappa malgré lui de sa poitrine. Zut. Il retint son souffle avec angoisse, sachant qu'une avalanche de questions allait s'abattre sur lui alors qu'il n'avait pas même ouvert les yeux : « Qu'y a-t-il, mon chéri ? Pourquoi ce gros soupir ? Tu as mal dormi ? Tu n'aimes pas que je te câline ? Tu as faim, c'est ça ? Peut-être que tu voudrais un café ? Ou un thé, alors ? Avec du sucre, ou sans ? Et un nuage de lait, qu'en dis-tu ? Et les croissants, ce serait gentil que tu ailles les chercher en bas, tu ferais bien ça pour moi, n'est-ce pas, mon amour ? » Mais non. Le silence persista. La tête d'Estelle se serra un peu plus contre la sienne et sa main poursuivit ses cercles concentriques de plus en plus appuyés à hauteur de son diaphragme. Elle était douce et habile. Ses doigts se promenaient dans la forêt brune qui le recouvrait sans tordre ou tirailler un seul de ses poils. Sans le chatouiller ni l'irriter non plus. Réflexion faite, celle-ci maîtrisait très bien l'art de la caresse. 20/20, mademoiselle. Il ne se rappelait plus quelle note il avait mise à sa dernière dissertation, mais sûrement pas le quart de ça.

La main, en se promenant sur lui, avait des circonvolutions fantaisistes qui l'amusaient presque. Il laissa sa pensée les suivre mentalement tout en récapitulant le programme sommaire de sa journée. Réunion à dix heures avec le doyen, encore des coupes sombres dans les crédits de recherche. Forcément, l'histoire de l'art n'intéressait plus personne. Et surtout, elle ne rapportait rien. Entrevue avec un étudiant qui attendait de lui une lettre de recommandation pour un stage dans un musée. Dans la foulée, liquidation de la paperasse qui dormait dans sa case à courrier depuis trop longtemps. Puis deux heures de cours magistral sur la représentation du Parnasse en France et en Italie dans la première moitié du XVII^e siècle. Un calvaire. La dernière fois qu'il avait jeté, hors de ses gonds, au rasta affalé au dernier rang : « Vous savez au moins quel est l'attribut d'Apollon, j'espère ? », le clone de Bob Marley avait répondu : « Ben ouais, évidemment, une guitare, j'suis pas une buse, quand même ! »

Les Muses. Euterpe, Melpomène, Polymnie, et toute la troupe des jolies filles. Des nymphes en robe fluide qui couraient pieds nus dans un monde idéal où il se sentait bien, aussi léger que cette main qui courait sur son ventre. Cette Estelle était gentille, au fond. Il faudrait qu'il revoie sa copie et rehausse un peu sa note. Il n'y était pas allé avec le dos de la cuiller. Leur inculture le mettait parfois dans une rage folle. Il devait être huit heures du matin. Il n'avait toujours pas envie de bouger ni d'ouvrir les yeux. À présent, il se croyait pris en main par une naïade : le corps à ses côtés ondulait doucement, se coulait contre lui ; sa chevelure le chatouillait plaisamment. La main appuyait sur sa sangle abdominale, faisait quelques incursions plus bas, remontait, redescendait, et revenait se poser sur son ventre, exacerbant l'attente qu'elle avait fait naître. Un vrai supplice de Tantale.

La nymphe le harponna soudain pour ne plus le lâcher. Elle se changea en ménade, ivre de vin et de luxure, le chevaucha brutalement sans desserrer son emprise, flagella son torse de ses seins et le regarda fixement dans la pénombre, fière et conquérante. Soumis, les paupières toujours closes, le sang battant en lui à tout rompre, il laissait la main divine le mener où bon lui semblait. Dans le jaillissement du petit matin, il comprit soudain, en un éclair qui traversa son corps et son esprit, pourquoi l'aurore avait des doigts de rose.

Des nuages flottèrent dans l'air de la pièce, légers comme son corps agréablement détendu. Lambeaux d'une nuit convulsive, voile du Temple déchiré à l'instant par le cri de jouissance qu'il s'était entendu pousser. Il se força à ouvrir un œil. Il devait bien au moins un sourire de reconnaissance à sa partenaire. Elle était allongée sur le flanc, mince, longue, presque osseuse, et le dévisageait avec un petit air de satisfaction. Tout à coup, il se demanda ce qui avait bien pu le séduire dans ce corps dont les côtes saillaient, plus indécentes que le pubis méticuleusement épilé. Elle lui tournait autour depuis longtemps, traînait dans les salles de cours et en sortait la dernière avec lui afin d'engager la conversation sous un prétexte quelconque. Ils avaient atterri dans un café, puis dans ce studio d'étudiante où l'on se cognait aux murs après trois pas. Il eut envie de se jeter hors du lit sans demander son reste, de sauter sous la douche, d'enfiler ses vêtements et de rentrer chez lui au pas de course. Retrouver son appartement capitonné de bibliothèques du sol au plafond. Une enveloppe réconfortante de savoir et de papier.

Au lieu de cela, il tapota la main d'Estelle et lui déposa un petit baiser sur les lèvres.

– C'était bien, non ? murmura-t-il.

Puis, s'appliquant à prendre un air ennuyé, il lui glissa :

– Je vais devoir y aller... Je resterais bien ici avec toi, mais j'ai une journée chargée, tu sais.

Elle se laissa rouler sur le ventre, étendit les bras en croix et reprit possession du lit qu'il abandonnait en se levant.

– Ça ne fait rien, dit-elle, je comprends, ne t'en fais pas.

Il vida presque une demi-bouteille de gel douche sous le jet d'eau chaude, récurant à la fois son corps fourbu et la mauvaise conscience qu'il sentait poindre chaque fois qu'il prenait congé de la sorte. Dieu qu'il aimait la fougue de cette jeunesse ! Il en avait un besoin irrépressible. Certaines le comprenaient, ne faisaient pas d'histoires et le laissaient filer. D'autres s'accrochaient à son cou, se traînaient par terre en pleurant, réclamaient des serments éternels ou l'abreuvaient de reproches. Il les regardait avec pitié tout en riant intérieurement à l'idée qu'elles auraient pu jouer Phèdre sur la scène de la Comédie-Française sans déshonorer Racine. C'était toujours un risque à courir. Pour cent nuits d'extase, il y avait forcément quelques matins qui déchantaient. Cette fois-ci, il le sentait, la séparation serait calme et douce. Estelle semblait tout entière à sa dévotion pour lui, respectueuse de ses moindres désirs, les devançant même. L'amour, le vrai, brillait comme un diamant dans ses yeux clairs, mais sa bouche se taisait sagement. Elle ne voulait rien mettre en danger, elle l'attendrait patiemment comme Pénélope son Ulysse. Un peu maigre, mais bien agréable, au fond.

Il sortit de la salle de bains, frais, propre, habillé, frétillant, et étonné de ressentir pour elle une telle gratitude. Il se dirigea vers le lit où elle était toujours étendue, nue, dans la position où il l'avait laissée, à ceci près qu'elle avait à présent un téléphone portable vissé à l'oreille.

– ... Ouais... Tu sais qui je veux dire... Le brun, le beau gosse que tu aimes bien... Voilà, c'est ça, Rataud, le prof d'histoire de l'art !... Mais enfin, puisque je te le dis, tu peux me croire, il est encore là, chez moi, en train de se doucher. Je ne vais quand même pas te le passer pour qu'il te le confirme lui-même ! Ben oui, figure-toi, c'était bien, il n'est pas si coincé qu'il en a l'air... Après tout, si tu veux t'en rendre compte, tu n'as qu'à l'essayer ! Il se laisse allumer comme un rien !

Gilbert sentit son sang, qui quelques instants plus tôt courait, vif et fluide, dans ses veines, se gélifier instantanément. Il attrapa sa sacoche sur le canapé, ravala stoïquement son orgueil bafoué et s'en alla sur la pointe des pieds, sans même dire adieu à la nymphe perverse qui continuait de s'esclaffer dans l'appareil. De toute façon, il la reverrait au cours de seize heures.

Affronter la foule d'un autobus ou d'un métro était au-dessus de ses forces. Il opta pour la marche. Une bonne demi-heure, à condition d'aller d'un pas vif, séparait le studio de l'étudiante de son appartement, situé dans une petite rue d'où il voyait le dôme du Panthéon. Pour rien au monde il n'aurait habité ailleurs que dans le Quartier latin. Il s'y sentait chez lui ; mieux, c'était pour lui un devoir : les murs de la Sorbonne où il enseignait n'étaient pas loin. Là, tout le ramenait à sa raison de vivre, à son *alma mater*. Le réseau étroit des rues qui descendaient de la montagne Sainte-Geneviève était comme un cordon ombilical qui le voyait passer chaque matin sur les traces de ses frères, les maîtres et les collégiens d'autrefois. Abailard, Ronsard, Baïf, du Bellay et même ce mauvais drôle de François Villon lui tenaient compagnie. Quand par les nuits d'insomnie il sortait prendre l'air, il lui semblait voir se glisser des ombres austères de moines dans les encoignures de portes. À ses oreilles résonnaient des répons en latin venus du chœur profond des chapelles, mêlés aux cris avinés des coupe-jarrets et au pas cliquetant des chevaux sur le pavé.

Le jour, son cœur saignait à la vue des boutiques de vêtements ou de babioles qui évinçaient peu à peu les librairies et les vieux cinémas poussiéreux. Sur le boulevard, en été, des flots de musique barbare et des bouffées d'air glacial agressaient ses sens, se précipitant sur lui depuis la porte de tous ces magasins climatisés conçus à l'identique. Il se demandait qui l'on espérait séduire : des eskimos dégénérés, sans doute. Il n'en faisait pas partie. Il n'avait que quarante-cinq ans, mais se sentait âgé de mille. Dépositaire d'un savoir inutile, réfugié dans sa tour d'ivoire d'où il ne sortait que de temps en temps pour goûter à la chair chaude des jeunes filles, espérant toujours secrètement en dénicher une, un jour, dont les charmes seraient irrésistibles et le cerveau en état de marche. La combinaison semblait introuvable. Éternellement déçu, il ne pouvait pourtant renoncer à son penchant et entamait chaque année universitaire avec l'ardeur et l'espoir d'un cerf esseulé au sein d'un troupeau de biches, détaillant du haut de son estrade les minois, les courbes et les grains de peau. À la première œillade, il bramait en silence et se préparait à l'assaut.

La marche rapide et la dépense de la nuit lui avaient mis l'estomac dans un étau. Sa tête se faisait nébuleuse, il lui fallait se sustenter. Il s'arrêta dans un café face aux grilles du Luxembourg. À l'intérieur du jardin, on avait emprisonné des joggers pathétiques qui tournaient en rond, rouges et suants, un baladeur vissé aux oreilles. Ils semblaient suivre en bons soldats les ordres dictés à leur conscience affaiblie par un dieu qui les téléguidait depuis son Olympe électronique. Gilbert commanda un grand crème et deux tartines beurrées. Il tira de sa sacoche de vieilles notes de cours qu'il n'avait pas vraiment eu le temps de relire. Son premier chapitre, mi-manuscrit, mi-dactylographié, s'intitulait « Là-haut sur le Parnasse ». Il énumérait pour commencer les montagnes mythiques, Golgotha, mont Thabor, mont Ararat. C'est toujours en hauteur que se passaient les sacrifices, les transfigurations, les sauvetages improbables. Et que dire des dieux grecs, qui partousaient joyeusement, bâfraient comme des chancres et se bouffaient le nez, là-haut, si haut qu'ils touchaient le ciel et avaient la tête dans les nuages ? Gilbert avait beau vivre lui aussi au dernier étage, parmi ses livres, sous les toits, là où en été le zinc surchauffé faisait grimper le thermomètre de son salon à quarante degrés, il ne ressentait rien de cette élévation sublime.

Il laissa tomber le paquet de feuilles sur la banquette. Sans conviction, il trempa son pain dans sa tasse. Après quelques bouchées, l'appétit lui manquait déjà. Personne ne pourrait dire qu'il avait quoi que ce soit de commun avec son obèse de frère. Le miroir qui recouvrait le pilier près de sa table lui renvoyait une image autrement plus flatteuse qu'il scruta avec satisfaction : le cheveu châtain foncé, doté de cet épi rebelle qu'il avait transformé en mèche de poète romantique ; les yeux d'un gris presque transparent, frangés de longs cils noirs ; la barbe d'un jour, râpeuse, virile, érotique à souhait ; la chemise à fines rayures, la veste de lin clair juste froissée comme il fallait, le cou négligemment entouré d'une lavallière rouge du meilleur effet. Il accrocha le regard de la serveuse qui lui confirma ce qu'il savait. Les femmes ne pouvaient rester insensibles à sa personne.

Un groupe qui parlait haut et fort vint se poser un peu plus loin, sur les sièges à sa gauche. Gilbert haussa le sourcil en reconnaissant trois collègues de son département d'histoire de l'art. Il se replongea dans ses notes pour mieux refouler les inévitables interpellations qu'ils ne manqueraient pas de lui lancer à travers la salle presque vide. Mais le petit groupe était trop absorbé par sa conversation sur les nouveaux barèmes de notation pour même lui jeter un regard. Froissé de leur indifférence, Gilbert les observa de loin. Le plus virulent des trois était un spécialiste des cubistes tchèques du nom d'Alexandre Dumas, qui vivait très mal l'homonymie avec son illustre prédécesseur. Elle l'avait aigri et rendu vindicatif, et à chaque interrogation d'un novice – « Alexandre Dumas, vous voulez dire, comme ?... » –, il rétorquait : « Eh bien oui, comme l'autre, qu'est-ce que vous voulez que je vous dise ? Mon père aurait mieux fait de s'appeler Dupont, ou même Dostoïevski, au moins j'aurais eu la paix. Au lieu de ça, ce salopard, il a fallu qu'il me prénomme Alexandre. Il adorait *Les Trois Mousquetaires*, et ça le fait encore rigoler aujourd'hui dans sa tombe, sa bonne blague. » Le second professeur attablé était un petit vieux racorni qui avait écrit en tout et pour tout un unique article sur Chassériau dans les années soixante et qui le resuçait, le recrachait par tous les bouts depuis quarante ans, au point qu'il devait en être arrivé à en projeter les cinq mille mots en l'air pour les regarder retomber et s'assembler dans l'ordre voulu par le hasard – « Mourir marquise vos yeux beaux d'amour me font... »

La troisième personne avait d'ailleurs des yeux à mourir d'amour : Gilbert l'avait croisée quelques semaines plus tôt à la réunion de rentrée. C'était une toute jeune chargée de cours à la plastique irréprochable et au regard vif, de couleur noisette, souligné de minuscules taches de rousseur éparpillées sur les pommettes. Elle évoquait un fruit d'automne qui croque sous la dent, la douceur du panache de l'écureuil, des senteurs de feuilles mortes qui descendent délicatement dans la brise pour venir former un tapis accueillant sous les pieds, dans les derniers rayons du soleil.

Gilbert tapota ostensiblement sa liasse de papiers sur la tranche pour les égaliser à même le marbre de la petite table, espérant lui envoyer par là des signaux propices : ceux d'un homme important, énergique, organisé. Mais elle ne tourna pas une seule fois la tête vers lui.

Alors il laissa tomber sa pile de feuilles, jetant mentalement son cours aux orties. Il tira de sa poche intérieure son carnet de cuir patiné, cet ami fidèle doux au toucher, et pensa très fort à Isaac. Aussitôt, il se sentit mieux.

## 3.
## LE FUNAMBULE

Les beaux jours étaient déjà loin. Au petit matin, une fraîcheur piquante se faufilait par tous les interstices, envahissant le logement exigu. Novembre s'installait et rendait les levers de plus en plus difficiles. Le froid du carrelage, sous les pieds, était une torture supplémentaire. Les géraniums, dans leur bac, avaient abdiqué et laissé choir leurs pétales. Gérard les avait délicatement ramassés puis jetés à la poubelle comme s'il enterrait des êtres humains. À présent, il ne restait de ses plantes que des doigts difformes et noirs qui sortaient de la terre. Gérard se forçait à ouvrir ses volets, mais au fond il serait bien demeuré dans la pénombre. La dernière visite à son médecin ne l'avait guère réjoui : « Je dois être franc, votre cœur m'inquiète... Il ne bat pas comme il faut... Parfois même, il fibrille. Vous voyez ces courbes ? Ce n'est pas bon signe. Quant à votre cholestérol et à votre diabète, ils s'aggravent. À ce train-là, mon pauvre ami, si nous ne faisons rien, vous ne verrez pas vos cinquante ans. » La liste des médicaments s'était encore allongée sur l'ordonnance. Pendant qu'il attendait son tour à la pharmacie, il écouta les explications que l'on donnait à un homme qui s'était brûlé la main droite. Enrouler la gaze de la main gauche sur son membre endolori, après y avoir appliqué la pommade, n'était visiblement pas une mince affaire. Tenant ses papiers du bout des doigts, Gérard se vit soudain dans l'antichambre des morts. Bientôt on allait lui aussi le transformer en momie, l'éviscérer, supprimer ses organes déficients, le nettoyer de l'intérieur, l'enrubanner des pieds à la tête et le ranger dans une boîte taillée à son gabarit. « Bon courage, songea-t-il aigrement, je ne voudrais pas être celui qui s'y colle. Il y en a pour des heures de boulot et des kilomètres de bandelettes, avec moi ! »

De retour chez lui, il resta un long moment assis sur son lit. L'envie le prit d'appeler son frère Gilbert à qui il n'avait pas parlé depuis de longues années. Il risquait de mourir sans jamais l'avoir revu. Après tout, c'était peut-être dommage. Avec un peu de chance, ils pourraient parler posément du passé : Gilbert comprendrait, il lui pardonnerait. Il viendrait le veiller à l'hôpital quand son cœur le lâcherait pour de bon, il l'embrasserait sur le front, sans dégoût, en lui fermant les yeux d'un geste tendre. Au pied du lit, il y aurait aussi son père, à présent un vieillard, qui verserait des larmes en songeant à ce fils retrouvé trop tard, qu'il avait si longtemps abandonné à son sort. Ce serait à son tour de connaître le remords et de n'en plus dormir jusqu'à la fin de ses jours.

Des bruits provenant de la cour vinrent agacer ses oreilles. Quelqu'un avait ouvert en grand la porte d'un appartement du deuxième étage, en face, inoccupé depuis un an. Gérard le voyait de sa fenêtre, semblable aux quelques autres logements voisins, desservi comme eux par une coursive en bois terminée tout au bout par un escalier mal entretenu qu'une petite vieille, un jour, avait dévalé par accident, se cassant le col du fémur et dégringolant du même coup en deux mois dans la tombe. Aujourd'hui, une nuée d'enfants grimpait et redescendait les marches à vive allure, les bras chargés de sacs et de paquets mal ficelés qu'ils déposaient à l'intérieur. D'en bas, une femme visiblement enceinte leur distribuait des consignes en désignant les colis. Quand tout fut monté à l'étage, elle entreprit avec peine l'ascension à son tour. Là-haut, les enfants trottaient sur la coursive, se penchaient par-dessus la rambarde, excités comme des voyageurs à bord d'un paquebot en partance, entrant et sortant de l'appartement. Quand la femme pénétra à l'intérieur, ils se rassemblèrent autour d'elle et Gérard vit qu'ils n'étaient que trois, là où il avait cru voir une horde piaillante. Deux fillettes âgées de quatre à six ans, et un garçon un peu plus vieux, pas tout à fait adolescent.

Le calme revint dès que la porte fut refermée sur eux. Gérard se souvint alors des propos d'une voisine qu'il avait entendus quelques jours auparavant : « Oui... la propriétaire a accepté de le leur louer à vil prix, par charité chrétienne, comme elle dit. La petite dame attend son quatrième, le père a fichu le camp. Il y en a, je vous jure, ce sont de vrais salauds, elle ne va quand même pas rester à la rue avec les mômes ! »

Gérard souleva plusieurs fois les rideaux, dans la journée, pour voir les formes aller et venir derrière les vitres de l'appartement, là-haut, au centre de la coursive. Vers le milieu de l'après-midi, les petites filles vinrent jouer à la marelle dans la cour. Elles étaient blondes, avec des voix aiguës, et leurs cheveux d'ange volaient autour d'elles tandis qu'elles sautaient à cloche-pied vers le ciel. Le garçon dégringola les marches un peu plus tard, comme poussé par une bourrasque, et fila vers la rue. Sa mère, penchée par la fenêtre, lui cria d'une voix lasse :

– Ne rentre pas trop tard, hein, je vais encore avoir besoin de toi pour ranger !

La nuit tombait déjà quand il réapparut, courbé vers l'avant, ses deux mains serrant contre sa poitrine une chose, ou peut-être un être vivant, qu'il courut déposer dans son nouveau logis. Gérard crut entendre des cris qui ressemblaient à des reproches maternels, avant qu'il ne referme la porte. Puis le calme se fit.

Comme tous ses voisins, Gérard se laissait bercer par le ronronnement de la télévision quand, vers vingt-deux heures, des fourmis se mirent à grouiller dans ses jambes. Le sang circulait mal dès qu'il restait immobile un peu trop longtemps. Il reposa le sachet de marshmallows qu'il avalait sans trop y prêter attention et entreprit de soulever sa carcasse en s'agrippant aux accoudoirs de son vieux fauteuil au velours râpé. Il fit quelques pas vers la fenêtre de la cuisine et écarta le voilage. Sur le ciel clair, presque turquoise, se détachait le disque de la pleine lune. Le bâtiment d'en face dessinait une masse sombre, irradiée en son sommet par un nimbe étrange tombant de l'astre. Gérard ne bougeait plus. Il lui semblait que s'il retenait son souffle assez longtemps, le halo lumineux allait s'étendre, envahir l'espace et venir jusqu'à lui pour le caresser de son rayon pâle, le transformant en un être divin, pareil à ces saints sur les vitraux des églises qui se tiennent bien droits dans leurs robes, la tête enveloppée de rayons. Surhumains. Sublimes. Et légers surtout. Aériens comme si leurs pensées pures avaient transfiguré, aboli leur corps. Gérard regardait le faîte du toit avec extase. Il lui sembla soudain que l'antenne de télévision se mettait à trembler.

Elle remuait de plus en plus, agitée de vibrations. Gérard vit alors une forme se détacher sur le ciel telle une ombre chinoise, se redresser, prendre de l'assurance et déployer son corps.

C'était un enfant. Il avançait à présent, un pied devant l'autre, les bras à l'horizontale pour faire balancier, comme un funambule sur son fil. Au bout d'un moment, il se mit à sautiller, ses cheveux voletant autour de sa tête. Il se croyait sûrement seul au monde, dans sa danse nocturne sur fond de disque lunaire. Pas un instant Gérard ne pensa qu'il allait tomber et se rompre les os sur le ciment de la cour. Il avait déjà vu cet enfant courir, leste comme un cabri. Dans les escaliers, sur la coursive. Et même, oui, il en était sûr à présent, entre les étals du marché, au nez et à la barbe des commerçants furieux. C'était bien la même silhouette frêle, rapide et sûre d'elle.

Le petit funambule fit quelques allers-retours au sommet du toit, s'arrêta un instant pour scruter l'horizon depuis son poste d'observation, puis s'accrocha à l'antenne et disparut vers le bas. Gérard vit l'ombre glisser le long de la coursive, pousser la porte de l'appartement du deuxième au centre, se faufiler à l'intérieur puis la refermer. Un nuage massif vint se placer devant la lune et la nuit retrouva son opacité. Gérard laissa retomber le voilage. Il éteignit la télévision qui vagissait au pied du lit, souleva l'édredon et se glissa pesamment sous les draps. Le sommeil eut du mal à venir : il se sentait lourd, si lourd, écrasant son matelas de tout son poids. Quand il sombra, il avait encore dans les yeux la petite silhouette qui dansait sur le ciel irradié par la lune.

## 4.
## LA VOYAGEUSE DE LA NUIT

Le colloque touchait à sa fin. Gilbert se renversa sur sa chaise et bâilla ostensiblement pour signifier à ses collègues à quel point il les avait trouvés ennuyeux. La jeune universitaire qui entamait sa conclusion était d'une laideur repoussante : lunettes immenses, cheveux noirs coiffés en nattes souples pour tenter de faire oublier le duvet qui lui descendait sous les oreilles et lui dessinait un début de collier de barbe – problème hormonal, à coup sûr, déduction corroborée par les boutons qui lui décoraient le menton, violacés à force d'être triturés. Pourtant, elle arborait une poitrine ample et rebondie sous son pull à col roulé rose fuchsia. Un instant, Gilbert ne vit plus rien d'autre. Fatigué de ces deux jours passés à subir le défilé des intervenants qui interprétaient chacun à sa façon, par le prisme étroit de son sujet de recherche, le thème rebattu de « Mécénat et création », il imagina qu'il appuyait sa tête lasse au creux de cet oreiller providentiel. Mais rien ne vint, hormis une vague nausée. Il ne se sentait vraiment pas le courage d'entreprendre la jeune personne, et lui souhaita mentalement de trouver au moins un couvent accueillant où elle pourrait cacher sa disgrâce physique tout en laissant turbiner son cerveau à tout rompre, loin du monde. Elle faisait preuve d'une effrayante agilité à moudre les concepts et à relier entre eux, sans craindre l'anachronisme, Laurent le Magnifique, Richelieu et François Pinault.

Son regard glissa vers sa jolie consœur italienne, Carla di Paolo, à qui il adressa un sourire propitiatoire. On ne savait jamais. Elle l'avait agréablement bercé, la veille, à l'heure de la sieste, après un déjeuner bien arrosé, en exposant les raisons de l'installation de Poussin à Rome. Rien qu'il ne sût déjà, mais la façon qu'elle avait d'émailler son discours de citations grecques et latines, roucoulées d'une voix grave, avec son charmant accent rond et lisse, l'avait enchanté, autant qu'une aria entendue dans le noir à l'Opéra. Il avait d'ailleurs fermé les yeux pendant quarante minutes, jusqu'à ce qu'une bourrade d'Alexandre Dumas, assis à sa gauche, le ramène à la réalité. Encore un qui voulait que personne ne rate une miette de son intervention. La belle affaire : tout ce qu'il avait trouvé à dire, c'était que ses cubistes avaient œuvré dans l'ombre, sans jamais recevoir aucune aide de l'État, indifférent à leur sort. « Totalement hors sujet, mon pauvre ami. »

Tous les yeux se tournèrent vers lui, attendant le mot de la fin. Il avait dirigé la séance du jour, s'évertuant à lier chaque exposé au suivant, un vrai mariage de carpes et de lapins, au prix d'une épuisante gymnastique intellectuelle. Il était dix-huit heures. Les participants attendaient enfin leur récompense, le cocktail qui leur était promis à l'hôtel de ville, dans la Salle des Illustres. Il fallait le reconnaître, l'université de Toulouse faisait les choses en grand. Gilbert bredouilla quelques phrases de remerciements, déjà couvertes par les raclements de chaises et les bribes des conversations qui s'amorçaient. Tous se précipitèrent au-dehors, où un autobus spécialement affrété les attendait.

La réception, sponsorisée par Airbus Industrie, qui avait

aussi imposé le thème du colloque, était bien au-dessus de la moyenne. Partout de petits avions en pâte d'amande s'apprêtaient à décoller des tables. Un orfèvre inconnu avait même sculpté une fusée dans un assemblage de concombres et de carottes. Gilbert lui cassa le nez et le trempa dans la sauce aux crevettes. L'alcool aidant, les langues se déliaient.

– Ils auraient quand même pu nous offrir le voyage en avion ! Peut-être que là au moins, on les aurait pris au sérieux !

« Ingratitude caractérisée », pensa Gilbert en vidant sa flûte de champagne rosé. Il errait dans la salle immense, faisant le vide en lui-même pour se purger de ces deux journées, constatant que pas un de ses collègues ne prêtait attention aux sublimes fresques qui les entouraient.

Circulant nonchalamment de groupe en groupe, sirotant son deuxième verre, il écoutait. Et ce qu'il entendit, dissimulé dans le dos d'Alexandre Dumas qui causait avec deux autres professeurs parisiens, le pétrifia.

– Oh, vous savez, personne ne votera pour lui : franchement, un directeur du département qui s'est envoyé toutes les étudiantes, vous trouvez que ça ferait sérieux ?

L'une des voix répondit :

– Notez, il paraît qu'il préfère les blondes ! Il nous reste les brunes !

Et un grand éclat de rire secoua le trio. Pour se trouver une contenance, Gilbert leva les yeux au ciel. Il lui sembla qu'une avalanche de nymphes en robes colorées allait lui tomber sur la tête. Ainsi donc, son sort était décidé. Il attendait beaucoup de cette élection, il avait même eu en privé des garanties de ces traîtres. Mais il était clair qu'Alexandre Dumas cherchait à lui damer le pion.

– D'ailleurs, poursuivait-il, quels travaux a-t-il publiés depuis cinq ans, dites-moi un peu ? Pas l'ombre d'un article, alors, franchement, que peut-il bien comprendre aux enseignants-chercheurs et aux crédits de recherche ? Et il n'a que trois étudiants en thèse. On ne peut pas dire qu'il en fiche très lourd. Non, non, mes amis, si vous me choisissez comme directeur, vous serez autrement mieux lotis !

Gilbert, l'estomac retourné, alla se chercher un autre verre, heurtant presque au passage la fille au pull rose qui, encouragée par le champagne, lui décocha un sourire qu'elle voulait ravageur. Décidément, sa réputation commençait à lui jouer de mauvais tours. Au loin, près du buffet, Carla di Paolo faisait les yeux doux à un spécialiste des enluminures médiévales. Il sentit la colère monter en lui. Qui étaient-ils donc, ces gens, pour le juger ? Que savaient-ils réellement de sa vie ? Ils jalousaient ses conquêtes, voilà tout. Quant à son travail de recherche, ils ne soupçonnaient même pas qu'il en eût entamé un. Cela lui convenait, de passer pour un expert en peinture italienne, sur la foi de ses publications de jeunesse. Il avait la paix, il enchaînait les heures de cours, et le soir, il replongeait dans le seul sujet qui le préoccupât vraiment. Personne ne le connaissait. Ils verraient bien, tous, quand il publierait son opus définitif. De quoi bouleverser l'histoire de l'art pour un bon bout de temps !

La foule de ces professeurs aux joues échauffées, presque écarlates, l'écœurait. Il devait sortir prendre l'air loin de ces malveillants. Il se retrouva seul, dans le froid, sur la place du Capitole. Son hôtel n'était qu'à quelques rues de là. Il décida d'y retourner pour rassembler ses affaires avant de rentrer à Paris par le train de nuit. La soirée n'était pas propice aux ébats et il voulait surtout ne plus voir les têtes de ses collègues.

Après avoir échangé son billet, il patienta dix minutes sur le quai, sautant d'un pied sur l'autre pour se réchauffer. Il était un peu plus de vingt-deux heures. Carla était probablement sur le point de conclure avec le médiéviste. La garce. Le train entra en gare, freinant avec un long cri strident. Gilbert s'engouffra dans le wagon et, sans tenir compte de sa réservation, s'empressa de trouver un compartiment presque vide. Il jeta son sac sur l'une des deux couchettes inférieures et s'allongea tout habillé sur l'autre. Ce n'est qu'une fois à l'horizontale qu'il s'aperçut que l'étage supérieur était occupé. Une épaule féminine dénudée, sur laquelle tombait la lumière d'une veilleuse, laissait apparaître un petit tatouage représentant un trèfle à quatre feuilles : « Peut-être mon jour de chance, malgré tout », se surprit à penser Gilbert. Se sentait-elle observée, ou voulait-elle jauger elle aussi le nouvel arrivant ? La dormeuse se retourna, dans un bouillonnement de chevelure mousseuse, et laissa son regard tomber sur lui dans la pénombre. Une seconde d'incrédulité s'écoula, suivie d'une reconnaissance réciproque, comme un éblouissement.

– Vous ici ? Mais comment est-ce possible ? dit-elle.

– Je vous retourne la question ! rétorqua-t-il. Je ne vous ai pourtant pas vue au colloque ! Comment se fait-il que nous prenions le même train ?

– Je rentre de Narbonne où ma grand-mère a été enterrée hier. C'était quand même plus important que votre grand-messe ! De toute façon, je ne vois pas ce que j'aurais pu dire sur un sujet aussi bateau.

Les yeux noisette s'étaient voilés de tristesse. Gilbert se sentit soudain un peu stupide. Il relança la conversation :

– Je suis désolé pour votre grand-mère. J'espère que tout ça n'a pas été trop pénible. Dites, je ne sais même pas votre nom... Moi, c'est Gilbert Rataud. Je vous ai vue, l'autre jour, au café, près du Luxembourg, avec nos chers collègues du département.

– Je vous connais, vous savez. J'ai lu certains de vos écrits, notamment sur les Carrache et les peintres de Bologne.

– Cela ne me dit toujours pas comment vous vous appelez.

– Je m'appelle Flore. Flore Duchaussoy. Je fais le bouche-trou auprès de vos étudiants... J'assure les cours que personne d'autre ne veut dispenser. Baroque et classicisme ; le paysage au XVIIIe siècle ; la ligne romantique... Enfin, vous voyez, quoi, les grandes catégories.

– Il y a longtemps, je vous l'avoue, que nous n'avions eu une chargée de cours aussi charmante !

La voyageuse esquissa une petite moue qui le déstabilisa. Zut. Il était vraiment trop prévisible.

– Vous êtes gentil, dit-elle, mais là, il faut vraiment que je dorme. Ces dernières journées m'ont épuisée. Je déteste les cimetières. Alors, à demain matin !

Et elle se retourna dans une brusque volte-face, dévoilant à nouveau le trèfle à quatre feuilles sous la fine bretelle du débardeur, entre deux longues mèches de cheveux. Puis elle éteignit la veilleuse et replongea dans l'ombre.

Gilbert se rallongea sur le dos, les yeux ouverts, et se laissa bercer par le mouvement régulier du train. Au souffle paisible de la passagère, il comprit qu'elle s'était assoupie. Les petites secousses imprimèrent peu à peu un rythme lancinant à son corps et il ferma les paupières. Dans son esprit agréablement ensommeillé se mélangèrent des images confuses : pull en mohair rose vif et verres qui tintent ; arcades, colonnes, plafonds à caissons où courent des femmes dénudées ; plus nette, soudain, une vision du *Triomphe de Flore* où la déesse couronnée par les angelots de Poussin a pris les traits de la passagère de la couchette supérieure et reçoit des brassées de fleurs. Son char avance, cahotant, il se confond avec le wagon envahi d'une odeur de ballast et de métal qui grignote les kilomètres dans la nuit, et Gilbert se dédouble, ne sait plus s'il voyage roulé en boule à ses pieds ou s'il est Ajax vibrant dans son armure, qui lui tend les œillets qu'elle accepte avec grâce. Les fleurs volent en gerbes, lis, roses, narcisses, tandis que le train ahane. Les pétales retombent comme un duvet sous ses pieds qui ne touchent pas le sol et se posent sur un lac qui forme une flaque noire. Il flotte, il n'est pas seul, il se sent bien. Le jeune Isaac est avec lui, il le regarde depuis la berge. Les femmes rient au loin, Gilbert vogue, le train roule, Isaac est là. Gilbert s'endort d'un sommeil profond. Par réflexe, il a posé sa main droite sur la poche où il garde son petit carnet. Il ne bougera pas.

## 5.
## LE CALEPIN

« Et merde pour Melchior ! »

C'était ce qu'il avait inscrit en travers de la première page du calepin en cuir relié. Jusqu'alors, il avait toujours pris ses commandes au sérieux. Cette fois-ci, Melchior l'avait énervé. Il ne lui avait pas laissé le temps de souffler. Il l'avait pris à la gorge. Et lui, Gilbert, devait être au garde-à-vous. Merde pour l'emmerdeur. Il l'avait marqué comme une vaine provocation sur ce carnet que personne ne lirait jamais, à part lui. En fait non : plutôt comme un encouragement adressé à lui-même. Il obéissait, d'accord, mais il n'était pas à sa botte. Il ferait son boulot, mais ce serait bien la dernière fois. Comme un mafieux qui s'apprête à se repentir. À basculer de l'autre côté, quitte à tout perdre. Merde, et tant pis pour les risques. Ces quatre mots à l'encre, sur la feuille quadrillée, lui redonnèrent soudain une meilleure opinion de lui-même.

Melchior de la Vrillière, Melki pour les intimes, était un drôle de loustic : un voleur de vieilles dames, un pilleur d'épaves. Sa particule lui servait de clé pour s'introduire dans la bonne société. Il prenait son air sagace. On avait confiance en lui. Un jour, Gilbert l'avait accompagné lors d'une de ses visites. Édifiant. Lugubre, muet, Melchior avait parcouru l'appartement à l'abandon où l'aïeule somnolait dans un coin pendant que ses futurs héritiers faisaient évaluer les biens qui leur reviendraient sous peu. Il avait arraché d'un air dégoûté un bout de peinture qui s'écaillait sur le mur, feignant de lever les yeux jusqu'au tableau accroché là, au-dessus ; puis il avait lâché d'un ton condescendant :

– Celui-ci, à la rigueur, mais c'est vraiment pour ne pas m'être déplacé pour rien… Et puis, allez, tant que j'y suis, la paire de miniatures qui est dans le salon, même si elles sont très sales…

Le fils de la vieille avait disparu dans la cuisine, puis était revenu muni d'un sac en plastique : Melchior avait déjà décroché les œuvres, les avait emballées dans un drap de lin brodé dégoté du bout des doigts au fond d'une armoire. Le fils n'avait rien osé dire – sa femme lui avait bien stipulé qu'elle voulait récupérer le linge et la dentelle mais le marchand en imposait. Il avait plié son grand corps en deux pour s'asseoir à la table du salon encombrée de vieux papiers, puis il avait sorti un chéquier de sa poche intérieure, griffonné des chiffres du bout de son stylo en or et lui avait tendu le paiement : dix mille euros. Le fils s'était confondu en remerciements, le souffle soudain court, le rouge aux joues. Il n'en attendait pas tant. Cela changeait tout. Pourquoi mettrait-il ses frères et sœurs au courant ? Ils penseraient naturellement que c'était un coup de l'aide-soignante, ou de son mari. Il y aurait des pleurs et des grincements de dents, mais on ne pourrait rien prouver. Il avait empoché le chèque. Melchior s'était levé, dépliant sa silhouette de grand croque-mort. La chaise avait grincé, on aurait pu croire que c'étaient ses os, il était déjà sur le palier. En passant il avait incliné la tête devant la vieille qui marmonnait dans son fauteuil. Ni lui ni elle n'étaient dupe.

– Allez, vieux, ramène-toi en vitesse. Et je me fous de savoir qui tu as dans ton plumard !

Voilà ce qu'il lui avait braillé dans le combiné quelques semaines plus tôt, excédé qu'il ait décroché après cinq sonneries. Il avait tort, Gilbert était plongé dans de sages lectures. Comme Melki ne supportait pas d'attendre, il avait filé rue Sainte-Anne. Il était son ange gardien, le cerveau qui l'éclairait dans les ténèbres. Si Melki l'appelait, c'est qu'il n'avait pas la réponse. Son savoir était immense, mais parfois il achoppait, trop impatient pour se plonger dans de longues recherches, trop pressé pour se permettre d'hésiter, de tâtonner, puis de trancher : c'était Gilbert qui s'y collait.

Il avait sonné, la porte s'était ouverte d'un coup sec. Comme toujours, la pénombre régnait. Le propriétaire des lieux se réservait l'avantage des prédateurs qui dorment depuis longtemps dans la grotte et guettent leur victime, un instant déroutée par le passage de la lumière du jour à la nuit. L'envers exact de la caverne de Platon, en somme. Son œil à lui était accoutumé aux murs laqués de noir, à l'épaisse moquette sombre. Celui de Gilbert s'y habituait lui aussi de plus en plus rapidement à chaque visite. La pièce était carrée et faisait comme un écrin de velours, ou l'intérieur d'un cercueil. Sur les murs, à intervalles réguliers, de petits projecteurs éclairaient délicatement les toiles, chacune baignant dans un faisceau de lumière à sa juste mesure. On se serait cru dans une chambre optique percée de trous ouvrant sur les vues ainsi disposées. Melchior était vêtu de noir de pied en cap, évidemment. Il était grand et maigre, avec un nez busqué et une chevelure brune qu'il ramassait dans un catogan.

– Bon Dieu, t'en as mis un temps ! Mais qu'est-ce que tu foutais ?

Gilbert n'avait pas répondu. De toute façon, il n'aurait eu aucune excuse à avancer : le taxi avait évité tous les pièges de la circulation, fluide en ce samedi matin, et il n'aurait pas pu aller plus vite.

– Enfin, pose ton séant, grommela le marchand en lui désignant le fauteuil trônant devant son bureau.

Il avait pris place dans le sien, de l'autre côté. Entre eux, le sous-main de cuir, vert bronze sur acajou luisant. Et sur le sous-main, une petite scène peinte sur cuivre, que Gilbert avait soulevée avec précaution. Melchior n'y était pas allé par quatre chemins :

– Bon, qu'est-ce que t'en dis ? Le Nain ou pas ?

Gilbert était alors plutôt absorbé dans Poussin, Le Lorrain, Dughet et leurs suiveurs. La petite scène de bamboche offrait un plaisant contraste, après toutes ces prairies et montagnes italiennes aux lointains azurés : dans une cour de ferme, un gamin en guenilles jouait du chalumeau, tandis que tout autour des paysans s'agitaient, riaient, buvaient de la bière. Deux d'entre eux, au fond, plus éméchés, allaient visiblement en venir aux mains. De part et d'autre de la scène, des femmes résignées se tenaient debout, portant des panières et des cruches, l'air absentes et lasses. Elles dévisageaient le peintre, comme si elles l'accusaient d'être responsable – de quoi ? De laisser les hommes dévaliser les provisions péniblement amassées ? De préférer la noce aux travaux des champs ? Elles le dévisageaient, lui, le mettant passivement au défi de répondre à la question de Melchior.

– Franchement, à première vue, les frères Le Nain, je n'y crois pas.

Melchior se taisait, attendant que Gilbert lui expose quelques arguments probants.

– Chez eux, d'abord, on boit toujours du vin. Leur ville de Laon était une région viticole. Ici on boit de la bière, donc on aurait plutôt affaire à un Flamand. Chez les Le Nain, aussi, on est plus retenu, on ne fait pas la noce, les poses sont calmes, parfois hiératiques. D'un autre côté, les costumes font bien penser aux années 1640-1645. Franchement, Melki, je ne sais pas trop quoi te dire d'autre. C'est un peu loin dans mon souvenir, tout ça.

Melchior s'était penché vers l'avant, les deux coudes sur le bureau, l'air mauvais :

– Dis donc, vieux, tu crois que je te fais venir pour obtenir ce genre de réponse ? T'es bien prof d'histoire de l'art, non ? C'est bien ton pain quotidien, tout ce baratin ? Moi, j'achète et je revends, mais tu ne crois quand même pas que je vais te filer tes cinq pour cent si tout ce que tu es capable de me sortir, ce sont des salades pareilles ? Je veux un nom, une date, une trace quelconque dans les bouquins, les catalogues de vente, ce que tu voudras. En tout cas, de quoi multiplier mon prix d'achat par dix. Note, tu n'as jamais craché sur ta petite commission, alors, au boulot, je veux un rapport complet dans les dix jours !

Il s'était levé, faisant à son visiteur soumis l'effet d'un démon penché sur sa créature. Gilbert avait soupiré. Il avait reposé le tableau sur le sous-main. Pendant quelques mois, Melki l'avait laissé tranquille, car il était parti pour un long périple à travers l'Europe. De retour, il devait rattraper le temps perdu. Gilbert ne savait pas dire non. Et ses petits subsides, il ne savait pas non plus s'en passer. Il en avait besoin pour entretenir ses créatures à lui. Certaines ne cédaient qu'après des dîners aux chandelles, des sorties au concert, des foulards et des bijoux. Un investissement qui n'en valait d'ailleurs pas toujours la peine.

En sortant de chez Melchior, il avait acheté le petit calepin. Dans une boutique chic et toc, alors qu'il avançait dans l'un des boyaux souterrains qui mènent au Louvre. Les marchands du Temple étaient partout. Ils tentaient de ralentir le transit des visiteurs venus de la terre entière qui étaient péniblement digérés par les grandes entrailles, avant d'être recrachés en grappes confuses sous le puits de lumière de la pyramide de verre, et de repartir errer à nouveau dans les dédales et les escaliers des ailes aux noms prestigieux qui ne leur évoquaient rien, en quête des sarcophages égyptiens ou de Mona Lisa. Si perdus, et si prévisibles.

Il lui fallait un nouveau petit carnet chaque fois qu'une recherche s'annonçait difficile. Il en avait plein ses étagères. Il les appelait ses « calepins gagne-pain ». Chacun pouvait être relié à une victoire, une vente splendide menée à bien par le sieur Melchior de la Vrillière en sa galerie sise rue Sainte-Anne, à destination d'un musée étranger ou de la collection d'un nabab éclairé, qui ignorait qu'une petite fraction de la somme versée lui revenait, à lui, le besogneux.

C'était à tout ça qu'il pensait en jetant les notes sur les petits carreaux.

Biographie sommaire : Mathieu, Louis, Antoine. Nés à Laon entre 1595 et 1610. Indissociables au point que nul n'a pu attribuer un tableau entier à l'un ou l'autre des frères. Formés ensemble, pendant un an, à Laon, au métier de peintre, par un artiste demeuré inconnu, de passage chez eux, appelé là par une commande, sans doute l'ornement d'un château ou d'un couvent. Vers 1629, s'installent à Saint-Germain-des-Prés, à Paris, où ils font dès lors carrière. Cohabitent semble-t-il harmonieusement dans une maison de la rue Princesse, puis de la rue Taranne, tout près de l'abbaye, avant de migrer tardivement vers la rue du Vieux-Colombier – toujours sans se quitter d'une semelle. Pendant dix-huit ans, produisent des tableaux de commande, portraits, scènes de genre, etc., et jouissent d'une excellente réputation. Ils sont riches et célèbres mais retournent de temps en temps dans leurs terres de Picardie, où leur aîné Nicolas, sergent royal, père de nombreux enfants, gère les propriétés familiales. Fin mai 1648, Louis et Antoine, âgés d'une petite cinquantaine d'années, meurent brusquement à deux jours d'intervalle, probablement victimes d'une épidémie. Mathieu leur survit jusqu'en avril 1677 et bataille ferme pour défendre le titre de Chevalier de l'Ordre de Saint-Michel qui lui est contesté, au point de lui valoir un séjour en prison. Mais il semble bénéficier de solides protections à la cour.

Il commençait toujours ainsi : résumé des dates, des lieux, des influences et des protecteurs. Il dressait son tableau, campait ses personnages. Après quoi il pouvait se consacrer à leurs œuvres, s'en imprégner. Il parcourait les livres, étudiait les reproductions, les films radiographiques, les supports, les repeints, les repentirs, les palettes, les pigments, les liants. Rien ne lui échappait. C'était sa force.

Techniques répertoriées :
* Huile sur toile, généralement de grand format

* Huile sur bois (souvent panneau de chêne)

* Huile sur cuivre : *Les Petits Joueurs de cartes* (Louvre) ; *Femme avec cinq enfants* (Londres, National Gall.) ; *Le Vieux Joueur de flageolet* (Detroit) ; *La Messe pontificale* (Louvre) ; *La Réunion musicale* (Louvre) ; *Portraits dans un intérieur* (Louvre).

Commentaires : cuivre, support commode pour tableaux de petit format ; ne nécessite pas de préparation fastidieuse contrairement à la toile de lin (laquelle est généralement recouverte chez les frères Le Nain d'une première couche plus ou moins pigmentée, riche en liant ; puis d'une seconde couche dite « d'impression », soit grise car contenant du blanc de plomb + des grains de noir de charbon dans de l'huile émulsionnée de colle, soit beige clair et huileuse).

N.B. : les tableaux sur cuivre connus présentent eux aussi l'une ou l'autre de ces couches préparatoires, sur laquelle l'artiste a ensuite peint avec des pigments de grande qualité, touches rapides dans les visages, plus longues et appuyées dans les fonds.

À première vue, le tableau considéré, dénommé pour l'heure *Fête paysanne*, présente des caractéristiques conformes. Attribution aux Le Nain ou à leur atelier plausible sur cette base.

Dans son calepin, il avait glissé quelques photographies de l'œuvre complaisamment fournies par son commanditaire. Il lui restait à aller sur place la comparer à ses sœurs, celles qui étaient accrochées aux murs des salles du XVII^e^ siècle français. Alors, certainement, et sans attendre dix jours, il aurait sa réponse. Melchior lui conserverait sa confiance ; il se laisserait amadouer par sa diligence, son empressement à le servir. Il paierait vite, et bien. Mais ce serait la dernière fois, craché, juré.

## 6.
## UN SAUVETAGE

Le cardiologue était un oiseau de malheur. Il avait sûrement voulu lui faire peur, comme sa mère autrefois : « Si tu manges trop de bonbons, tes dents vont finir par tomber. » Mais comme sa mère, au fond, il lui voulait du bien : peu soucieuse de la logique, aveuglée par sa fonction nourricière, elle l'approvisionnait sans cesse en sucreries ; apparemment inquiet, il lui prescrivait des médicaments toujours plus nombreux dont les effets secondaires étaient parfois gênants. Malgré tout, cette fois-ci, en se rendant au marché par son chemin habituel, Gérard se sentait moins essoufflé. Son cœur battait vaillamment, à un rythme plus régulier, comme un bon petit soldat remis au pas. En contrepartie, il devait juste éviter de se couper en ouvrant ses boîtes de conserve : le sang coulait à flots, difficile à arrêter, à cause des anticoagulants.

Il pesait lourd sur le sol, mais se sentait plus assuré. La crainte de tomber, auparavant si présente, l'avait quitté. Il arpentait le marché, humant les odeurs, se laissant bombarder la rétine de mille couleurs et envahir les oreilles par les bruits. L'activité était décuplée par la proximité de Noël. Son panier était léger, juste garni d'un peu de jambon blanc et d'un kilo de poires juteuses offertes par une marchande qui le prenait parfois en pitié. L'air de décembre était étonnamment doux et Gérard s'assit un instant sur le rebord de la fontaine de pierre, écoutant la fleuriste lancer ses invitations aux clients avec une gouaille joviale. Il fut submergé par ce sentiment étrange qu'il avait déjà vécu ce moment, que l'histoire se mettait à radoter. Pas une de ces brusques sautes de conscience qui soudain vous fait croire aux univers parallèles, au dédoublement de la personnalité – non, rien d'aussi étonnant. Juste, brutale comme un coup au plexus, l'évidence criante de la routine. À la réflexion, sa vie était parfaitement répétitive, circulaire comme sa personne. Chaque mercredi revenait avec une morne régularité, et avec lui le marché, les pauvres emplettes, la pause sur le rebord de cette fontaine au cœur de l'agitation. Rien ne changerait jamais. Quel sens sa misérable existence pouvait-elle bien avoir, prise dans cette ronde sans fin ?

Il se leva comme pour déjouer le sort. La fleuriste, à quelques mètres de lui, avait ouvert le hayon de sa camionnette et disparu à l'intérieur, pour y prendre à pleines brassées de nouvelles couronnes de gui et de houx tressés. Elle les vendait comme des petits pains. C'est alors qu'une altercation se déclencha plus loin dans les étals, ramenant une nouvelle fois Gérard à une scène déjà vécue.

– Au voleur ! Attrapez-le ! criaient les commerçants furibonds.

Un enfant filait en zigzag devant eux, sautant par-dessus les cageots, évitant les obstacles et les mains tendues pour l'agripper, volant presque. Gérard vit pourtant que les marchands se rassemblaient en une toile menaçante, en tous les points du marché. Ils s'étaient donné le mot et quadrillaient la place selon une stratégie bien établie. Cette fois-ci, le fugitif avait peu de chances de leur échapper. Il tomberait forcément dans les bras de l'un d'entre eux. La correction risquait d'être cuisante. Un éclair fusa à sa droite ; sans savoir comment, Gérard lâcha son panier et du même geste attrapa d'une poigne de fer la silhouette bondissante. En une fraction de seconde et sans un mot, il jeta l'enfant au sol derrière lui : le gamin se ramassa en un petit tas chevelu, les yeux exorbités par la terreur, attendant la pluie de coups. Elle ne vint pas. Gérard lui fit signe de ne pas bouger, se redressa de toute sa stature, les jambes écartées, et ramena à lui quelques sapins parmi ceux que la fleuriste avait essaimés autour de la fontaine. L'enfant se détendit un peu et roula derrière les conifères où il se tint caché.

Les poursuivants arrivaient déjà, contournant à toutes jambes la fontaine dont la masse circulaire avait dérobé le fuyard à leur vue. Gérard ne broncha pas plus que les grosses sirènes qui crachaient leurs jets d'eau derrière lui. La meute semblait désorientée et s'accrocha sans plus réfléchir au geste qu'il fit, en leur désignant un coin de rue au loin.

– Là-bas, je l'ai vu, mais foncez, bon Dieu, ou vous ne l'aurez jamais !

Ils détalèrent et un semblant de calme revint parmi les fleurs et les buissons. Gérard jeta à l'enfant un regard qui voulait dire : « Ne bouge surtout pas ! » Il posa son panier comme une barricade supplémentaire auprès des sapins puis s'éloigna en direction du marchand de colifichets africains le plus proche. En échange d'un billet de vingt euros, il obtint une casquette aux armes de la Ville de Paris et un maillot de l'Olympique Lyonnais, taille douze ans.

– Pour mon filleul, c'est un fan, précisa-t-il au vendeur.

Puis il revint vers la fontaine, reprit son panier et tendit à l'enfant ses achats :

– Tiens, enfile ça, et ramasse bien tes cheveux dans la casquette, qu'on ne te reconnaisse pas !

Toujours accroupi, le jeune garçon s'exécuta, enleva son blouson, le jeta dans le panier et recouvrit son sweat-shirt du maillot aux couleurs vives. Il rassembla ses cheveux ébouriffés et les rentra soigneusement dans la casquette dont il abaissa la visière le plus bas possible sur son front.

Le sourcil froncé, Gérard observa les alentours, puis souffla :

– Lève-toi, la voie est libre ! Et je te conseille de m'obéir !

L'enfant se leva. Il paraissait frêle dans ce maillot un peu trop grand pour lui. D'une main, Gérard prit son panier. Puis il passa l'autre bras autour de l'épaule de son protégé et l'entraîna avec lui, le collant contre sa hanche, à travers les allées du marché où les commerçants pantelants revenaient peu à peu à leur poste, aigris et penauds une fois encore.

– Le petit salaud ! Mais comment fait-il ?

– Est-ce qu'il va continuer à nous narguer encore longtemps ?

Gérard avançait lentement, tête baissée, serrant de toutes ses forces l'épaule de l'enfant qui lui aussi regardait ses pieds, abrité par la casquette. Il espérait que personne ne lui adresserait la parole en lui demandant qui il trimballait là, lui qui d'habitude errait toujours en solitaire. Après une progression pesante qui lui sembla durer une éternité, Gérard parvint à la lisière du marché, sur le trottoir qui le ramenait chez lui. Il desserra un peu son étreinte et sentit l'enfant se détendre.

– Ne t'avise pas de filer comme ça, sans explication !

s'entendit-il dire d'une voix impérieuse qu'il ne se connaissait pas. Tu te rends compte, j'espère, que tu me dois une fière chandelle !

L'enfant leva les yeux vers lui et murmura un « Merci, m'sieur » tremblotant.

– Quoi, dit Gérard, s'amusant presque de ce pouvoir qu'il se découvrait, tu ne vas pas me dire que je te fais peur ? Sois tranquille, je ne suis pas un ogre qui mange les petits garçons ! C'est plutôt toi qui terrorises le marché, il me semble ! Dis-moi un peu ce que tu leur as piqué aujourd'hui !

L'enfant se pencha vers le panier, en tira son blouson et fouilla dans une poche. Il en sortit un portefeuille qu'il tendit timidement à Gérard, ne sachant trop s'il devait s'attendre à une réprimande.

– Eh bien, s'exclama Gérard avec un sifflement, la pêche a été bonne ! Il y en a au moins pour deux cents euros, là-dedans !

D'autorité, il glissa le portefeuille dans sa poche. Devant la mine consternée du gamin, il rit.

– Ne t'en fais pas, je te le rendrai. Mais avant, on va aller boire un coup, entre hommes, et tu vas me raconter un peu ce que tu trafiques.

Il entraîna l'enfant vers un café où il avait ses habitudes, à quelques pâtés de maisons du marché.

Installés devant leurs chocolats chauds – « À la viennoise, hein, patron ! » avait dit Gérard, et il avait vu arriver deux tasses surmontées d'un pic de chantilly en équilibre précaire –, ils se regardèrent un instant sans mot dire. Pour se donner une contenance, l'enfant retira sa casquette, la posa sur la table et secoua machinalement ses boucles enfin libérées. Ce mouvement, Gérard l'aurait reconnu entre mille.

– C'est toi qui danses la nuit sur les toits, pas vrai ?

L'enfant le regarda, interloqué. Gérard, soudain agile et fier comme s'il venait de percer les secrets de l'univers, se découvrait des pouvoirs insoupçonnés, et l'âme d'un détective.

– J'habite de l'autre côté de la cour, au rez-de-chaussée. J'étais à ma fenêtre quand tu es arrivé avec ta famille pour t'installer. Sur le coup, je n'ai pas réalisé que c'était toi que j'avais vu en train de dévaliser le marché. Tu allais si vite ! Et puis je t'ai aperçu sur le toit l'autre nuit. Tu as de drôles d'occupations, dis-moi, pour un gosse de ton âge !

L'enfant restait silencieux et affichait une moue renfrognée.

– Tu pourrais commencer par me dire ton nom, dit Gérard, plus doucement.

– Valentin, lâcha le gamin comme si le mot lui écorchait la bouche.

– Valentin comment ?

– Valentin Guivarc'h.

Le nom se perdit dans un souffle.

– Ça ne serait pas un peu breton, ça, des fois ? demanda Gérard, s'amusant intérieurement de l'interrogatoire.

– Ouais, c'est le nom de mon père. Mais il s'est tiré quand j'étais petit.

Il y avait quelque chose de grave dans cette révélation. Chacun attaqua son chocolat en dévisageant l'autre du coin de l'œil.

– Pourquoi tu fais ça ? insista Gérard.

– Pourquoi je fais quoi ?

L'enfant avait les lèvres et le menton barbouillés de crème. Il tenait sa cuiller en suspens dans les airs, comme une arme avec laquelle il entendait se défendre.

– Tu sais bien ce que je veux dire : le marché, le toit, la nuit. Pourquoi tu ne restes pas sagement chez toi, à faire tes devoirs ou à regarder la télé ?

De boudeuse, la mine du gamin devint sombre.

– J'en ai rien à foutre de tout ça. D'abord je fais ce que je veux. Et puis on a besoin de fric.

– C'est toi l'homme de la famille, alors ?

– Ben oui, ça vous dérange ?

– Ta mère est toute seule ? Enceinte ? Avec trois enfants à charge ?

– On s'est barrés. Mon beau-père la battait.

– Ça ne m'explique pas pourquoi tu grimpes sur le toit, la nuit. Ta mère ne doit pas être ravie de te savoir là-haut.

– Elle en sait rien, évidemment !

Valentin avait redressé la tête, goguenard, et ses boucles sombres s'étaient rabattues dans son dos, dégageant son minois buté. Une vraie tête de granit, avec du varech en guise de cheveux, des yeux comme des fentes claires couleur de mer grise, où Gérard lisait du défi et de la houle, et un nom qui sonnait comme un éternuement. Cela lui plaisait, de tenir le lascar en laisse un instant.

– Réponds à ma question, ou je garde le portefeuille.

La colère étincela dans les fentes du rocher.

– Qu'est-ce que ça peut vous foutre ? Vous pouvez pas vous mêler de vos fesses, un peu ?

« Non, pensa Gérard, pour une fois, ce ne sont pas mes fesses ou mes cuisses endolories qui m'intéressent. » Une joie mutine courait dans ses veines, il se sentait revivre. Mais il n'en montra rien et continua de dévisager l'enfant, attendant sa réponse.

Valentin baissa la tête. Le varech recouvrit son visage comme dans un brusque reflux de la marée. D'en dessous, sa voix émergea, fluette, presque chevrotante :

– C'est à cause de mon père… Il est marin, sur un chalutier. Je veux faire pareil quand je serai grand. Vous croyez peut-être qu'on tient comme ça, en équilibre sur un pont glissant, sans entraînement ?

Sa voix s'était raffermie et il regardait à présent son interlocuteur avec le plus grand sérieux.

– Je vois, dit Gérard. C'est quand même un peu dangereux, non ? Il me semble que ta mère a besoin de toi… Tu imagines, si tu te fracasses en bas ?

– J'ai jamais dérapé, rétorqua le garçon, hautain. Je sais ce que je fais.

Gérard envia brièvement son aplomb. Lui, il serait bien incapable de ce genre d'exploit. Tout au plus pourrait-il servir de bouée à un chalutier. Un repère à casier, rond et lisse, avec les crabes grouillant sous lui par dizaines, dans l'eau froide et salée. Il frissonna. Les fourmis avaient repris leur activité, elles remontaient en colonnes dans ses jambes lourdes, il lui fallait bouger.

– Je m'appelle Gérard Rataud, dit-il en tendant à l'enfant le portefeuille qu'il venait d'extraire de sa poche. Je te rends ton bien. Ta mère en aura besoin.

– Vous lui direz rien, hein ? Parce que je lui donne pas tout… Je lui raconte juste que j'ai fait un peu la manche au marché. De toute façon, le mercredi, y a pas classe. Ça la dérange pas.

– Et le reste, alors, tu en fais quoi ?

– Je le garde dans une planque à moi. Quand j'aurai assez d'argent, j'irai rejoindre mon père, là-bas, en Bretagne.

## 7.
## LA SALLE 29

Flore Duchaussoy lui trottait dans la tête. À l'arrivée, au petit matin, elle avait refusé de partager son taxi et s'était engouffrée dans les escaliers du métro, sa petite valise à la main. Pas même une bise sur la joue en guise d'au revoir ou de promesse pour l'avenir. Frustré, Gilbert l'avait impitoyablement rangée dans la catégorie des allumeuses frigides.

Il contemplait, morose, l'échelonnement des étudiants sur les gradins de l'amphithéâtre. Grands échalas mal lavés et mal réveillés, jeunes filles de bonne famille, beurettes surmaquillées aux décolletés plongeants, totalement inadaptés aux circonstances – un partiel de trois heures où il leur demandait vicieusement de décortiquer *Le Miracle de saint François-Xavier*, par Rubens, selon les codes et les clés qu'il avait tenté de leur fournir durant tout le semestre. En s'abîmant dans le polycopié aux couleurs mal rendues, qui fausserait de toute façon le peu de jugement qu'ils pourraient avoir, il se voyait lui-même comme ce saint inutile, debout sur un piédestal, agitant ses bras qui sortaient d'une toge trop grande pour lui, se livrant à une danse absurde au-dessus d'une foule effondrée, ramollie, insensible aux rayons divins qui zébraient le ciel et pourfendaient les incrédules, là-bas au loin, sur la balustrade.

Ce ne fut pas la foudre de Jupiter qui s'abattit, mais une sonnerie stridente qui se mit à retentir.

– C'est pas vrai ! maugréa Gilbert, accablé. Un exercice incendie ! Il ne manquait plus que ça !

Les jeunes gens, visiblement soulagés, certains hilares, sortaient en pagaille par les différentes issues de l'amphithéâtre. Gilbert resta un instant seul à la tribune, peu soucieux d'être la proie des flammes. Devant l'étagement des tables que ponctuait une multitude de taches bleues – les feuilles de brouillon abandonnées –, il songeait que pour une fois son corrigé était déjà prêt, qu'il l'avait torché en une nuit, dans un excès de zèle inhabituel. C'était bien la peine : il ne lui servirait à rien. Il lui faudrait pondre un autre sujet et faire repasser l'examen à ses troupes d'ici deux ou trois semaines. Écœuré, il sortit à son tour, souhaitant intérieurement que la Sorbonne tout entière, ses collègues et ses étudiants disparaissent dans un immense brasier. Au lieu de jouer les bons pasteurs et de rassembler ses brebis éparpillées aux quatre coins de la cour pavée, en attendant la fin de l'alerte, il déserta.

Il descendit le boulevard Saint-Michel où Dieu merci, on avait enlevé ces ignobles décorations de Noël. Il détestait cette atmosphère de liesse factice – qu'y avait-il donc à fêter, et avec qui ? Il avait passé la fin de l'année seul, enfermé chez lui. Il ne lui était même pas venu à l'idée d'appeler son frère ou son père dont il détestait la nouvelle compagne. Le 31 décembre au matin, il avait bien eu l'envie subite de parler à Flore et de lui demander ce qu'elle avait prévu pour le réveillon. Il avait composé son numéro : la tonalité avait résonné cinq fois avant que le répondeur se déclenche. Il n'avait pas laissé de message. Elle était certainement en famille, quelque part dans le sud de la France.

Il aurait pourtant voulu la voir. Depuis la mi-décembre, il ne dormait plus. Pas à cause d'elle, non – en tout cas pas seulement –, mais à cause de ce séjour à Soissons. Un travail de conseiller artistique sans intérêt, qui l'avait conduit à sa plus grande découverte dans les vitrines du petit musée poussiéreux. L'envie de tout raconter à Flore le démangeait.

Ses pas le menèrent jusqu'à la rue Sainte-Anne. La marche l'avait un peu calmé et il se sentait presque enjoué quand il sonna à la porte de Melchior. L'agitation régnait dans le sépulcre. Le maître des lieux houspillait un assistant maladroit qui ne savait pas disposer les œuvres au mur avec assez de goût.

– Salut, vieux frère, lança distraitement l'homme en noir, avant de se retourner vers son souffre-douleur. Mais enfin, vous êtes le roi des imbéciles ! Vous croyez vraiment que ces couleurs vont ensemble ? Laissez tomber, je vais le faire, puisqu'on ne peut rien tirer de vous.

Et il prit des mains du jeune homme tremblant un petit tableau qu'il accrocha au centre du panneau de velours noir, avant d'ajuster délicatement l'éclairage. Le faisceau fit sortir de l'ombre une Madeleine éplorée, les yeux levés au ciel et baignés de larmes, une main négligemment posée sur son sein découvert, l'autre appuyée sur un crâne. « Pathos douteux, érotisme de pacotille », songea Gilbert. Seul le crâne, dont les rares dents subsistantes semblaient mordre la table de pierre, avait un peu de consistance – plus, en tout cas, que ces chairs blanches et molles.

– C'est un beau rendu, non ? s'exclama Melchior avec fierté. Et ça va chercher dans les cinquante mille euros, pas moins !

Il installait une exposition de saints en extase ou pénitents – un ensemble de petits tableaux choisis confiés par un vieux collectionneur, qui préférait les vendre plutôt que les léguer à ses enfants incultes. Melchior avait su l'embobiner. Il salivait d'avance à l'idée des retombées juteuses.

– Tu te souviens, Melki, de cette petite scène rustique sur laquelle tu m'avais demandé de faire des recherches... Je n'étais pas sûr à l'époque et tu avais voulu que je creuse. Je crois que j'ai un nouvel élément...

– Oh, ce truc-là ! Je l'avais oublié, dis donc. Écoute, on verra plus tard. Pour le moment, il dort dans un coin. Je dois m'occuper de ce vernissage : ça, c'est une expo qui va faire du bruit. Je vais rameuter tous les conservateurs de la planète, ça va leur en boucher un coin, je t'assure !

Abasourdi, Gilbert comprit que là encore, il avait travaillé pour rien. Il aurait dû s'y attendre. Ce n'était pas la première fois que ce cochon de Melki lui faisait le coup. Pas de rétribution en vue avant longtemps. En tout cas, pas avant que le petit tableau revienne en grâce. Et ce ne serait sûrement pas avant que tous ces saints et martyrs aient trouvé preneurs. Melki n'avait plus d'yeux pour autre chose.

– Je suis génial, non, tu ne trouves pas ? lança le galeriste avec fougue.

– Le génie est versatile, et mauvais payeur, marmonna Gilbert en franchissant la porte.

La colère avait repris possession de lui. Il se fatiguait lui-même de ces poussées de fièvre, de plus en plus régulières et violentes. Sa vie le laissait en permanence insatisfait. Il ne savait pas ce qu'il en attendait. Pourtant, il se sentait habité d'une soif intense, que rien ne parvenait à assouvir. Ses recherches, ses conquêtes féminines, le rêve brièvement caressé de devenir directeur du département – tout lui paraissait vain et futile.

Une seule chose l'apaisait un tant soit peu, tandis qu'il descendait la rue étroite et sombre où les automobilistes énervés klaxonnaient les livreurs dans une cacophonie assourdissante : la présence d'Isaac, quelque part, à ses côtés, et dans le petit carnet serré sur son cœur. « Melchior ne le mérite pas… Jamais je ne lui en parlerai ! » murmura Gilbert. Une joie secrète grandissait en lui à mesure qu'il se rapprochait du Louvre. L'esplanade, large, ouverte, l'accueillait. La pyramide et ses petites sœurs brillaient comme des diamants taillés à facettes. Gilbert courait presque. Le musée était son autre maison, il en connaissait tous les recoins. Il grimpa les escaliers jusqu'au deuxième étage de l'aile Sully.

Le gardien haussa le sourcil en le voyant entrer dans la salle « Georges de la Tour ». Chaque fois, Gilbert passait de longues minutes devant les toiles, prenait des notes, absorbé dans un autre monde, sourd aux commentaires des visiteurs, aux poussettes qui le frôlaient, aux flashs intempestifs des appareils photo. Par chance, la salle 29, étiquetée « Les Frères Le Nain », petite, mal agencée, attirait peu de monde. Elle pâtissait de la notoriété des œuvres accrochées juste à côté. Des grappes s'agglutinaient devant *Saint Joseph charpentier*, espérant sans doute qu'un peu du halo magique de la bougie protégée par la main juvénile et transparente tomberait sur eux ; puis elles s'en allaient, exaltées ou déçues, on n'aurait su dire. Le plus souvent, les visages ne trahissaient qu'un morne ennui. Le miracle n'avait pas eu lieu.

Gilbert était chez lui, avec les Le Nain. Ce qui l'avait tout d'abord enchanté, à sa première visite, c'était les couleurs. Il s'attendait à une peinture terne, un peu boueuse, à des tons terreux et des intérieurs empoussiérés. Les images traînaient vaguement dans son souvenir, datant de lointaines études. Depuis lors, il s'était plutôt plongé dans la lumière italienne. Son regard avait été aussitôt séduit par le gris perle de *La Charrette* et le jaune paille de sa botte de foin ; par les taches de rouge flamboyant dans les vêtements, comme un reflet du feu qui irradie le cœur de *La Forge*. Dans *La Famille heureuse*, il avait vu le petit chat blanc prêt à bondir dans son coin, comme s'il guettait une invisible souris qui le narguait, hors cadre ; dans *Les Pèlerins d'Emmaüs*, il avait été ému par le petit œil brillant de l'enfant en robe rouge, à gauche, qui semblait s'adresser à lui.

Son esprit d'analyse avait bien sûr décortiqué les plans et les perspectives, et perçu des erreurs grossières : *La Tabagie* offrait une belle galerie de portraits d'hommes assemblés, mais elle se terminait à droite sur l'image d'un homme assis sur un banc, comme affaissé, abîmé dans la contemplation du feu, qui manquait de proportion, ne parvenait pas à faire croire à l'arrière-plan, et perturbait le regard. Malgré tout, il avait eu le sentiment de pénétrer dans un univers où la vie était intense et concentrée, et surgissait ici ou là en petites explosions. Chaque personnage se tenait devant lui, le plus souvent debout, et le dévisageait. Les poses étaient calmes, presque austères. Rien ne bougeait.

Pourtant, Gilbert l'avait senti tout de suite, quelque chose rôdait, tapi là. Il n'aurait pas su dire quoi. Il était frappé par la mélancolie grave, la lassitude des êtres. Les rares gestes esquissés étaient comme en suspens. Le temps s'était arrêté. Rien, depuis longtemps, ne lui avait causé un tel trouble.

Sur le moment, il avait oublié pourquoi il était venu. Ce n'était qu'une fois hors du musée qu'il s'était rappelé le tableau de Melchior. Il en gardait l'image en tête, et son intuition était catégorique : il ne pouvait s'agir de la même main. Les techniques se ressemblaient; les premières notes jetées sur son calepin allaient dans ce sens. Mais il avait fait cette analyse à froid, le nez dans ses bouquins, en élève poussif et appliqué, avant même d'avoir rendu visite aux frères Le Nain. Voilà que tout cela tombait à l'eau. Ses savantes déductions étaient démenties par l'impression d'étrangeté ressentie ce jour-là. La *Fête paysanne*, frivole, remuante, n'avait rien de commun avec la calme profondeur des toiles de la salle 29.

En ce mois de janvier, de retour parmi ces figures amies, Gilbert ressentait une langueur sombre et délicieuse, quelque chose comme une attente partagée. Ces personnages en collerette, en habits de moire ou en simple robe paysanne vibraient comme lui en silence, figés et fébriles. Pleins d'une fièvre contenue, ils le regardaient et l'accueillaient parmi eux.

## 8.
## CALEPIN, PAGES 4 À 7

Les petits carreaux formaient un grillage où s'accrochaient ses idées. Elles auraient dû s'y sentir libres, mais elles hésitaient, comme emprisonnées derrière des barreaux. Quelques-unes, plus fines ou plus téméraires, parvenaient à se glisser hors de la cage. Elles prenaient possession de la feuille, il les laissait courir et s'éparpiller sur la page, débordant, sautant parfois hors des lignes. L'expérience le lui avait appris : c'étaient elles, en général, qui lui fournissaient la clé.

22 septembre, 2e visite

Curieuse fratrie que ces trois-là : Antoine, Louis et Mathieu. Unis comme les doigts de la main, jusqu'à ce que la mort les sépare. Où réside leur individualité propre ? La réponse se trouve dans les quatre panneaux de *La Vie de la Vierge* : on y distingue trois factures différentes. L'une naïve et lisse, à laquelle on doit les simples visages de profil (comme cette Vierge de *La Visitation*, somme toute assez maladroite) ; une autre plus réaliste, qui a notamment produit la superbe tête pleine de sagesse et d'expérience du vieux Joachim, offerte de face, comme une évidence ; une troisième, habile, qui a peint les visages inclinés, en raccourci, sur lesquels se lisent des passions violentes.

J'ai confiance. Je suis certain de pouvoir décrypter chaque tableau : trois touches distinctes, une pour chaque frère. Quant à leur attribuer un nom, Antoine, Louis ou Mathieu, je ne dois pas rêver : je n'y parviendrai pas plus que les chercheurs avant moi. Les frères sont uniques mais à jamais indifférenciés. Fondus dans le grand chaudron de l'Histoire.

J'ai tout de même envie de jouer au détective – le jeu préféré de l'historien de l'art. J'y vais l'esprit vif, enthousiaste. Cette fois-ci, pourtant, ça ne marche pas. Quelque chose me résiste. Un malaise s'installe. Je dirais même : une angoisse sourde se love en moi. Je n'y comprends rien.

Sensation, à cette deuxième visite, d'être observé : tous ces personnages qui m'entourent me regardent. Pas de la façon conventionnelle, un peu vide, dont un généreux donateur portraituré sur commande regarde fidèlement son peintre, et donc le spectateur. Ceci vaut pour les salles avoisinantes. Je les parcours pour m'en convaincre. Aucun œil, dans aucune composition, ne m'y accroche, ni chez La Hyre, ni chez Sébastien Bourdon, ni chez Rubens, ni chez aucun autre.

De retour salle 29, je reçois les regards en pleine figure, comme des uppercuts. Je suis leur point de mire. Transpercé. Traqué.

Ils sont lancinants. Me posent une question. Me reprochent quelque chose. Mais d'où vient cette sensation inédite ? Quel message les trois frères cherchent-ils à me transmettre ?

22 septembre, soir

Trouvée dans un catalogue, cette reproduction : *Portrait de trois hommes*, anciennement connu sous le titre *Un trio de géomètres* – National Gallery, Londres. Je ne peux plus m'en arracher.

Je n'y crois pas une seconde. Ce ne sont ni des géomètres, ni des anonymes. Je les scrute, ils ont bien un air de famille. Cette petite fossette commune au menton. Le nez fort et droit. Une légère moue un peu triste – un rictus, même, chez le plus âgé, dont l'œil est comme plissé de douleur. Ma main à couper : ce sont les trois peintres. De gauche à droite, du plus jeune au plus âgé : Mathieu, Louis, Antoine. Ils ont une belle et longue chevelure, une fine moustache, et portent un chapeau à large bord. Pour un peu, on dirait Athos, Porthos et Aramis. L'un d'eux seulement, celui du milieu, me regarde, l'air concentré, défiant. Les autres évitent mon regard. Ils ne sont qu'esquissés. Une partie du tableau est restée inachevée.

Je rêve toute la soirée devant leur image. Je me demande à quoi ils songent.

Quel mystère se cache derrière leurs pupilles ? Qu'est-ce que leurs rétines ont bien pu voir, qui leur donne cet air grave ?

Pourquoi leurs personnages les dévisagent-ils ainsi tandis qu'ils peignent leur tableau ?

Pourquoi me dévisagent-ils, moi, ainsi ?

26 septembre, 3e visite

Je dois en avoir le cœur net. Refaire un tour de la salle, en oubliant mes idées préconçues.

*La Charrette* : cette femme assise en bonnet au premier plan me fixe avec un demi-sourire. Quelque chose comme de l'incrédulité brille dans son œil. Elle ne bouge pas, elle ose à peine respirer, pour ne pas réveiller l'enfant qui s'est endormi contre son sein. Sur la charrette, haut perchée, une fillette, les bras ballants, me jette un regard où je lis de la déception et du reproche.

*La Forge* : le beau forgeron à la tignasse de broussaille s'est détourné du feu et de ses outils. Il a la bouche entrouverte comme si une parole allait en sortir. J'ai l'impression de faire irruption dans son atelier, de le distraire de son travail. Je me surprends à m'en vouloir. À ses côtés, sa femme a un air infiniment triste et les mains croisées sur le ventre, comme résignée.

*La Famille heureuse* : le père en chapeau, au centre de la tablée, lève son verre à mon encontre. Un large sourire dévoile ses mauvaises dents, comme s'il ne croyait pas à sa bonne fortune. Vers la gauche, son fils, debout, chapeau bas, me considère avec un air dur, buté. Les femmes, la vieille comme la jeune, détournent quant à elles les yeux pudiquement.

26 septembre, soir

De retour chez moi, je replonge dans les livres que j'ai accumulés. Partout, c'est la même chose. Les tableaux sont pleins de faciès, de trognes paysannes ou bourgeoises qui semblent s'adresser à moi. Épaisses et douloureuses, mais l'œil inquisiteur, comme la vieille des *Trois âges* ; interrogatrices, comme sa petite-fille tout à gauche, le sourcil relevé ; hallucinées, comme l'homme chevelu des *Paysans dans une creutte*.

Ils me communiquent leurs émotions intenses et indéfinissables. Mais qu'est-ce que je représente donc pour eux ? On dirait qu'ils m'attendent, qu'ils sont ébahis de me voir, qu'ils n'en reviennent pas ; que ma venue est une surprise, joyeuse ou inquiétante, et l'occasion de reproches ou de colère larvée.

Qui suis-je donc à leurs yeux ? Que voient-ils donc en moi que je ne vois pas moi-même ?

27 septembre, 6 heures du matin

Ce carnet devient mon confident. Presque un journal. Aucune autre recherche n'a suscité cela auparavant. Le plus drôle, c'est que je ne m'en étonne même plus. Je laisse faire. Je sais qu'il y a quelque chose, là-bas, au bout. Que je comprendrai.

Nuit de rêves chaotiques. Réveil en sueur. Des yeux géants me tournaient autour dans le noir. Un vrai tableau de Chirico ou de Dalí. J'étais un insecte pourchassé par ces monstres. Redressé en sursaut dans mon lit, affolé, égaré. La première image qui s'est imposée à ma conscience a été celle de ma mère : son visage blême, attaché à son corps étendu sur le sol. Elle avait les yeux encore ouverts, écarquillés de surprise. Mais ils ne cillaient plus. Un voile semblait s'être déposé sur eux. Je les ai regardés longuement, sans pouvoir m'en détacher, jusqu'à ce que mes paupières elles aussi soient tétanisées et cessent de battre. Je n'avais pas de larmes. Les muscles de mes yeux secs m'ont fait mal pendant des jours entiers.

Alors j'ai compris. L'évidence s'est imposée à moi : quelle autre vision causerait en eux ce choc si palpable ? Ce que les personnages des frères Le Nain voient, qui suscite en eux tant d'émotions violentes et diverses, c'est la Mort. Ils sont figés dans son attente, surpris par sa venue. Certains l'accueillent avec bonhomie, d'autres renâclent et se tendent. Toutes affaires cessantes, ils préparent leur corps ; s'immobilisent, se pétrifient. Il n'y a plus de vie que dans leurs yeux ardents qui me dévisagent. Et moi, qui les contemple, voilà que je deviens la Grande Faucheuse.

5 octobre

Est-ce la réponse ? Leur mère aussi est morte quand ils étaient de jeunes hommes. Rien de surprenant à cela. Plutôt la logique des choses. Elle s'appelait Jeanne Prevost. Elle ne savait pas écrire et signait les documents notariés d'une simple croix. Elle devait ressembler à ces paysannes un peu lourdes, aux traits accentués par l'âge, aux cheveux humblement ramassés sous une petite coiffe blanche dont les pans retombent sur les côtés, dissimulant les oreilles. Elle disparut vers 1625, sans doute victime de la peste qui sévissait à Laon. Des enfants qu'elle avait donnés à son mari Isaac, il restait cinq fils. Le plus jeune, Mathieu, était sans doute âgé de quinze ans. Les autres, ses aînés, se suivaient de près et aucun d'eux ne devait avoir plus de vingt-cinq ans.

Comment croire, pourtant, que sa mort ait causé un tel ravage ? Que ses trois fils artistes, dans leur atelier parisien, hommes bien en vue, abreuvés d'honneurs et de commandes, aient continué, leur vie durant, à peindre l'indicible secret de sa perte ? Qu'ils n'aient jamais fait leur deuil, que l'absente continue de rôder dans leurs tableaux bien après sa disparition ?

Non. Cela ne tient pas debout, je le sens. Les mères, chez eux, sont terriennes, amples et rassurantes. Elles portent les enfants tendrement, tiennent fermement la quenouille sous le bras, tel un étendard, et sont assises de tout leur poids auprès de la table qui rassemble la famille. Les mères sont bien là, solides comme des rocs et impassibles. Ce qui fascine les regards, ce qui fait frémir la toile, c'est autre chose. Je le sens passer, comme un courant d'air froid. Mais je ne parviens toujours pas à le nommer.

## 9.
## L'EXPOSITION

C'était la saison qui voulait ça : le virus s'épanouissait par temps froid, il se réfugiait dans les corps chauds, s'y prélassait, envoyant des élancements et des poussées de fièvre jusqu'aux extrémités. Gérard avait eu la grippe. La conscience embrumée, il continuait de mariner dans son jus, fatigué de tout.

Quand on frappa à sa porte, ce matin-là, il émit un plaintif « Entrez », se souvenant vaguement qu'il avait encore une fois oublié de fermer à clé. La forme féminine qui apparut s'arrêta timidement sur le seuil. Elle semblait impressionnée. « Elle n'a jamais vu une montagne pareille sous les draps », pensa Gérard, regrettant aussitôt de l'avoir laissée entrer. Au même moment, il remarqua qu'elle aussi avait l'air d'une baleine sur pattes : son corps était enflé de toutes parts et elle avançait pesamment en direction du lit où il était couché. Elle tenait à la main un filet à provisions où Gérard aperçut un pain de campagne, des laitages et d'autres aliments emballés dans de l'aluminium. « Drôle de Petit Chaperon rouge », songea-t-il avec une grimace, les pulsations douloureuses reprenant de plus belle dans son crâne alors qu'il tentait de se redresser sur l'oreiller.

– Je suis Marianne, la maman de Valentin, dit la visiteuse d'une voix douce. Nous ne vous avons pas vu sortir depuis plusieurs jours. Mon fils s'est inquiété, il a pensé que vous étiez malade. Je vous ai apporté une part de quiche et de quoi grignoter un peu.

– C'est bien gentil, souffla Gérard. Je ne suis pas en grande forme, c'est vrai.

– Valentin m'a raconté comment vous l'avez sauvé, au marché, quand un commerçant s'est jeté sur lui pour l'empêcher de mendier devant son étal… Il paraît que vous avez repoussé ce sale type et que vous l'avez protégé. Que vous étiez très en colère, que vous avez menacé d'appeler la police et de l'attaquer pour maltraitance…

– C'est à peu près ça, oui, dit Gérard, l'esprit soudain un peu ranimé.

– Je ne sais pas comment vous remercier. Valentin n'est pas facile, et nous ne sommes pas riches. Je lui dis et répète qu'il doit arrêter, que ce n'est pas à lui de me donner de l'argent. Je me débrouille avec de petits travaux, même si c'est dur. Je n'aime pas qu'il fasse la manche, mais il ne m'écoute pas. Il ne fait plus confiance aux adultes depuis longtemps. Son père est parti il y a des années, et celui de ses sœurs était violent. Je n'ai jamais vraiment fait le bon choix, il faut croire…

Elle eut un petit sourire triste suivi d'un léger soupir. Pour se donner une contenance elle entreprit de ranger les provisions sur la table et dans le réfrigérateur. Gérard la regardait faire. Il sentait une émotion étrange l'envahir. Voilà que cette petite femme surgie de nulle part, enceinte et ronde comme un tonneau, s'occupait de lui : elle ouvrit la fenêtre, passa un coup de balai, nettoya l'évier, lui apporta un verre d'eau et un cachet d'aspirine. Comme piqué au vif, Gérard refusa de rester grabataire plus longtemps. Il prit une grande inspiration et se leva.

La tête lui tourna et il dut retomber assis sur son lit. Marianne se précipita et le regarda, visiblement inquiète.

– Vous êtes sûr que ça va ?

– Oui, c'est juste que je n'ai rien mangé depuis deux jours. Mais grâce à vous, ça va aller mieux. Je vais me restaurer, me pomponner. Vous verrez, bientôt vous ne me reconnaîtrez plus !

Gérard se dirigea vers l'évier et attrapa son rasoir. Il se dévisagea dans le miroir, l'air mauvais. Deux jours de jeûne n'avaient rien changé. Les plis et les bourrelets étaient toujours là. Marianne s'éclipsa en disant :

– Je ne peux pas laisser les enfants seuls trop longtemps... Mais si vous avez besoin de moi, vous savez où me trouver.

Gérard la remercia et fit mousser le savon. Il se sentait vraiment mieux, tout à coup.

Vers midi, il était habillé, lavé jusque dans les moindres recoins, imprégné de talc partout où le frottement rallumait la brûlure dans ses chairs. Il s'affairait, imitant la petite femme, si agile malgré l'embonpoint. Il n'allait quand même pas rester là sans bouger, quand elle se démenait avec tant de courage. Il secoua ses draps, mit la literie à la fenêtre, rangea quelques placards, puis s'installa devant le téléviseur pour déguster les plats qu'elle avait préparés. Les publicités s'enchaînaient, avalanche de bruits et de couleurs qui raviva son mal de crâne. Enfin le calme se fit, un piano égrena ses notes et l'écran annonça la minute culturelle qui précédait le journal télévisé. « *Exporama* » s'inscrivit en italiques pendant que défilaient à vive allure des tableaux célèbres. Quelques secondes plus tard, Gérard resta bouche bée : ce qu'il voyait, filmé en gros plan, exhibé à l'intérieur d'un faux cadre aux moulures dorées greffé après coup sur l'image par un quelconque technicien, et qui semblait le désigner comme une œuvre d'art majeure, c'était son frère, Gilbert.

Il eut le plus grand mal à se concentrer sur ses propos. Ils avaient manifestement été tronqués et réorganisés au montage. La figure de son frère avait des sautes brusques, les raccords étaient maladroits. Gérard le voyait là, pour la première fois devant lui, dans son unique pièce, après plusieurs années de silence. Gilbert avait un peu vieilli, mais restait mince. Ses yeux clairs crevaient l'écran, cernés de petites rides en étoile, et toujours ombragés par cette mèche rebelle qu'il s'était laissé pousser à l'adolescence. Dans l'entrebâillement étudié de la chemise de couleur parme au col en pointe, on apercevait des poils bruns folâtres. Un vrai tombeur. Gérard eut brusquement le cœur serré. Il essaya de prêter attention aux paroles que Gilbert prononçait. Sa bouche était ourlée, avec un léger pli amer qu'il ne lui connaissait pas. La voix grave parlait de l'intuition du vieux collectionneur qui avait fait preuve de tant de discernement ; d'une peinture d'histoire qui obligeait à revoir ses classiques ; de la gestuelle des corps et des tourments de l'âme ; du profane et du divin. Gérard n'y comprenait pas grand-chose, mais il voyait bien que son frère jouait là son rôle favori : il s'adressait au spectateur droit dans les yeux, ne lui laissait pas le choix, l'obligeait à l'écouter. Tout petit déjà, Gilbert savait se montrer persuasif et enflammé quand il s'agissait d'amener leurs parents à lui offrir un jouet convoité. Sans répit, il revenait à la charge. Il n'avait de cesse qu'il ne l'obtienne. Après, souvent, il s'en désintéressait totalement. Gérard retrouvait la verve de son frère et se sentit éclaboussé par une partie de sa gloire lorsque s'affichèrent en bas de l'écran son nom et son titre de professeur d'histoire de l'art. Lui aussi était un Rataud. Il était du même sang.

L'image changea dans les dernières secondes de l'émission pour laisser la caméra faire le tour d'un lieu ténébreux et s'arrêter ici et là sur de petits tableaux anciens. Assis à son bureau, on vit un long personnage austère et filiforme, qui manifestement plastronnait, les mains croisées devant lui sur la table. Apparut alors au centre du téléviseur la mention : « Galerie Melchior de la Vrillière, 65 rue Sainte-Anne, 75002 Paris, exposition du 10 janvier au 24 février, tous les jours de 10 heures à 18 heures. » Gérard eut à peine le temps de mémoriser ces détails que déjà le bulletin météo les balayait prestement hors du champ.

Il éteignit le poste pour conserver en lui l'image de son frère. Lui revenaient en mémoire, pêle-mêle, des batailles de polochon dans leur chambre commune ; une course-poursuite à vélo qui pour lui s'était finie dans des buissons de ronces ; la punition qu'elle avait value à Gilbert pour n'avoir pas pris soin de son jeune frère ; le dessert au chocolat que Gérard, bravant l'interdiction, lui avait apporté en cachette ce soir-là à l'étage où il était confiné. Les brimades et les moqueries aussi, à l'âge où Gilbert courait les fêtes et commençait à ramener des filles à la maison, demandant à Gérard de rester au salon et de veiller au grain pour le cas où leur mère reviendrait des courses sans prévenir – « Toi, mon gros, qu'est-ce que tu peux faire d'autre, de toute façon ? » –, les séances désagréables où Gilbert lui demandait de décrocher le téléphone à sa place pour annoncer à une midinette en pleurs : « Il est sorti, de toute façon je te conseille de ne pas insister, il m'a dit que c'était terminé entre vous. » Comme si sa disgrâce physique ne suffisait pas, Gérard pâtissait aussi des rôles ingrats que lui faisait jouer son frère.

Puis leur mère était morte, et ce semblant de complicité s'était changé en haine.

L'exposition allait finir dans trois semaines. Il y avait encore le temps. Et pourtant non : Gérard se sentait envahi par l'urgence. Qui sait ce qui pouvait arriver ? S'il serait encore en vie demain ? Il dénicha un vieux plan de Paris au fond d'un tiroir et le déplia sur sa table, après avoir repoussé les reliefs de son repas. La rue Sainte-Anne était exactement au centre, entre le Louvre et l'Opéra. Il lui faudrait acheter un billet de train aller-retour, puis un ticket de métro ou d'autobus. Et surtout, ne pas oublier son plan. À la pensée de cette expédition, les forces lui manquèrent soudain. Que se passerait-il s'il tombait dans les escaliers du métro et se rompait le cou ? Qui parviendrait à le relever ? Il ne pouvait pas partir seul. Son corps de plomb lui disait pourtant qu'il en aurait le courage, qu'il voulait fournir cet effort. Au bout du voyage, il retrouverait un peu de son frère. Gérard ne pouvait l'affronter en face-à-face, l'appeler et lui donner rendez-vous. C'était chose impossible, après tant d'années. Cette exposition, en revanche, lui parlerait de lui : Gilbert l'avait présentée en vrai savant devant la caméra, il y aurait forcément laissé sa trace. Sans doute ne serait-il pas sur place lui-même. C'était exactement ce que Gérard espérait.

Pour avancer en confiance et mettre un pied devant l'autre dans la grande ville hostile, Gérard avait besoin de compagnie. Il eut une illumination. Il sortit dans la cour, la traversa et se posta au pied de la coursive d'en face, appelant aussi doucement que possible pour ne pas rameuter le reste des voisins, qui se feraient encore des idées fausses sur son compte :

– Marianne ! Marianne ! Venez, s'il vous plaît, j'ai besoin de vous voir !

Sa bienfaitrice apparut, une petite fille dans les bras, et pencha la tête par-dessus la balustrade.

– Quelque chose ne va pas, monsieur Rataud ? Vous voulez que j'appelle un médecin ?

– Non, pas du tout, au contraire, je vais beaucoup mieux grâce à vous. Je me demandais juste si vous accepteriez que Valentin m'accompagne à Paris pour voir une exposition. C'est à cause de mon frère, vous comprenez, je l'ai vu à la télé…

Marianne eut un air hésitant qui s'effaça presque aussitôt.

– Ma foi, pourquoi pas, c'est samedi et Valentin s'ennuie. Si vous promettez de faire attention à lui, de ne pas le perdre dans la foule et de me le ramener avant la nuit, je veux bien vous le confier.

Valentin avait déjà enfilé son blouson et dévalé les escaliers, bousculant presque sa mère au passage. Une fois dans la rue, il mit sa main dans celle de Gérard, puis se ravisa brusquement et la fourra dans sa poche.

– Tu as peur qu'on me prenne pour ton père ? dit Gérard, amusé.

Il n'obtint pas de réponse. Aucune importance. Il avançait avec une légèreté inhabituelle en direction de la gare, calant son pas sur le rythme de l'enfant. Après une halte au guichet suivie d'une attente de quelques minutes sur le quai, il dut affronter sa première épreuve : gravir les deux hautes marches du wagon en fer-blanc. Il s'aida des barres métalliques qui s'offraient obligeamment à lui, crut un instant basculer en arrière, puis rétablit l'équilibre. Valentin l'observait sans rien dire et parut soulagé de le voir tenir debout alors que le train s'ébranlait. Ils s'assirent tous deux sur les sièges en moleskine maculés d'inscriptions au feutre noir, des sortes de hiéroglyphes pointus encombrés de points d'exclamation. Une dame pincée, face à eux, ne voyait pas d'un bon œil l'encombrement de Gérard, qui débordait de son siège. Il sentait des gouttes perler sur son front. Il se tourna vers la vitre, essayant de retenir son souffle pour calmer les halètements qui persistaient, et regarda défiler le gris de la banlieue. Valentin s'était appuyé contre lui en silence.

Vingt minutes plus tard, le train s'arrêta en gare dans un long crissement de freins. Gérard attendit qu'il se fût vidé et descendit à son tour. Valentin était déjà dehors. L'odeur de ballast et d'asphalte les saisit à la gorge, puis s'estompa peu à peu au fur et à mesure qu'ils remontaient le quai. Valentin naviguait seul à travers la foule compacte, sans un regard pour son compagnon. Il semblait parfaitement à l'aise même si, dans les escaliers du métro, ils croisaient des êtres pressés qui les doublaient, les heurtaient sans un mot d'excuse, leur envoyaient leurs sacs à dos dans la figure. Curieusement, Gérard se sentit tout à coup heureux de sa lenteur : il savourait les instants qui le rapprochaient de l'œuvre de son frère, ces minutes égrenées au nez et à la barbe de ses concitoyens qui cavalaient autour de lui. Il descendait les marches une à une, moins vite que Valentin, et obligeait les gens à le contourner, à rebondir sur sa masse. Il créait à lui seul un obstacle dans leur flot rapide, comme un rocher dans la mer. Seul dans la foule, il se sentait enfin exister et recevait presque comme des compliments les soupirs agacés et les demi-insultes qui sifflaient en passant à ses oreilles. Quelle importance : aujourd'hui, sans que son frère le sache, il allait renouer avec lui.

D'autorité, Gérard prit la main de Valentin dans la sienne au moment d'entrer dans le wagon du métro. Tous deux s'accrochèrent aux barres métalliques et se laissèrent ballotter de-ci de-là le temps du trajet. Gérard repéra un couple d'Américains aux formes généreuses qui mobilisaient à eux deux quatre strapontins, sous les regards désapprobateurs des voyageurs. Il se sentit moins seul, mais fier de se tenir debout. Tout son corps épousait le mouvement du train : à chaque arrêt il sentait sa chair trembloter, vibrer puis revenir au repos. En peu de temps ils parvinrent à destination. La remontée vers la surface s'avéra un exercice difficile : alors que Valentin avait grimpé les marches comme un cabri, Gérard éprouva de vives douleurs aux articulations. Il réalisa à quel point ses genoux s'étaient contractés pour le maintenir bien campé sur ses jambes dans le train en marche. Parvenu en haut, il vit Valentin qui lui tendait la main, comme pour le tirer d'un précipice, et il l'entendit prononcer ses premiers mots depuis leur départ :

– Allez, c'est bon, t'y es presque !

Gérard eut l'impression que les rôles étaient inversés, qu'il était l'enfant apprenant à marcher et Valentin son guide et son protecteur.

Ils prirent leur temps pour remonter la rue Sainte-Anne. Les trottoirs étaient étroits, et Valentin marchait devant, le nez en l'air, égrenant les numéros aux frontons des immeubles. Parvenu devant le numéro 65, Gérard hésita un court instant. Le sang battait la chamade à ses tempes, des papillons voletaient devant ses yeux. Il dit à son compagnon :

– Tu peux sonner, va, si tu veux.

Valentin appuya avec application un long moment sur la sonnette. Quand la porte s'ouvrit, ils furent reçus au sein d'un sanctuaire obscur où ils distinguèrent plusieurs vieilles personnes, une brochure serrée sur le cœur, qui les dévisageaient, l'air offusqué. Elles étaient toutes maigres et osseuses, avec des mouvements alanguis, mais de temps en temps leurs bijoux et leurs verres de lunettes, en accrochant l'un des minces faisceaux lumineux, jetaient de petits éclairs éblouissants. Assise derrière une table, dans un coin de la pièce, une longue momie à queue-de-cheval semblait veiller sur son troupeau. À la vue des nouveaux visiteurs, elle ouvrit la bouche puis la referma, comme un poisson soudain hébété de quitter son élément naturel. Incrédule et dur, le regard de Melchior allait de Gérard à Valentin, puis de Valentin à Gérard, en même temps que son cerveau peinait visiblement à déterminer si ce qu'il voyait tenait de l'éléphant entré dans un magasin de porcelaine ou du chien perdu dans un jeu de quilles.

Gérard se planta avec son petit compagnon devant le premier tableau qui se présentait à eux, sur la gauche, près de l'entrée. D'un commun accord, les autres visiteurs s'étaient regroupés plus loin et parlaient entre eux à voix basse, absorbés par les œuvres, mais s'en détournant par moments pour leur couler de haineux regards obliques. Gérard était perplexe. Devant lui, annonçait la notice, *Madeleine pénitente*. La femme avait des bourrelets de chair à peine dissimulés par l'étoffe de sa robe. Pourquoi son vêtement tombait ainsi, lui découvrant les seins, il n'aurait su le dire. Une épingle à nourrice aurait suffi, pourtant. Elle devait bien peser dans les quatre-vingt-dix kilos, et elle n'était pas grande. Gérard se rengorgea et jeta dans l'ombre un regard de défi aux squelettes qui hantaient les lieux. Peut-être son frère, en choisissant ce tableau, avait-il voulu lui transmettre un message ? Les gros, au fond, ne sont pas si moches, puisqu'on prend la peine de les reproduire en peinture.

Gérard essaya de comprendre ce que l'artiste avait voulu dire : le tableau ne datait pas d'hier, et tout ce que le titre lui évoquait, c'était sa grand-tante Madeleine, morte depuis longtemps, que toute la famille qualifiait de « bavarde impénitente ». Il ne voyait pas le rapport. Cette Madeleine-ci était bien différente, debout devant l'entrée d'une grotte, un livre posé sur une tête de mort.

– T'as vu ça? s'exclama Valentin. C'est dégueulasse, ce crâne!

Le tableau suivant était toujours un portrait de Madeleine, « en extase », proclamait l'inscription.

– Elle devait être célèbre, cette dame, pour que tout le monde la peigne comme ça! souffla Gérard.

Toujours aussi dodue, elle tenait une croix et, négligemment accoudée sur le crâne, semblait tomber de sommeil. Cette femme commençait à lui plaire. Elle se moquait bien de ce qu'on pouvait penser d'elle. Elle regardait Gérard du coin de l'œil, parfaitement indifférente aux petits anges qui dégringolaient du ciel la tête la première en lui tendant une couronne.

– Ouais, c'est ça! dit Valentin. Elle a eu la fève! Mais faut qu'elle fasse gaffe, avec sa tronche, on dirait qu'elle va gerber!

Il se lassait déjà, allant et venant d'un faisceau lumineux à l'autre, s'amusant des ombres chinoises qu'il projetait sur les toiles en agitant les mains.

– Attention! tonna soudain l'homme en noir assis à sa table. Éloigne-toi, tu vas les esquinter!

Valentin recula et trouva une chaise abandonnée dans un angle sur laquelle il s'assit, boudeur. Il balança ses pieds avec application sans les quitter des yeux pendant que son compère faisait le tour de la salle.

Oui, pensa Gérard. Son frère voulait certainement lui dire quelque chose. La femme suivante, nommée Suzanne, était encore plus ronde et déshabillée. Gérard ressentit pour elle un mélange d'attirance et de pitié. Elle tordait ses grosses cuisses et cachait tant bien que mal ses seins de ses bras larges et mous. Deux vieillards barbus étaient penchés sur elle. Ils semblaient lui faire des reproches. Les illusions de Gérard s'évanouirent. Qu'avait-il donc espéré ? Gilbert avait toujours méprisé les gros. Plus encore, il n'avait pas de mots assez durs pour celles qu'il appelait les « pouffiasses » ou les « cageots », les filles un peu enveloppées. Il n'aimait que les gazelles, fines comme des lianes, sveltes et légères.

Découragé, Gérard fourra dans sa poche la brochure explicative qu'il avait prise à l'entrée, sans plus chercher à comprendre ce qu'il lisait. Gilbert et lui vivaient vraiment dans deux mondes irréconciliables. Il sentait le papier, pourtant léger, appuyer contre son flanc à travers le tissu : le texte imprimé était signé Gilbert Rataud, et c'était soudain comme si Gérard portait là tout le poids de son frère. Il parvint au terme de sa visite, embarrassé de se tenir devant ces personnages en toge, ces rois et ces reines si sûrs d'eux, visiblement habités de passions violentes qui leur faisaient rouler des yeux et se tordre les mains. Il ne comprenait pas la raison de leur agitation. Et si Gilbert s'était moqué de lui ? S'il voulait, une fois encore, souligner sa médiocrité ?

Le parcours s'achevait sur plusieurs représentations d'un « saint Sébastien » attaché selon le cas à un arbre ou à une souche morte, mais toujours percé de flèches de part en part. On ne voyait pas l'ennemi, le sang ne perlait même pas à ses blessures. L'homme se contorsionnait à peine, il ne criait pas plus que si un moustique venait de le piquer. Gérard comprit alors le message de Gilbert : il serait toujours, lui, le gros, ce pauvre prisonnier incapable de se défendre, que son frère asticotait de ses piques si brillantes, et qui fusaient sans fin – le moins-que-rien, le faire-valoir, le souffre-douleur. Ses efforts resteraient vains, il ne comprendrait jamais ce qui faisait la vie de Gilbert, son savoir, son charme, son succès, ses roucoulades à la caméra, ces conquêtes enamourées, ces personnages antiques accrochés au mur, ces vieilles personnes au cou tendu vers eux, cet homme hostile assis qui les surveillait de loin, ce lieu sombre, noir comme la nuit et comme la mort, ces ténèbres qui ne voulaient pas de lui, qui le rejetaient – et tant mieux, il ne voulait surtout pas s'y laisser engloutir, de peur de finir comme ce crâne aux orbites effrayantes, qui n'était plus qu'un jouet pour grosse dondon dénudée.

– Viens, Valentin, y en a marre, on s'en va !

Et tous deux sortirent à l'air libre, sous le regard soulagé des visiteurs et du propriétaire dont la planète retrouva aussitôt son orbite normale, comme après les perturbations passagères causées par une pluie imprévue de météorites.

## 10.
## LES HIPPOCAMPES

– Allô, Gilbert ? Bonjour, c'est Flore. Je suis désolée de vous déranger, mais voilà, j'ai besoin de vous.

Enfin. Elle en avait mis du temps. Certaines filles étaient comme ça. Il leur fallait digérer leur propre émotion, comprendre l'effet qu'il avait sur elles, contempler intérieurement son image, évaluer les risques et les obstacles, se renseigner sur son statut marital – ce qui d'ailleurs n'aurait rien changé, à ce stade elles étaient prêtes à tout –, prendre conseil auprès de leur meilleure amie / de leur grand-mère / de leur confesseur, inspirer un grand coup, envoyer leur pudeur valdinguer par-dessus les moulins, et voilà, un beau matin, enfin, elles décrochaient le téléphone.

– Écoutez, c'est idiot, mais je suis enfermée hors de chez moi, bloquée sur le palier, j'ai claqué la porte et bien sûr les clés sont à l'intérieur. Heureusement j'avais mon portable dans la poche, alors j'ai pensé à vous, je ne connais pas grand monde à Paris, et je n'ai pas envie d'appeler le premier serrurier venu. Le truc, vous savez, c'est de passer une vieille radio entre le mur et la porte, ça déclenche l'ouverture. Je le sais, je l'ai déjà fait. Vous devez bien avoir ça chez vous, non ?

C'était la première fois qu'une future conquête lui demandait une radio de son squelette avant de conclure. La chose le mit en joie et ranima soudain ses corps caverneux restés en sommeil depuis quelques jours.

– Laissez-moi réfléchir… dit-il, tout heureux de la faire attendre et d'entamer la parade nuptiale sur des bases aussi inattendues. Oui, je dois bien avoir ça quelque part. Mais il va me falloir un bon quart d'heure pour la retrouver. Je vous propose de descendre vous mettre au chaud dans un bistrot en bas de chez vous, et je vous rappelle, d'accord ?

– D'accord, c'est gentil, mais prenez aussi votre portefeuille, parce que le mien est resté à l'intérieur !

Sur une étagère haut perchée dans son cagibi, Gilbert dénicha l'enveloppe contenant ce qu'il cherchait : l'image grandeur nature aux rayons X de son tibia fracturé au ski dix ans plus tôt. Un séjour à Courchevel qui avait commencé sous les meilleurs auspices dans l'appartement de famille d'une ravissante conquête. Mais dès le deuxième jour, il avait atterri à l'hôpital, la jambe en miettes, victime d'une collision sur les pistes encombrées. La belle brune n'avait pas voulu jouer les gardes-malades : elle l'avait mis dans le train à destination de Paris, avec l'assurance qu'une ambulance l'y attendrait pour le conduire chez lui. Sans se préoccuper de savoir comment il parviendrait à survivre, incapable qu'il était de bouger de son fauteuil, elle était retournée glisser sur la poudreuse et – ironie du sort – avait fini par épouser l'avocat auteur de la collision, qu'elle avait retrouvé un soir dans un restaurant de la station. Mais après tout, c'était un peu grâce à eux qu'il allait aujourd'hui goûter aux charmes de la jolie Flore. Il la rappela, la sentit soulagée et nota l'adresse qu'elle lui donna.

Elle l'attendait devant un grand crème dans un café au pied de son immeuble. Ses cheveux châtains tirant sur le roux moussaient autour de son visage et retombaient sur ses épaules. Gilbert eut envie de les soulever pour retrouver le petit trèfle à quatre feuilles qui ornait sa peau, sur le haut du bras, vers l'arrière. Au lieu de cela, il lui déposa une bise juste un peu appuyée sur la joue.

– On y va ? dit-il, pressé, en abandonnant quelques pièces sur la table.

Un soupçon de défiance voila un instant le regard de Flore.

– Oui, bien sûr, merci d'avoir été aussi rapide. Ça m'apprendra à vouloir aérer en plein hiver : un courant d'air, et la porte claque. J'étais juste sortie sur le palier pour jeter un sac dans le vide-ordures.

Elle habitait au huitième étage d'une de ces résidences modernes à la façade de verre et d'aluminium. Gilbert fit la grimace. Il n'aimait que les vieilles pierres chargées d'histoire. Rien ne pouvait s'accrocher durablement sur ces murs lisses et froids.

Un simple passage de la radio contre le pêne ayant immédiatement débloqué la porte, Gilbert pénétra en sauveur dans l'appartement, essayant tant bien que mal de masquer l'impatience qui le taraudait. Il avait bien gagné sa récompense, à présent. Mais Flore semblait le fuir et avait déjà disparu dans la seconde pièce, sa chambre, sans doute. « Elle aime le jeu, la coquine ! » pensa-t-il, attendant son bon vouloir.

L'intérieur s'avéra plus chaleureux qu'il ne l'aurait cru. Le soleil pénétrait largement et caressait le mobilier de couleur miel. Partout, dans la pièce principale, des tapis moelleux aux teintes vives absorbaient ses pas. Un pan de mur était tapissé de livres. Gilbert s'affaissa sur le canapé rouge brique encombré de feuillets de notes et de polycopiés. Il attendit l'invitation en songeant au trèfle à quatre feuilles et à la peau claire qui devait être très douce.

Mais cinq minutes s'écoulèrent sans que Flore réapparaisse. Gilbert se leva, réajusta sa mèche et examina sa dentition dans le miroir face à lui. Le pourtour de la glace était envahi de Post-it qui lui lançaient des messages cryptiques : « *artemias salinas* » ; « daphnies (?) » ; « caulerpes » ; « filtre = charbon ». Gilbert ne voyait vraiment pas de quoi il pouvait s'agir. D'un barbecue exotique, peut-être, comme l'évoquait la mention du charbon. Mais on était en hiver, et Flore n'avait pas même un balcon. Agacé de ne pas la voir réapparaître, il avança vers la pièce où elle se cachait. Chaque pas faisait croître l'espoir, l'attente de la vision qui la lui révélerait nue, ou à tout le moins légèrement vêtue, alanguie sur son lit, souriante, offerte. Il poussa la porte en silence, prêt à jouer au chat et à la souris.

Mais un chat n'aurait pas été le bienvenu, ici : interdit, il vit Flore, de dos, les cheveux sommairement relevés, penchée sur un grand aquarium, pataugeant dans les algues, les mains recouvertes de minces gants de chirurgien. Le long de trois murs, d'autres cuves de verre bouillonnaient tranquillement, éclairées par de petites lampes intérieures. La baie vitrée qui donnait sur la rue était occultée par d'épais rideaux bleu foncé.

– Oh, te voilà, dit-elle sans se retourner.

Elle avait senti sa présence et employé le tutoiement par inadvertance, trop absorbée par sa tâche.

– Excuse-moi, poursuivit-elle, c'était urgent, il fallait que je finisse de nettoyer ce bac, ils commencent à se sentir mal dans cette soupe, mes bébés. Ils sont encore fragiles, les plus vieux ont à peine dix mois.

Dans la pénombre, Gilbert n'avait pas encore compris de qui elle parlait. Quand il s'approcha, il découvrit une nuée de petits hippocampes, dressés dans l'eau, leur fin museau en l'air, certains accrochés à des algues par le bout de leur queue recourbée. Les autres bacs aussi en étaient pleins.

– C'est un asservissement volontaire, dit Flore en riant. Je suis complètement folle de m'être lancée là-dedans. Mais d'un autre côté, je ne pourrais plus m'en passer. Il faut toujours nettoyer, écumer, renouveler l'eau, vérifier le pH, le taux de salinité...

– Je croyais que tu enseignais l'histoire de l'art, pas la chimie ! jeta Gilbert d'un ton plus acerbe qu'il n'aurait voulu.

– Bah, est-ce si différent ? Quand tu penses à tous les tritons, les dauphins, les dieux marins qui entourent les Vénus et les Galatée, celle de Raphaël et les autres... Au moins, les miens, ils sont bien vivants ! Regarde, celui qui est accroché à ce corail rose, c'est Hector. Sa compagne du moment, c'est elle, alors je l'ai appelée Andromaque. C'est une friponne, elle adore se cacher, là, dans les caulerpes où on la voit à peine. Ils ont déjà fait une belle couvée à eux deux. Tu sais que chez eux, c'est la femelle qui déverse ses œufs dans la poche du mâle, et lui qui les couve ? Seulement, les petits sont très difficiles à élever : même si je leur prépare du plancton adapté à leur taille dans un incubateur spécial, il n'y en a que très peu qui survivent au-delà des premiers jours...

Gilbert se sentit brusquement mal à l'aise. Voilà que cette femme que deux minutes plus tôt il convoitait ardemment inversait les rôles impartis à chaque sexe, s'intéressait plus à ses minuscules fossiles aquatiques qu'à lui, et s'enfermait dans une pièce obscure où régnaient le bruit des pompes et le gargouillis de l'eau. Tout désir avait disparu en lui. Pourtant il ne pouvait s'arracher à ce spectacle : des fonds marins en plein Paris, des pierres creuses, du gravier, du sable, des algues ondulant comme des cheveux de sirène, des branches de corail, une pénétrante senteur chaude et saline ; et, au milieu de ce décor, une petite écurie placide de délicats chevaux annelés, avec des ébauches de cornes pointant sur la tête, et un museau terminé par ce qui ressemblait à des lèvres charnues formant un baiser.

– Ce sont des gourmands, dit Flore, ils passent leur temps à sonder le sol à la recherche de nourriture, mais il faut être très prudent, un crabe ou un crustacé même microscopique suffit à les étouffer. C'est pour cela que le nettoyage des bassins est capital. Je t'assure, ça me fend le cœur quand j'en retrouve un flottant à la surface, le ventre à l'air…

Gilbert se taisait et la regardait faire. Elle écumait la surface de l'eau, ses mains évoluaient comme des êtres doués d'une vie propre entre les plantes et les petits animaux qu'elle caressait parfois au passage avec douceur. Sa tête penchée, concentrée, éveilla en lui un sentiment inconnu. Il aurait voulu être un de ces chevaux sans pattes, à queue recourbée, enveloppé par une eau tiède, et sentir ses doigts lui frôler la carapace. Quelque chose fondait, se liquéfiait dans sa poitrine. Il découvrait une envie délicieuse de se blottir contre son sein et de se laisser bercer pendant des heures. Flore portait un ample pull dont elle avait remonté les manches et dont l'encolure lâche retombait mollement vers le milieu de ses omoplates. Dessous, la bretelle du débardeur laissait à nouveau apparaître le trèfle à quatre feuilles.

L'émotion qui l'étreignit en le revoyant fit venir à ses yeux deux gouttes d'eau, salées comme l'air ambiant. Il ne se reconnut pas, eut honte, s'agita un peu, fit volte-face et quitta la pièce. Dans le salon, la lumière l'assaillit et il eut un instant l'impression d'être lui-même un hippocampe sorti de son élément, suffoquant, brûlé par les rayons qui filtraient avec une force accrue par la loupe de la baie vitrée. Il se tenait là, debout, bouleversé par une ondine aux cheveux presque roux dont il venait de découvrir la marotte. À cet instant, il sentit à côté de lui la présence d'Isaac. Il avait marché de longues heures sur des chemins arides, avait connu la faim et la soif; épuisé, les pieds en sang, le cœur vide, il ne parvenait même pas à faire perler une larme à ses paupières. Il était là, telle une ombre, et Gilbert éprouva soudain le besoin que Flore revienne vers lui, qu'elle l'écoute : il avait percé son secret par le hasard d'une porte claquée qu'il avait réussi à débloquer, lui, qu'elle ignorait jusqu'alors, mais qu'elle avait pourtant appelé à la rescousse. Peut-être pourrait-elle entendre le sien, sentir la passion étrange qui l'habitait lui aussi, cet aquarium qu'il entretenait au fond de son cœur, où nageaient des fossiles au regard de pierre qui ne le quittaient pas des yeux.

– Je te sers quelque chose à boire ? proposa Flore en abaissant les manches de son pull, après avoir refermé la porte derrière elle.

Ses cheveux étaient retombés sur ses épaules.

– Oui, merci… Enfin, non, je ne sais pas, je n'ai pas soif.

– Qu'est-ce que tu racontes ? Tu n'es pas bien ? Je ne te parle pas d'une vodka, à cette heure de la matinée, mais d'un café, d'un thé, d'un jus de fruit, ce que tu veux, quoi !

Intriguée, elle avait plongé ses yeux noisette dans les siens. Gilbert vit qu'autour de la pupille, elle avait un petit cercle vert clair, comme si un peu de l'eau de ses aquariums s'y était concentrée.

– Tu comprends maintenant pourquoi je devais ouvrir cette porte au plus vite… J'avais trop peur qu'il leur arrive quelque chose en mon absence ! expliqua Flore en rapportant de la cuisine deux verres de jus d'orange qu'elle posa sur la table basse.

Elle s'assit à côté de Gilbert sur le canapé, après avoir rassemblé et posé à terre les papiers qui traînaient.

– Comment t'es venue cette drôle de passion ? s'enquit-il.

– C'est le résultat d'un séjour en Australie, il y a cinq ans, et d'un stage de plongée au large du Queensland. Je me suis retrouvée nez à nez avec un magnifique spécimen violet foncé… puis un autre rose corail… et un autre encore, vert fluo. J'étais éblouie. Je suis tombée amoureuse de leur minois : quand ils dorment, ils ont l'air si contrits qu'on a envie de les consoler ! D'autres au contraire, surtout les plus foncés, quand ils bombent la poitrine, paraissent avoir avalé une grenade dégoupillée. Et ils ont des postures si gracieuses, avec leur queue en point d'interrogation… Je ne me lasse pas de les admirer. On dirait qu'ils incarnent toutes les attitudes humaines, et pourtant ils ont des corps de dragons ancestraux, qui auraient trouvé refuge dans les océans et se seraient faits tout petits pour passer inaperçus au long des siècles. Aujourd'hui, ils sont menacés, on les pêche par milliers, la pollution les tue, on les vend séchés aux touristes, on les transforme en potions magiques en Asie… Alors j'essaie de les sauvegarder un peu, à ma façon.

– Tu es une drôle de fille, dit Gilbert. En tout cas, tu me changes de nos chers collègues que je supporte de moins en moins !

– Parce que tu n'es pas certain qu'ils votent pour toi ?

– Oui, il y a de ça… lâcha-t-il, amer.

– Est-ce que ça a tant d'importance ? demanda-t-elle d'une voix douce. Je sais que tu as d'autres activités, comme ces expositions chez La Vrillière pour lesquelles tu rédiges les cartels et les catalogues. Cela doit te faire du bien, t'ouvrir d'autres portes. C'est ce que nous souhaitons tous, au fond.

– Ah, tu m'as vu à la télé ? Melchior s'est bien débrouillé, il a des contacts partout, et ce petit spot est passé pendant une semaine avant chaque journal télévisé… Des inconnus m'ont même abordé dans la rue pour m'en parler !

– Eh bien, c'est la gloire, alors ! Toute ta famille a dû fêter ça !

– Je n'ai pas de famille, bougonna Gilbert.

– Comment ça ? Tu n'as vraiment personne ?

– Je ne vois plus mon père depuis qu'il s'est remarié, et mon frère est une espèce de Bibendum qui a causé la mort de notre mère. Je n'ai plus rien à faire avec lui.

– Mais c'est affreux ! Alors tu es tout seul ? Je veux dire, tu n'as sans doute pas un élevage d'hippocampes, comme moi, pour te tenir compagnie… Ce doit être triste, de rentrer tous les soirs dans un appartement vide !

Gilbert ne répondit pas.

– Excuse-moi, bredouilla-t-elle, soudain confuse. Je me mêle de ce qui ne me regarde pas. Je viens d'une famille où on se raconte tout, c'est un de mes défauts, je pose beaucoup de questions, je suis trop curieuse !

– Aucune importance, dit-il en se levant. Tant que je peux jouer les chevaliers servants et délivrer les jolies princesses, tout va bien !

Il avait lancé cela comme une boutade, mais le cœur n'y était plus. Flore était ravissante, mais elle l'effrayait un peu : elle paraissait comblée par les petits habitants aquatiques de son appartement. Elle lui évoquait un bernard-l'ermite qui de temps en temps sortait ses antennes mais n'avait de place, dans sa coquille, que pour lui seul.

Il rentra chez lui et passa une journée maussade. Même Isaac l'avait déserté. Il barbouilla de rouge quelques dizaines de copies, puis farfouilla dans ses listes et en extirpa le numéro de téléphone d'Estelle. Après ce qu'il s'était passé avec elle, il hésita un instant. Mais elle n'était pas compliquée et moins difficile à satisfaire qu'un hippocampe : parfaite solution pour finir la soirée.

## II.
## CALEPIN, PAGES 8 À 12

6 octobre

Trois. Unis comme les doigts de la main. Je ne croyais pas si bien dire. Mais que peut encore faire une main amputée de deux doigts ? Du majeur et de l'index ?

Parce que oui, au départ ils étaient cinq. Et leur peinture le montre assez : *Femme avec cinq enfants* (Londres) ; *Les Jeunes Musiciens* (Castagnola, Suisse) – trois garçons, deux filles ; *Le Vieux Joueur de flageolet* (Detroit) – même chose, cinq gamins réunis autour du flûtiste. Et dans *La Famille de paysans*, devant laquelle je me tiens encore une fois, les cinq enfants occupent l'espace, dans des poses diverses, comme rêveurs, l'un tourné vers le feu, l'une adossée de profil à un montant de la cheminée, un jeune garçon au centre jouant quelques notes sur son pipeau, deux autres enfants assis vers la droite. Les regards braqués sur moi sont ceux des adultes : la vieille femme à gauche, empreinte d'une tristesse infinie, tenant d'une main un pichet et de l'autre un verre fragile où on dirait qu'elle n'ose pas tremper les lèvres ; le patriarche en chapeau, farouche, sourcils froncés, comme agrippé à la miche de pain que je vais bientôt lui dérober ; la jeune femme grave, impassible, qui darde sur moi ses yeux profonds.

Le motif est toujours le même, à peine modifié par de subtiles variations. Les enfants vont par cinq. C'est à présent une évidence. Trois peintres si unis : ils ne pouvaient oublier leurs deux autres frères. C'est le nombre qui importe. L'union qui fait la force. Une main compte cinq doigts ; une scène de famille, chez eux, compte cinq enfants, garçons ou filles. Cela leur est aussi naturel que de respirer. Cinq : chiffre d'or, gage d'harmonie.

Les enfants ont chez eux une présence, une vie intense et profonde. Ils n'ont pas ces visages de convention des marmots qui ressemblent à de petits adultes pourvus de corps potelés, que l'on voit tant ailleurs. Leurs regards sont clairs, chacun de leurs cheveux ébouriffés est un fil d'or peint avec amour, ils sont joufflus, ils rient, même vêtus de guenilles, parfois ils jouent aux cartes ou dansent ensemble.

Il faut que le bonheur ait régné dans cette famille. Le père, Isaac, est sergent royal au grenier à sel : un notable de Laon, collecteur d'impôts, qui doit rendre à la Cour des comptes les acquits de l'octroi. Sa femme vient d'une famille aisée de la ville. Le couple est apparenté à des laboureurs et à des vignerons de la région. Isaac lui-même possède des prés, des terres arables et des coteaux de vignes. Il acquiert en 1607 sa maison de Laon, rue des Prêtres, haute de trois étages, avec cellier et écurie ; il loue aussi la ferme de la Jumelle, bâtisse au toit de chaume avec dépendances, qui jouxte les terres du marquis de la Vieuville, à Saint-Julien-de-Royaucourt. Sa vie durant, il n'a de cesse que d'agrandir son patrimoine et de le faire fructifier. Quand il meurt en 1636, il est à la tête de biens considérables, dont beaucoup sont mis en location.

Les actes notariés prouvent le souci de préserver ces terres et immeubles : dès 1630, le père dote ses fils de l'ensemble du patrimoine familial, pour qu'ils en jouissent « par indivis en attendant que chacun d'eulx ait atteint l'aage de majorité » ; moyennant quoi ils s'engagent à « loger, nourrir et entretenir leurdit père sa vie durant en ladite ville de Laon et luy fournir toutes ses nécessitez [...] ». Même après la mort du patriarche, les biens ne sont pas divisés. Nicolas, le seul fils resté sur place, a obtenu à son tour une charge de sergent royal. Il est père de plusieurs enfants et représente ses frères parisiens dans les actes touchant à la gestion commune des biens. Les trois peintres, eux, conservent pour leur usage propre une maison, plus exactement un vendangeoir, sis à Bourguignon-sous-Montbavin, sur la route de Laon à Chailvet, « vis-à-vis la chapelle, concistante en deux chambres, grenier au dessus, cellier voulté au dessous, foulerie devant ladite maison, le tout couvert de thuiles, deux cuves, une grande et une petite, et autres ustensiles de vendanges [...] cour fermée de murailles, jardin derrière la maison [...] ». Ils doivent venir y jouer aux vignerons, comme ces bourgeois de Laon qui au moment des vendanges viennent y surveiller la récolte et la vinification ; mais surtout, pour leur part, s'y ressourcer loin de Paris et de la cour où ils figurent en bonne place dans un roman à clé, sous les noms de Florange, Silidas et Polidon – artistes galants et de grand renom, éblouis d'or et de parures. Malgré la gloire, ils ne rompent jamais avec leurs racines et viennent puiser leur inspiration dans la terre de leurs ancêtres, entourés d'humbles fermiers et de vignerons. Ils restent solidement ancrés dans leur sol.

En 1646, âgés d'une quarantaine d'années, les frères peintres accordent à Nicolas, sans doute soucieux de faire vivre sa famille, là-bas, en Picardie, de toucher sa part d'héritage. Eux trois resserrent alors les liens entre eux en signant un acte de donation réciproque au dernier vivant. Pas question de dissoudre la communauté. Peut-être sentent-ils que la mort approche, et qu'en mai 1648, des trois, seul Mathieu sera encore vivant ? Le document exhumé des Archives parle du « long temps qu'il y a qu'ilz demeurent et travaillent ensemble sans s'estre séparez, et les paynes que chacun d'eux a prins de sa part pour acquérir et conserver sy peu de bien qu'il a pleu à dieu leur déppartir [...] ».

Communion, entente parfaite, étroite cohésion. Il court dans cette famille quelque chose d'étrange : pas seulement l'appât du gain, ni le respect dû aux aïeux qui ont consolidé la fortune du clan. Non : on se serre les coudes, on se protège, on tient à rester ensemble, unis contre vents et marées. Il y a là de la peur, une angoisse sourde qui tisse les liens. Ne pas se perdre, jamais.

Ils étaient cinq.

À l'arrivée, ils ne sont plus que quatre.

Il en manque un.

9 octobre, 1 heure du matin

Rentré chez moi. Passé l'après-midi chez eux, salle 29. Immobile à mon tour, comme devenu l'un de leurs personnages, sorti du tableau. Saisi par la révélation. Le gardien est venu me taper sur l'épaule : « Dites, quelque chose ne va pas ? » Expliquer, impossible.

Brume sur le chemin du retour. Dans mon esprit, pas dehors. Jambes dans du coton, comme malade. Flageolant du choc de la découverte.

Je dois reprendre le fil. Les mots couchés ici m'aident à comprendre.

Je ne dors pas. Il me semble que je ne dormirai plus jamais. Qu'une lucidité extrême s'est emparée de moi. Que sous les toits, ici, réside toute la lumière, tandis que la nuit a enveloppé la ville qui dort.

Isaac est avec moi.

Car c'est en feuilletant les ouvrages que j'ai compris. Après avoir taillé à la serpe dans l'écheveau des actes et des donations. Et remercié les chercheurs avant moi si patients, qui se sont abîmés dans les archives, y ont laissé leurs yeux, leur vie, leur santé.

Quand le 8 août 1630 le père descend chez ses fils peintres, à Paris, et leur fait don devant notaire des biens qu'il a amassés, le greffier ajoute, sûrement à sa demande, un paragraphe crucial : « D'aultant que du mariage dudit Le Nain père et de ladite feue Jehanne Prevost sa femme y a eu Ysaac Le Nain aisné desdits enfans absent de ceste ville depuis plus de sept ans et que les partyes ne sçavent s'il est vivant, il est convenu qu'en cas de retour dudit Ysaac Le Nain il jouira pour sa cinquiesme partye, comme esgalle portion, du bénéfice du présent contrat, ainsy que de raison. »

En 1623, l'aîné de la famille, prénommé Isaac comme son père, a disparu corps et biens. Sept ans plus tard, il n'a toujours pas refait surface et les « partyes » ne « sçavent » s'il est toujours vivant. Elles se refusent à le considérer comme mort, elles lui conservent sa part, comme on garderait un peu de bouillon au chaud sur le poêle pour le retardataire.

9 octobre, midi

Vaseux comme après une cuite ; peu dormi à cause de l'excitation. Je tiens ma réponse. Elle m'est apparue dans un demi-sommeil, sous la forme de ce petit tableau atypique, remonté à la surface de ma mémoire. Déjà, il m'avait frappé, cet été-là, au Grand Palais, parmi les œuvres françaises empruntées aux collections de Karlsruhe. Et c'était bien avant que je me penche sur leur sort.

*Les Enfants à la cage*. Petite toile de cinquante centimètres sur quarante. Gravée par Elluin au XVIIIe siècle sous le titre *Le Voleur pris*. Un titre explicatif qui l'alourdit en soulignant le méfait du chat, une bête penaude, conduite par son instinct à dévorer l'oiseau, mal protégé dans sa cage mal fermée.

Comment les trois frères avaient-ils pu se laisser ainsi aller à l'anecdote ? Cela ne leur ressemblait pas. Je ne les comprenais plus.

C'est devant la reproduction, dénichée ce matin au saut du lit, parmi la pile accumulée à mon chevet, que je les ai vus. Les quatre enfants. Figés, comme à l'accoutumée, mais dans un décor étrangement factice. Au premier plan, abandonnés là sur un linge posé à même le sol, une cruche et un pain entamé. Aucun paysan sain d'esprit ne se livrerait à ce gaspillage. À l'arrière, une grange à demi effondrée. Au centre, une barrique autour de laquelle se tiennent les quatre gamins. Sur le couvercle, l'un d'eux tient la cage vide, pendant que son frère a passé une main autour du chat, qui semble somnoler, la tête basse. La petite fille debout à gauche regarde le sol, consternée, sans lâcher la baguette de buis avec laquelle elle jouait une minute plus tôt. Une mèche blonde lui balaie la joue droite. Sa sœur, assise par terre, les jambes étendues devant elle, tourne la tête avec un petit air buté. Les deux frères, debout derrière la barrique, se demandent encore comment la chose a pu se produire.

Ce que ces quatre enfants pleurent, c'est la perte du cinquième. La scène n'est qu'un prétexte, les peintres ont dû en passer par le symbole de la cage vide pour exprimer l'inexprimable.

Comment, sinon, figurer la disparition ? Comment rendre compte de l'inexplicable – l'évaporation pure et simple, un beau jour, de leur aîné Isaac ?

10 octobre

Entre deux cours, je retourne au Louvre – ma folie, ma drogue. L'impression reste inchangée, mais elle a acquis une nouvelle profondeur. Tous me regardent, de leurs yeux dilatés, durs, affligés. Je suis le messager de la Mort, qui apporte la mauvaise nouvelle : Isaac a disparu, je ne sais pas où il se trouve. Dans leur regard se lisent l'effroi et l'effarement de cette perte. Ils sont éternellement surpris et figés dans l'attente. Reviendra-t-il jamais ?

Pour toutes ces familles, humbles ou riches, la tribu est un corps constitué. Malgré les vicissitudes du sort, la guerre, la peste qui sévit à intervalles réguliers, le corps tient bon et chacun de ses membres, unique et précieux, y trouve sa place. Ensemble, les êtres défient l'adversité. Mais qu'un membre soit brusquement coupé, et c'est tout l'organisme qui perd l'équilibre. La vie devient fragile, elle est la proie de la mort qui rôde. Voilà ce que les frères Le Nain veulent me dire, trois cents ans après leur propre mort.

Voilà ce que leur main a peint – mais comment la main, amputée du majeur, a-t-elle pu tenir le pinceau ?

## 12.
## PONT DE L'ALMA

La grippe s'était envolée, mais pas la colère dans le cœur de Gérard. L'exposition de son frère lui laissait un goût amer. Sur le chemin du retour, Valentin avait boudé, marmonnant par intermittence des choses incompréhensibles. Depuis six longs jours, ils ne s'étaient pas parlé. Pas même un bonsoir jeté au vol, après l'école. La nuit, il avait repris ses escalades et marchait longuement en équilibre sur la rambarde de la coursive, puis sur le toit. Gérard le voyait d'en bas, en soulevant un coin de son rideau. Sa silhouette se détachait sur le ciel, conquérante, fragile et douloureuse. Tendu, dans l'appréhension de la chute, Gérard avait soudain compris en quoi il avait failli : l'enfant attendait quelque chose de cette sortie. Un beau matin, au marché, Gérard, tel un père ou un frère aîné, l'avait défendu. Son geste avait fait naître chez son protégé une attente qui ne s'exprimait pas dans les mots, mais par des serrements furtifs de sa petite main dans la sienne, des frôlements de son corps appelant une tape affectueuse sur la tête ou l'épaule, des regards anxieux qui l'encourageaient à prendre son rôle au sérieux : Gérard devait être son guide, l'éclairer, lui dévoiler des pans inconnus de la vie. À tâtons, Valentin avait tenté de le lui faire comprendre. Au lieu de cela, Gérard l'avait conduit dans ce mouroir où l'enfant s'était avachi sur une chaise, environné de vieux tableaux ennuyeux. Gérard avait craint de paraître ridicule et n'avait pas osé lui expliquer qu'à travers eux, c'était son frère qu'il cherchait.

C'est alors que l'idée lui vint : demain, il emmènerait Valentin voir ce que Paris avait de plus beau. L'excitation le tint éveillé une grande partie de la nuit. Au petit matin, pourtant, il se sentait comme neuf. Marianne n'éleva aucune objection à cette nouvelle expédition. Elle s'alourdissait et semblait fatiguée par les piaillements des deux petites filles qui couraient autour d'elle. Gérard, lui, était plein d'entrain. Valentin lui coula tout d'abord un regard sceptique et lourd de reproche. Mais il se laissa amadouer. Tous deux remirent donc ça : monter et descendre les escaliers, tenir en équilibre dans les trains en marche. Valentin s'amusait comme un fou : il grimpait comme un singe aux barres du métro jusqu'à toucher le plafond. Gérard le regardait avec admiration. Pour une fois, ses chairs ne s'échauffaient pas. Au contraire, il lui semblait qu'elles se répartissaient plus harmonieusement sur son squelette, que son cœur battait plus calmement, que l'eau de Cologne dont il s'était aspergé le rendait moins repoussant. Une petite angoisse le grignotait cependant : ce qu'il allait montrer à Valentin était ce qu'il avait de plus précieux et il craignait ses moqueries ou, pire encore, cet air de profond abattement qui le rendait soudain inaccessible. Mais Gérard s'était convaincu qu'il lui fallait commencer par là : si leur amitié devait durer, il devait partager ce lieu avec son petit protégé et lui dévoiler le plus profond de son âme. Un enfant pouvait le comprendre, parce que cette expérience n'avait rien à voir avec celle de vieux tableaux qui ne vous disaient rien, qui semblaient exister dans un autre espace-temps où vous n'étiez pas le bienvenu.

Ils émergèrent de terre à Alma-Marceau et, invitant Valentin à le suivre, Gérard se dirigea vers la grande flamme dorée qui se courbait gracieusement dans l'air. Son pouls s'était accéléré. Il revenait enfin auprès d'elle. Par bonheur, depuis quelques années, l'esprit de commémoration s'essoufflait et les visiteurs étaient moins nombreux. Il se tint là, en silence, émerveillé par la vision. Valentin commençait à frétiller à ses côtés, aussi Gérard demanda-t-il avec sérieux :

– N'est-ce pas que c'est beau ? Cela te fait penser à quoi ?

– Ben, répondit-il, je sais pas, moi… à une glace en train de fondre… C'est ça la réponse ? Tu vas m'offrir une glace ?

– On est encore en hiver, mais si tu veux, oui, je t'en offrirai une. Cette flamme, tu vois, célèbre la mémoire de la princesse Diana, qui est morte dans un accident de voiture dans le tunnel, tout près d'ici, le 31 août 1997. Tu n'étais même pas né, je pense !

– Tu te goures, j'étais presque né : je suis né le 1er septembre 1997.

Gérard ressentit une secousse dans la poitrine et dévisagea l'enfant, les yeux écarquillés. Il s'était attendu à tout, sauf à ça ; il s'apprêtait à affronter la colère de Valentin, son énervement, son refus de l'écouter. Mais ce qu'il apprenait là, par ce beau matin ensoleillé, à l'ombre de la flamme courbée qui brillait de mille feux, le transperçait. C'était comme si sa vie recevait soudain, par ces quelques mots, un sens nouveau, qui le reliait sans qu'il comprenne lui-même comment au cosmos, au mouvement de l'histoire, au grand déroulement des cycles de l'univers. La mort de Diana prenait un sens parce qu'à côté de lui se tenait cet enfant un peu sauvage, renfrogné, à la tignasse mal peignée, qui était venu au monde au moment même où elle le quittait.

– Ça va ? demanda Valentin en lui jetant un regard inquiet. Tu vas pas avoir un malaise, au moins ?

– Non, non, pas du tout… il faut que je t'explique. J'espère que tu ne me prendras pas pour un vieux cinglé. Je voulais que tu voies cette flamme parce que, pour moi, elle est magique. Diana était la plus belle femme du monde, elle avait deux garçons, des adolescents à l'époque, et elle s'est tuée ici, avec son amant, parce que sa Mercedes roulait trop vite, que le chauffeur avait trop bu et que des motards les pourchassaient… Pourtant, bien avant l'accident, la flamme était déjà là. Elle reproduit celle de la statue de la Liberté, à New York, en grandeur réelle.

Valentin écoutait avec attention. Gérard se sentit encouragé par ses yeux clairs fixés sur lui. Il aurait voulu lui dire tout ce qu'il voyait vraiment ici : cette flamme solide et brillante, ployée par le vent, qui se tenait sur son socle à hauteur d'homme, posée sur une étoile, et qui pointait vers le ciel ; une flamme dure qui ne s'éteindrait jamais, même si le déluge s'abattait sur elle ; une flamme qui attendait, à la sortie du tunnel, sachant depuis toujours qu'elle recevrait par une chaude nuit d'été le dernier soupir d'une princesse, une flamme qui, dressée vers l'au-delà, lui montrait la voie et lui disait : « Ne crains rien, je veille, personne ne t'oubliera. » Gérard avait aimé Diana à chacune de ses apparitions : une femme éternellement belle et douce qui lui rappelait sa mère, la main tendue vers les malades, cajolant les enfants, les siens et tous les autres, sublime en robe de bal comme en treillis sur les champs de mines, mais aussi parfois fragile et perdue, jouet des hommes malhonnêtes. Elle lui manquait autant que sa mère, disparue vingt ans avant elle.

– Ce que j'ai compris, tu vois, exposa Gérard, c'est qu'il n'y a pas de hasard. Son destin était de mourir là. Cette flamme l'attendait depuis longtemps. D'ailleurs, tu vois bien où nous sommes ? Pont de l'Alma : c'est de l'italien, ça veut dire le « pont de l'Âme ». Elle ne pouvait pas mourir à un autre endroit, c'est ici que son âme devait passer dans l'autre monde. Tu ne trouves pas qu'elle est belle, cette flamme ? Parfois je viens ici, juste pour la regarder, je me ressource, j'oublie tout, le flot des voitures, la vie, à quel point je suis gros et moche ; je pense à Diana, à sa vie à elle qui a été si triste, malgré la richesse, et je me sens moins seul – je me dis que chacun a, quelque part, une flamme qui l'attend pour le guider... Voilà, maintenant tu connais mon secret.

En l'écoutant, Valentin esquissait une moue dubitative. Quand il se tut, Gérard se dit qu'il avait perdu, que ses élans mystiques lui passaient bien loin au-dessus de la tête, qu'à se dévoiler ainsi, il passait nécessairement pour un fou.

– Mouais... marmonna Valentin, admettons. Tu te souviens quand même que tu m'as promis une glace ?

– Bien sûr ! s'écria Gérard, tout heureux de ne pas le sentir hostile. On va essayer de t'en trouver une !

– Et tant qu'on y est, on pourrait pas faire un tour en bateau-mouche ?

Obtenir la crème glacée convoitée s'avéra difficile. Valentin en voulait une rose et blanche, mais nulle part les machines qui les produisaient n'étaient branchées. Il dut se contenter d'un esquimau pêché au fond d'un congélateur de brasserie.

– Pas grave, ça ira quand même, dit-il avec philosophie.

Et Gérard sentit que l'enfant s'adoucissait enfin un peu, que quelque chose de dur en lui fondait, laissant doucement place à la confiance.

Au fond, il n'avait peut-être pas eu tort de l'amener ici. En se dirigeant vers la Seine, il salua mentalement le souvenir de Diana et perçut le rayonnement de la flamme qui parvenait jusqu'à lui, le poussant en avant comme s'il était un vulgaire fétu de paille. Dans son dos, le monument continuait de se dresser, éternel et mouvant, pareil à une main dorée qui lui adressait un petit salut, un encouragement divin.

Ils traversèrent le pont et parvinrent à l'embarcadère. Un bateau plat les attendait, ses sièges en plastique orange vif impeccablement alignés et rabattus, comme des soldats au garde-à-vous. Deux palmiers en pot les surveillaient, plantés sur le pont supérieur. En dessous, une verrière abritait d'autres rangées de fauteuils. Un groupe de Japonais s'y était réfugié pour profiter de la vue sans s'exposer aux rayons du soleil. Deux jeunes filles leur avaient faussé compagnie et se tenaient à l'étage supérieur, chacune sous une ombrelle de couleur différente. Gérard les regardait, tout en payant les billets. Il voyait deux fleurs rares et délicates, miraculeusement écloses sur cette structure de verre et de métal, qui se balançaient dans la clarté, au gré de la houle légère. Dans la serre, sous leurs pieds, les touristes pressés les uns contre les autres ressemblaient à un beau petit carré de légumes.

– On va en haut, d'accord ? s'écria Valentin qui s'élançait déjà dans les escaliers.

– Oui, si tu veux, répondit Gérard, ahanant à sa suite.

Il se posa sur un siège avec précaution, retenant son souffle : le plastique ne céda pas. « Le plus gros potiron de tout le potager ! La fierté du producteur ! » pensa-t-il, riant de lui-même. Valentin courait d'un bord à l'autre, excité, dans l'attente du départ.

Le jardin flottant se mit en branle dans un bruit de moteur. Des remous vinrent troubler le cours argenté du fleuve; les bouillons, contre le flanc du bateau, avaient une couleur terreuse. La tour Eiffel s'éloigna et se perdit un peu plus dans la brume. Le bateau remontait la Seine sans effort, comme une puissante lame d'acier tranchant dans la soie. Des haut-parleurs se mirent à diffuser des bribes de commentaires. À cause du vent qui éparpillait les sons, Gérard n'entendait qu'un mot sur deux. La version française lui paraissait aussi incompréhensible que celles qui la suivaient. Par un hublot à ses pieds, il s'amusait à observer les Japonais qui tournaient la tête comme un seul homme, à bâbord, à tribord, selon les indications que leur fournissait la voix. Les deux fleurs s'étaient assises sous leurs ombrelles à quelques sièges de lui et s'échangeaient des lunettes griffées, des bijoux et des foulards achetés un peu plus tôt, sans accorder la moindre attention au spectacle. Gérard se laissait bercer par les oscillations et réchauffer par les rayons du soleil. Il se sentait léger, le corps tout entier gonflé de bien-être, et songea que pour une fois, son embonpoint, au lieu d'être un handicap, lui permettait d'éprouver doublement ce que les autres ne savouraient qu'à peine.

Il s'aperçut alors qu'il avait perdu de vue Valentin. Il se leva d'un bond, refusa d'écouter la douleur fulgurante qui cria dans ses genoux en même temps que le siège, en se rabattant, jetait un claquement sec. Il balaya le pont du regard, le cœur serré par l'angoisse, puis repéra le garçon loin devant lui et poussa un soupir de soulagement. Prenant appui tant bien que mal sur le bastingage, il chaloupa jusqu'à l'avant de la vedette :

– Alors, bonhomme, tu joues les figures de proue ? Tu profites de la vue ?

– Tu parles, y a rien à voir, c'est nul. En plus on se traîne dans ce bateau pourri. Même dans le bain de mes petites sœurs, la grenouille en plastique va plus vite !

– Pourtant c'est toi qui voulais la faire, cette balade ! Il faut que tu m'expliques, parce que tu vois, je ne comprends pas ce que tu attends.

– Mais enfin, t'es bouché ou quoi ? Moi, ce que je voudrais, c'est être sur un bateau, un vrai, pas comme cette poubelle ! Et tant qu'à faire, un qui va sur la mer, là où ça secoue carrément ! De la vraie flotte, avec des vraies vagues, et des vrais poissons !

Valentin ploya la tête et cacha son visage dans ses avant-bras posés sur la rambarde. Gérard sut qu'il pleurait. Une lame de tristesse le submergea : l'enfant jouait les taciturnes, les blasés, mais au fond il était à vif, pareil à une orange pelée qu'il suffit d'entailler pour que le jus en sorte. Gérard passa son bras sur l'épaule de Valentin au moment où le bateau-mouche, qui avait fait demi-tour après son périple jusqu'à Notre-Dame, se trouvait de nouveau à hauteur de l'Alma. La flamme dorée se courbait gracieusement dans sa direction et une flammèche plus longue que les autres, tendue comme un index, le désignait, lui, Gérard Rataud. Elle l'investissait d'une mission, et soudain son cœur malade battit à vive allure, il lui vint des suées d'angoisse en même temps qu'il lui poussait des ailes. Il serait cet ange chaotique et pataud, la bonne étoile allumée à la grande flamme magique qui guiderait Valentin et lui donnerait enfin ce qu'il désirait si ardemment. Il l'emmènerait là-bas, au loin, sur la mer démontée. Il l'aiderait à rejoindre son père.

## 13.
## L'ASSEMBLÉE DES DIEUX

« Bon, cette fois-ci, rien à faire, je ne peux pas y couper », pensa Gilbert. Il tenait à la main la missive maladroitement tapée par la secrétaire : « Vous êtes conviés à une réunion de département le lundi 17 mars à 9 h 30, salle Fantin-Latour. » Suivait l'ordre du jour : nouveaux programmes, crédits de recherche, colloque de fin d'année, dates d'examens, simplification des barèmes... Cette seule lecture le faisait déjà bâiller d'ennui. Il lui faudrait être à l'heure car le directeur, Michel Sablon, détestait les retardataires. Il lui était même arrivé de tancer ses collègues fautifs devant l'assemblée contrite, comme s'ils étaient de vulgaires étudiants. « Vieux con irascible et frustré », lui décocha mentalement Gilbert en enfilant son pardessus. Lui au moins n'avait pas perdu son temps. Hier soir encore, il avait emmené Estelle dîner chez Lipp. Elle aimait cet endroit où l'on mangeait très mal pour un prix exorbitant. Qu'à cela ne tienne, il l'avait regardée grignoter ses deux feuilles de salade et ses tomates miniatures. Il avait englouti son foie gras en trois bouchées, et elle l'avait autorisé à finir le sien dont elle avait laissé la moitié. Elle pouvait pourtant se remplumer un peu. Il l'avait regardée, vêtue d'une petite robe noire échancrée, jeter des regards alentour, son verre de vin doré à la main, guettant les célébrités, vérifiant que les clients avaient remarqué sa présence et le bel homme qui l'accompagnait. « Elle doit vraiment me croire plus important que je ne suis ! » se dit Gilbert. La soirée les avait mis de bonne humeur et ils étaient rentrés à pied jusqu'à la montagne Sainte-Geneviève. Parfois, ces derniers temps, Gilbert la laissait dormir chez lui, à la seule condition qu'elle parte tôt. Elle n'aimait pas son appartement au sixième étage sans ascenseur, où les murs de livres lui donnaient l'impression d'étouffer. Mais un petit cognac l'aidait à oublier ses *a priori* négatifs et à donner libre cours à ses talents.

Il était neuf heures vingt-huit à sa montre quand Gilbert entra dans la salle. La plupart des autres professeurs étaient déjà installés sur les chaises tubulaires et bancales, devant les tables scarifiées par des générations d'étudiants désœuvrés. Il songea avec nostalgie aux six mois qu'il avait passés, treize ans plus tôt, à l'université de Montréal. Il revit son bureau en acajou, la moquette verte où ses semelles s'enfonçaient, la femme de ménage en blouse bleu ciel qui passait chaque matin vider sa poubelle et épousseter ses étagères ornées de statuettes de danseuses en bronze, en terre et en plâtre, la fierté de son collègue canadien qui découvrait quant à lui pendant ce temps, ébahi, les néons branlants, les salles sans fenêtres et les bibliothécaires revêches de la prestigieuse université française où Gilbert, trop heureux, lui avait laissé sa place.

– Bien, tout le monde est là, nous allons pouvoir commencer ! tonna Michel Sablon.

C'était un petit homme trapu, au visage lourd, qui ne souriait jamais. Gilbert le laissa parler et parcourut l'assemblée du regard. Alexandre Dumas, presque chauve, sans menton, voisinait comme toujours avec le vieux Georges Reboul, le mémorable auteur d'un unique article. Ils se poussaient du coude comme des cancres, riaient sous cape et s'échangeaient des billets où ils avaient griffonné quelques mots. « Sûrement en train de comploter pour la place de directeur », pensa Gilbert. Les élections approchaient, Sablon, en mauvaise santé – une tumeur, à ce qu'on disait –, ne se représenterait pas, et Gilbert voulait tenter sa chance. De vraies responsabilités administratives, du pouvoir, un bureau digne de ce nom, une secrétaire rien que pour lui, voilà qui le changerait de la routine. Il avait discrètement sondé ses collègues, qui lui avaient répondu de manière évasive. Gilbert, connaissant leur habituelle peur de l'engagement, avait conclu que c'était là ce qui s'apparentait le plus à des encouragements.

La porte s'ouvrit doucement et une jeune femme aux longs cheveux ondulés s'avança, marchant sur la pointe des pieds, espérant sans doute passer inaperçue. Tout le monde se tourna vers elle et Sablon, stoppé net dans l'élan de son discours, lança, furieux, à son adresse :

– Et la ponctualité, mademoiselle, vous connaissez ? Il est neuf heures trente-deux, je vous signale ! La prochaine fois, veillez à mettre votre montre à l'heure, ou bien restez dehors !

Flore s'assit, la tête basse, dans le camp des femmes, des maîtres de conférences et des chargés de cours. En relevant une mèche auburn qui lui tombait dans les yeux, elle coula vers Gilbert un regard frondeur et un sourire en coin. Il se trouvait exactement face à elle et ressentit comme un soulagement de la savoir là. Le flot de paroles avait repris et Gilbert se laissa bercer tout en suivant le dessin de l'encolure arrondie du pull-over de Flore, qui le guidait jusqu'à l'épaule où se cachait le talisman connu de lui seul. Il sentait dans la poche intérieure de sa veste en tweed, contre son cœur, la présence familière du petit calepin. Isaac avait-il eu une femme à lui ? Avait-il troussé les jupons de passage, reluqué les servantes dans les auberges, ou bien s'était-il laissé apprivoiser par une naïade au teint pâle semé de taches de rousseur, au regard pétillant, au sourire encadré de fossettes, aux longs cheveux cuivrés, qui passait le plus clair de son temps les mains dans l'eau, accroupie dans le ruisseau d'à côté, à remuer la vase et à soigner ses tritons ?

Un téléphone portable vibra dans la sacoche de son voisin, Philibert Châtaigner, un dandy grand et mince à petites lunettes cerclées d'or qui lui donnaient un air de notable de la troisième République. Philibert rougit, agita ses longs bras, fouilla dans son cartable, en fit tomber quelques crayons et imposa le silence au fauteur de trouble. Le directeur lui jeta un regard noir, ouvrit la bouche mais ne dit rien. « Il a sûrement peur de le voir s'effondrer en pleurs s'il lui fait une remarque », pensa Gilbert. Il aimait beaucoup Philibert, toujours doux et délicat, dont les étudiants portaient aux nues les cours sur le symbolisme décadent. Jamais, pourtant, il n'avait pu avoir avec lui une conversation qui ne fût interrompue par le vibreur de son téléphone portable. La première fois, il avait cru que Philibert avait mis en vente son appartement ou sa voiture, et que la petite annonce venait juste de paraître. Les fois suivantes, il avait renoncé à se demander ce que Philibert offrait de si alléchant pour qu'il invite systématiquement chaque correspondant à le rappeler le soir même après dîner.

L'heure tournait, le directeur avait évoqué tous les sujets à l'ordre du jour, et il serait bientôt temps pour Gilbert de rejoindre l'amphithéâtre pour son cours magistral de dix heures trente. C'est alors que, dans un blanc ménagé par Michel

Sablon, comme une invitation à poser des questions, la voix d'Alexandre Dumas s'éleva :

– Monsieur le directeur, je voudrais aborder ici un problème qu'il ne m'est pas aisé d'exposer... J'ai jugé bon, cependant, de vous en faire part, ainsi qu'à vous tous, chers confrères.

« Fayot, pensa Gilbert. Tu te crois déjà en campagne électorale, comme si on n'entendait pas ce ton obséquieux de lèche-bottes ! »

– Cela concerne des informations d'un goût douteux qui circulent sur internet. Si je vous en parle, croyez-le bien, ce n'est pas pour diffuser des ragots, mais parce que l'image de notre faculté est en jeu. Son honneur, même, je dirais.

Cette fois, il avait captivé son auditoire, le bougre. Rien de tel qu'un peu de soufre pour susciter les émotions troubles et l'attente. Un parfait rhéteur.

– J'en ai été récemment informé par une étudiante. Il s'agit d'un blog, ces pages qui ressemblent à un journal intime, à la différence près qu'elles s'exposent au vu et au su de tous sur la toile. Il y est question de l'un de nos confrères, malheureusement nommé et abondamment décrit dans diverses situations sur lesquelles je ne porterai pas de jugement, bien sûr, mais qui me semblent contraires à notre éthique d'éducateurs et d'enseignants...

« Salaud ! pensa Gilbert, estomaqué. Tu ne vas tout de même pas te payer ce pauvre Philibert en pleine réunion ? Mais qu'est-ce qu'il t'a fait, bon Dieu ? Et de toute façon, qu'est-ce que tu cherches sur ces sites, toi-même, dis-le-moi un peu, espèce de tordu ? Tu ne peux pas le laisser vivre sa vie en paix ? »

L'assistance s'était tendue, faisant bloc avant la révélation finale. Gilbert jeta un regard à Flore, dont le front s'était barré d'un pli soucieux. Tous les yeux convergeaient vers Dumas, qui savourait ce moment.

– Une étudiante, Estelle Denis, a mis en ligne le récit de ses ébats avec son professeur, avec force détails que je vous épargnerai. Elle invite les autres jeunes filles passées dans le même lit à « noter » les performances dudit professeur et à échanger des commentaires scabreux. Notre université et notre département tout entier sont éclaboussés, car ce blog commence à connaître un franc succès, et les visiteurs se comptent par centaines.

Un froid saisissant, compact comme un glaçon, était soudain descendu dans le ventre de Gilbert. Il tournait là, dans ses entrailles, et le fouaillait de ses dents acérées. Alexandre Dumas n'avait pas besoin d'être plus explicite : tous les yeux s'étaient tournés vers lui. Le directeur restait silencieux, soupesant les faits et envisageant les mesures à prendre. La voix de Philibert s'éleva, fluette mais assurée :

– Monsieur le directeur, si je puis me permettre, je trouve que ces allégations sont de très mauvais goût. Le coupable n'est-il pas d'abord celui qui s'expose ainsi en public, et qui prend en otage un partenaire, peut-être pas innocent, je vous le concède, mais qui n'a pas demandé à être ainsi jeté en pâture aux voyeurs ?

« Brave Philibert, pensa Gilbert. Tu es vraiment une crème, toi. »

Dans son ventre, le froid s'était un peu atténué. Mais il se sentait toujours broyé dans un étau, sous les regards majoritairement désapprobateurs de ses confrères. Il commençait tout juste à saisir la portée de la nouvelle : une colère et un dégoût immenses l'envahirent à la pensée que ces dernières semaines il avait relancé Estelle, en toute naïveté, sans se douter un instant de ce qu'elle mijotait. Il l'avait nourrie, abreuvée, cajolée, avait ri et papoté avec elle. Elle lui devait bien un peu d'intimité en retour. Mais la garce avait transformé leur relation en un jeu pervers qu'elle orchestrait, un ballet rose où elle recueillait avec gourmandise l'avis des autres danseuses, qui auraient dû rester anonymes.

– Je suis d'accord avec Philibert, lança Flore à son tour. Il faut surtout parler à cette étudiante et lui demander de cesser. C'est elle que l'on peut accuser de diffamation, il me semble !

– Je vais réfléchir à la réponse qui s'impose, rétorqua Michel Sablon en détachant chaque mot avec pondération. Le conseil de discipline pourrait être une solution, mais très franchement, je ne sais pas qui doit être déféré devant lui, de l'étudiante ou de l'enseignant en question… Il est à peu près certain que la presse va s'emparer de cette affaire, elle en a sûrement déjà eu vent, et les journalistes ne rateront pas cette trop belle occasion de salir un peu plus l'université qu'ils méprisent. Mesdames, messieurs, dans ces circonstances pénibles pour nous tous, je vous demande de faire bloc, de conserver en tous points un comportement irréprochable et de vous abstenir de tout commentaire public. Si un journaliste vous approche, je vous somme de me le signaler et de me l'envoyer aussitôt. Je serai votre seul porte-parole. Quant à vous, monsieur Rataud, je vous attends dans mon bureau à quatorze heures.

Un frisson de soulagement parcourut l'assemblée. Le chef avait joué le rôle qu'on attendait de lui, il avait assumé ses responsabilités au nom de tous, il avait encore une fois fédéré les apôtres autour de sa personne. Les yeux s'étaient détournés de Gilbert, pleins de gêne, et naviguaient, perplexes, de Sablon à

Dumas. Après tout, c'était peut-être bien lui, l'héritier naturel du directeur. Gilbert savait qu'il avait joué là son va-tout, qu'il s'était assuré les suffrages par ce coup d'éclat minable. Sa carrière à lui, en revanche, était finie.

Les chaises raclaient le sol, la salle se vidait. Gilbert se sentait lourd comme une pierre. Il lui semblait qu'il avait été précipité du haut de l'Olympe vers un abîme, qu'il était Héphaïstos le boiteux, incapable de se relever de sa chute, estropié à vie. Les murmures qui s'étaient élevés, à la fin de la séance, devenaient dans le couloir un brouhaha courroucé qu'il entendait de loin. Il savait bien qu'il était le sujet principal des conversations et que ses collègues s'empresseraient d'aller visiter le site d'Estelle, à l'abri dans leurs bureaux, goulus comme des sangsues avides de son sang. Il mit la tête dans ses mains et voulut mourir sur place. Une légère pression sur son épaule le fit sursauter. Il ne l'avait pas sentie venir. Flore se tenait près de lui, son beau visage empreint d'inquiétude.

– Ça va ? Tu tiens le coup ?

– Mmm… J'ai connu des jours meilleurs !

– Écoute, ne t'en fais pas trop, cette bulle va se dégonfler d'elle-même, dans huit jours on n'en parlera plus !

– Tu crois vraiment ? Tu ne connais pas Dumas ! Il est bien décidé à avoir ma peau ! C'est une guerre qui va bien au-delà des élections, il n'a jamais pu me blairer.

– Laisse-le mener sa campagne, et va parler à cette étudiante. Il faut qu'elle enlève ces saletés de son site. Elle ne peut pas ruiner ta carrière impunément !

– Oh, après tout, il faut croire que j'ai ce que je mérite. Quand je pense qu'elle répand sa prose sur internet, elle qui n'a jamais été fichue d'aligner deux phrases sans fautes d'orthographe dans ses copies ! Ça me ferait rire s'il n'y avait pas de quoi en pleurer !

Flore se pencha un peu plus vers lui. Il avait l'air sérieux. Gilbert lui faisait l'effet d'un homme désespéré, planté au pied d'une avalanche, attendant sans broncher, les bras ballants, qu'elle lui passe sur le corps et l'engloutisse.

– Il faut te secouer, dit-elle. Si tu veux, je peux t'aider, en allant parler à cette fille par exemple. Il est certain qu'elle cherche à se venger. Peut-être attendait-elle de toi plus que tu ne l'imaginais ? Peut-être qu'elle s'est sentie bafouée ? C'est un sentiment fréquent chez les femmes, tu sais.

Gilbert passa en revue les conquêtes de ces derniers temps. Outre Estelle, il comptait une bonne douzaine de nymphettes avec qui les ébats avaient été plus ou moins agréables. Et si on lui demandait son avis, à lui aussi ? Après tout, il pourrait distribuer des notes à son tour. Ces demoiselles riraient un peu moins que devant leurs copies barrées de rouge. Mais ses souvenirs les plus anciens se fondaient dans la brume. Il n'éprouvait pour lui-même que de l'écœurement. Quelle stupidité de s'être laissé avoir comme un bleu ! Les moments partagés avec Estelle prenaient une coloration sale et boueuse, ils avaient à ses narines le parfum du vomi. Il leva les yeux et, défait, regarda Flore, attendant d'elle un miracle, qu'elle l'aide à remonter le temps, ou qu'elle détruise instantanément, par un virus connu d'elle seule, tout le réseau des ordinateurs de la planète. Elle lui prit le bras et le força à se lever.

– Viens, allons prendre l'air.

Il se laissa faire, les muscles endoloris par la tension, le cerveau en capilotade, incapable d'accorder entre elles deux pensées cohérentes. Appuyé sur le bras de Flore, semblable à un convalescent de la Grande Guerre agrippé à son infirmière, il s'efforçait de mettre un pied devant l'autre, avec application. Cette attention mécanique le réconforta et lui permit d'aller avec elle jusqu'à la rue, ignorant la moue fielleuse de ses collègues croisés sur le parcours. Le flot des passants sur le boulevard le ramena un peu à la réalité. La honte et la douleur s'abattirent alors sur lui, plus violemment encore que tout à l'heure. Il sentit poindre des larmes à ses paupières ; elles lui évoquèrent cet autre jour où, auprès de Flore, devant la beauté des aquariums, leur silence, leur vie tranquille agencée par ses doigts de fée, il avait failli pleurer. Il fallait qu'il se réfugie là, qu'il devienne un hippocampe, qu'il se cache sous les algues aux noms étranges, se fonde dans les cailloux, se fasse oublier de tous.

Flore le poussa dans un taxi et s'y glissa à sa suite.

– Et mon cours ? s'écria soudain Gilbert.

– Je crois que tu peux l'oublier pour aujourd'hui, dit-elle en riant, et elle indiqua au chauffeur l'adresse de son appartement.

« La maison des hippocampes », songea Gilbert, et il se laissa envahir par la douceur de cette pensée.

Le canapé rouge semblait n'attendre que lui, et il s'y écroula sans un mot. Les lourds rideaux du salon étaient tirés, diffusant une pénombre bienfaisante. Par la porte entrouverte de la pièce aux aquariums lui parvenaient le gargouillis familier des pompes et un faisceau de lumière bleutée. En s'excusant, Flore alluma son ordinateur portable posé sur un coin de table.

– Il faut toujours savoir ce que l'ennemi nous réserve, pour pouvoir réagir. Laisse-moi faire.

Elle actionna quelques touches puis s'absorba dans la lecture de son écran. Quand elle revint vers lui, Gilbert s'était presque assoupi. Elle le tira par la manche.

– Écoute, ça ne me paraît pas si grave... Ce sont des gamines qui s'amusent à tes dépens, et ton nom n'apparaît pas en entier, Estelle ne cite que tes initiales.

– La belle affaire ! Le déguisement est un peu mince, non ?

– G. R., il y en a au moins un autre à la fac ! C'est peut-être là ta chance !

– Quoi, tu veux dire Georges Reboul, ce vieillard sénile ? Personne ne le confondrait une minute avec moi, quand même ! Il y a une limite à l'indécence !

Une onde d'orgueil le soulevait, il se redressa sur le canapé, l'œil allumé de colère.

– Regarde-toi, s'exclama Flore, on dirait un coq que l'on menace d'expulser du poulailler ! Au fond, elles n'ont pas tout à fait tort, ces petites poules : tu es un vrai Don Juan de basse-cour qui ne voudrait pour rien au monde qu'on lui pique sa place !

Et elle se mit à rire devant son air dépité.

– Je ne suis pas celui que tu crois, lança-t-il. Tu ne sais rien de moi, rien d'important. Ce que tu vois sur cet écran, ce n'est qu'une image, ce que ces filles croient posséder de moi. Elles m'ont vu au pieu, à poil, d'accord ; certaines ont fouillé mes vêtements, m'ont fait les poches quand j'avais le dos tourné. Mais je suis sûr qu'aucune n'a compris que l'essentiel se trouvait dans ce petit carnet. Elles n'en sont pas capables.

Gilbert voulait inverser la vapeur, changer avant qu'il soit trop tard le regard que Flore portait sur lui. Il ne savait pas bien pourquoi il s'exposait ainsi, sortant son journal intime de sa poche intérieure, mettant soudain Isaac à la lumière. Une ultime retenue lui faisait serrer les doigts, tenir fermement les pages à l'abri dans la reliure de cuir douce au toucher. Il y mettait la même énergie que Flore à protéger ses hippocampes des regards indésirables.

– Je ne suis pas si différent de toi… Même si ma carrière est foutue, au fond, ça m'est égal. L'enseignement, j'en ai ma claque. Ce qui compte, pour moi, c'est ce qu'il y a là-dedans. Je vais t'expliquer, si tu veux. Personne d'autre n'est au courant. Mais toi, je crois que tu peux comprendre.

## 14.
## CALEPIN, PAGES 13 À 16

1er novembre

Champfleury, vers le milieu du XIXe siècle, s'est lui aussi posé la question : qu'est devenu Isaac ? Est-il tombé dans un étang voisin ? A-t-il été enlevé par des Bohémiens de passage, ou dévoré par les bêtes sauvages ? Champfleury rêve tout éveillé ; il imagine une campagne enténébrée où les plans d'eau sont noirs et profonds, où les loups rôdent dans la neige, avides de chair d'enfant, où des mages hostiles traversent les villages en jetant des sorts et en aspirant les jeunes vies dont ils se nourrissent.

Peut-être n'a-t-il pas tout à fait tort. À y regarder de près, il y a beaucoup de joueurs de flageolet chez les Le Nain. Bien sûr, le pipeau, la guitare, le violon de poche sont les instruments qui égaient les veillées campagnardes. Ils sont *Trois jeunes musiciens*, beaux, intenses, concentrés, au musée de Los Angeles. Trois jeunes garçons blonds, le cheveu en bataille, deux qui pincent les cordes, un qui tient le cahier de musique. Comme les trois peintres, essayant de faire durer l'harmonie vaille que vaille. Mais chacun semble perdu en soi-même, habité par l'effort, la rêverie, ou le désintérêt. La mélodie est inaudible à nos oreilles. Un vide hante le tableau. Les regards des deux plus jeunes, tournés vers la gauche, la bouche entrouverte, semblent chercher un chef d'orchestre, un guide – leur grand frère absent.

Le flageolet n'est guère plus anodin. Debout exactement au centre de *La Famille de paysans*, mon joyau du Louvre, un garçonnet pieds nus joue un petit air que je crois entendre. Il est doux, ténu, enjôleur. Il contraste avec les physionomies dures et tourmentées des adultes qui me dévisagent, et répond à la face de lune attendrie de l'enfant assis à droite, qui voit dans le spectateur, et au-delà de lui, quelque chose qui l'émerveille. Sur un autre mur de la salle 29, un enfant appliqué joue du pipeau, perché en haut de la charrette de foin. Son jumeau, dans un tableau d'extérieur de Washington, adopte la même posture, et l'air qu'il joue, aigrelet, fragile, résonne à travers les prairies désertes, jusqu'aux collines dans le lointain. La musique est un appeau, elle rivalise avec les oiseaux, elle cherche à attirer celui qui s'est envolé.

Je ne suis pas fou. Je n'invente rien. Tout tient, étonnamment concentré, dans le tableau de Detroit : *Le Vieux Joueur de flageolet*. Trois jeunes garçons, trois frères encore, groupés au centre, aussi hauts debout que le vieillard assis qui les distrait de son flûtiau. De part et d'autre du tableau, deux fillettes en haillons, rêveuses. Un adulte et cinq enfants, toujours. Les peintres ne peuvent faire autrement. Deux des garçons sont débraillés, lippus, presque hilares. Le troisième, collé au vieillard, le regarde comme fasciné. Il est déjà ailleurs. En partance.

Le vieil homme porte une ample cape. C'est un voyageur qui vient de s'arrêter, ayant trouvé un aimable auditoire. Un mage des campagnes, qui connaît des charmes étranges. La Picardie n'est pas loin des terres de l'Est, la légende du joueur de flûte de Hamelin est parvenue jusqu'à elle : le dératiseur, appelé par la ville à son secours, entraîne les rats loin, très loin, au son de sa mélodie ; mais quand le paiement promis se fait attendre, il revient, sort à nouveau sa flûte magicienne et captive tous les enfants qu'il emmène avec lui, là où on ne les retrouvera pas.

Chez les frères Le Nain, aussi, court ce petit air, cette rengaine entêtante qui crée un brusque courant d'air dans la toile, qui séduit les enfants et les emporte au loin. Tout le monde attend, en silence, et observe : la petite musique a pénétré dans leur crâne et leur susurre ce qu'ils savent déjà – Isaac a disparu.

3 novembre

« Il doit être encore assez jeune, peut-être même n'avoir pas encore atteint sa majorité, car à cette date il ne semble ni marié ni établi, et nous n'avons retrouvé aucune trace de lui dans les listes d'impôts ni dans les autres archives. [...] Son départ de Laon pourrait s'expliquer par le souci d'aller se former à Paris, ou acquérir ses titres dans quelque université plus ou moins lointaine, avant d'acheter un office. »

(Jacques Thuillier, *Les Frères Le Nain*, Cat. d'exposition, Grand Palais, 1978, p. 42.)

6 novembre, minuit

Recopié ce passage pour m'en pénétrer. La voix du savoir et de la raison. Pourquoi la mettre en doute ? Isaac a tout bonnement pris sa vie en main, son chemin l'a éloigné des siens, il s'est établi ailleurs et n'a plus pensé à donner de ses nouvelles. « Pas de quoi en faire un fromage », disait ma mère pour calmer les esprits qui s'échauffaient – toujours ses métaphores alimentaires, à elle, la cuisinière. Elle me manque tant.

Reprenons. La nuit n'est jamais bonne à la réflexion, car elle vous rend lyrique. Mais je ne peux me satisfaire de cette explication. Un départ volontaire, dans le but de faire carrière ? Pourquoi alors cette angoisse et cette tension palpables sur chaque toile ? Pourquoi ces êtres figés qui appellent et crient de tous leurs yeux ?

Nouvelle visite au Louvre ce matin – c'est là que j'ai vu le point commun qui m'avait échappé. *Les Petits Joueurs de cartes*, *La Famille heureuse*. Scènes d'amusement et de plaisir. Mais tout à droite du tableau, sur chacune, un jeune garçon en mouvement, passant par une porte entrouverte. Sort-il ? Rentre-t-il ? Le premier porte un chapeau et une tenue élégante. On ne voit que la moitié de son corps, l'autre étant dissimulée par le battant de la porte. Il tient son index droit dressé à l'intention du spectateur, comme pour lui dire : « Silence, nul ne doit savoir que je m'en vais, je pars sur la pointe des pieds ! » Absorbés par leurs petites tricheries, les joueurs ne voient rien. *La Famille heureuse* célèbre quant à elle un retour de baptême. Ici non plus, personne ne prête attention à l'enfant, un garçon de douze ans peut-être, qui, chapeau bas, se tient sur les marches, devant la porte ouverte à droite. Il devrait descendre et rejoindre le cercle de famille. Mais j'ai la curieuse impression qu'au lieu de cela il s'en va, à reculons et en catimini ; qu'il va bientôt s'effacer du champ.

La salle 29 avait encore autre chose à me dire ce matin : son petit secret se cachait dans *Les Joueurs de trictrac*. Trois élégants pris par leur jeu, entourés de deux messieurs debout, celui de gauche crevant manifestement d'ennui, la tête penchée, appuyé au dossier d'une chaise – ou bien lui-même plumé quelques instants plus tôt. Cinq personnages, pour ne pas faillir à la règle. Mais non : il y en a un sixième. L'ombre projetée sur le mur à droite est presque inquiétante. Elle ne correspond pas à la silhouette de l'homme debout, tête nue, devant elle. Elle ne correspond pas non plus au joueur assis, qui porte pourtant un chapeau comme elle, mais dont elle n'épouse pas la posture. Sur le mur blafard, je vois l'ombre d'un inconnu sans corps, un voyageur en cape et en chapeau, qui se tient immobile, et qui attend. Mais ce qu'il attend, je ne le sais pas.

7 novembre, 4 heures du matin

Qu'est-ce qui a bien pu pousser Isaac sur les routes ? Tout lui souriait. La Guerre de Trente ans ne dévasterait pas cette contrée avant encore une quinzaine d'années. La famille Le Nain était prospère. Isaac le Vieux, sergent royal et collecteur d'impôts, courait les chemins de Laon à Paris, porteur d'argent et de messages pour le gouvernement. Dans sa jeunesse, il avait vu sa ville souffrir : place forte de la Ligue, elle avait été assiégée par Henri IV pendant deux mois, en 1594. Une fois soumise, elle avait été saignée à blanc par une taxe de 30 000 écus, en représailles et pour couvrir les frais de guerre. Le clergé avait puisé dans son trésor, vidé ses églises de leurs plus belles pièces, et les 20 000 écus restant avaient été levés sur les populations déjà affamées. Isaac le Vieux n'y pouvait mais : il représentait son bon roi, il lui devait obéissance. Néanmoins, il voyait la misère autour de lui, dans les yeux caves des paysans qui se nourrissaient de mulots et de racines, dans le ventre enflé des rares enfants survivants, dans les champs dévastés où plus rien ne poussait.

Puis la vie avait repris son cours. Chacun s'était attelé à sa tâche avec courage, pleurant ses morts mais creusant ses sillons et replantant ses pieds de vigne. Est-ce la crainte de manquer qui conduisit Isaac le Vieux, sa vie durant, à accumuler les propriétés, prés, pièces de bois, fermes et terres labourables ? Ou bien est-ce une forme de mauvaise conscience qui lui dicta de se racheter, de fournir le gîte et le travail aux pauvres gens que par sa charge il avait contribué à dépouiller ?

Isaac le Vieux était un notable craint et respecté. Chaque époque a les siens, qui tentent à toute force de se faire une place au soleil. Mon père en est un, uniquement soucieux de chromes et de carrosseries, mais aussi des gourmettes et des chaînes en or qui signalent à tous sa réussite. Parti de rien, d'un misérable garage en banlieue, il est aujourd'hui à la tête d'une concession automobile de grand luxe et d'une vingtaine d'employés réduits en esclavage. À la mort de notre mère, il a mis dans son lit sa jeune secrétaire, ce qui ne l'a pas empêché de reluquer tout ce qui passait de comestible à sa portée.

Je déteste penser que je lui ressemble. C'est pour cela que je suis parti. J'avais vingt ans. L'âge d'Isaac le Jeune. Lui aussi a pris la route. Plus rien ne le retenait. Sa mère venait de passer de vie à trépas. Ses petits frères se débrouilleraient bien sans lui. Il ne voulait surtout pas devenir ce bourgeois nanti qu'était son père, à qui l'on souriait dans la rue, mais sur qui l'on crachait dès qu'il avait le dos tourné. Il avait d'autres aspirations, il voulait étudier, étendre son univers bien au-delà de la petite acropole de Laon d'où il ne voyait, à perte de vue, que la plaine crayeuse. Il rêvait de paysages dorés par le soleil d'Italie, de mers houleuses, de montagnes si hautes et blanches qu'on les confondait avec les nuages. Je le comprends. Moi aussi j'ai trouvé mon refuge dans un rêve de livres et de tableaux. Et ses frères, après tout, hormis le rustique Nicolas, ancré dans sa terre natale, n'ont-ils pas eux aussi, comme un seul homme, embrassé la carrière des arts, saisi la chance qui s'offrait à eux, et vite filé à Paris ? Y a-t-il plus cruel désaveu pour un père que de voir fuir quatre de ses enfants loin de lui et de ce qu'il représente ? Cette belle image d'une famille unie, qui se lit dans tous les actes notariés, n'est-elle pas au fond qu'une toile écaillée, prête à tomber en lambeaux ?

Je sais à présent pourquoi Isaac est en marche. Je le sens au fond de mes tripes, je ne dors pas, je veille et je marche avec lui.

8 novembre

Il est là, sur la route, dans le tableau de Washington, le seul qui s'ouvre aussi largement sur l'extérieur. Au début, on ne le voit pas. Ce qui subjugue, ce sont les enfants du premier plan, tout à leur musique, qui vous destinent à vous, le spectateur, bien plus qu'à leur vieille grand-mère assise à gauche, ce petit air de flûte champêtre, les yeux levés vers le point en hauteur où vous vous tenez – sur les remparts de la bonne ville de Laon, peut-être, ou – qui sait ? – perché au sommet d'une carriole. De votre poste d'observation, vous dominez la campagne alentour, vos yeux s'étirent à l'infini vers les lointains cabossés par les reliefs des collines, percés à droite par l'épingle d'un clocher. Les nuages courent, poussés par le vent vers l'horizon, et vous filez avec eux dans l'air vif. Puis vous vous lassez des grandes distances et vous ramenez votre regard à mi-chemin, vers la plaine barrée par une haute demeure flanquée d'un long mur protecteur et de bosquets alignés qui le prolongent. Plus près de vous, encore, dans cet espace circonscrit par la main de l'homme, vous distinguez un cavalier qui s'éloigne, et les taches blanches d'un troupeau qu'on rassemble. Plus près encore, deux vaches qui vous tournent le dos, trois paysans debout conversant et autant de moutons qui paissent nonchalamment.

C'est alors que vous le voyez, sur le chemin en contrebas, juste à droite, car il vient de rentrer dans votre champ de vision. Il est indifférent à la musique dont les enfants vous régalent. C'est un jeune homme. Il marche avec application, son bâton de pèlerin posé sur l'épaule, son chapeau à la main, pour laisser le vent sécher ses cheveux que la longue marche a rendus moites, ou de peur qu'une bourrasque n'emporte le couvre-chef. Il avance à grandes enjambées, voyez, ses jambes sont écartées, elles ont l'allure d'un voyageur qui sait où il va. Sa petite silhouette est déterminée, elle ne craint pas la fatigue, elle s'apprête à engloutir les kilomètres qui se déploient devant elle, jusqu'au bout de la plaine et au-delà des collines, vers la ligne qui rejoint le ciel. Il avance dans le sens du vent, poussé par lui. C'est un marcheur infatigable qui va traverser le tableau et laisser derrière lui tout ce paisible univers – et avec lui, vous-même, perché là-haut, qui le regardez passer.

## 15.
## LE DÉPART

Il avait bien réfléchi : rien ne le retenait ici. Pour Valentin, bien sûr, c'était différent. Tous les matins, Gérard lui adressait un petit bonjour, son bol de café à la main, en le voyant partir sac au dos pour l'école. Mais Valentin traînait les pieds. Il avait déjà redoublé une fois, il n'avait pas encore d'amis, et de toute façon aller en classe l'ennuyait. Gérard se disait qu'il ne perdrait pas grand-chose. Quant à sa mère, elle serait bien contente de ne plus avoir dans les pattes ce garçon indocile, qu'elle essayait vainement de contrôler : Gérard lui rendrait au fond un fier service. Elle pourrait se consacrer en toute quiétude à la naissance prochaine et aux deux petites filles. C'était décidé. Il fallait partir.

Il avait tiré le vieil atlas de son armoire. C'était le seul livre qu'il possédait. Après la mort de sa mère, il l'avait gardé longtemps sous son oreiller, en souvenir du jour doré où, sur la table de la cuisine, pendant qu'elle lui faisait cuire un pain perdu dans une mer de beurre fondu, ils avaient imaginé ensemble leurs vacances d'été au bord de l'océan. Pour la première fois, son père avait accepté de fermer le garage et de partir deux semaines au mois d'août. Sylvaine Rataud était chargée d'organiser le séjour. « Je ne veux rien savoir, débrouille-toi, ce n'est pas mon problème! » avait maugréé son mari. Elle lui avait forcé la main. Elle voulait que ses garçons respirent l'iode, courent sur le sable, se jettent dans les vagues. Elle se cachait derrière eux et leur bien-être, mais en réalité, c'était elle qui avait bien besoin de prendre l'air.

Avec elle, Gérard avait regardé la carte de Bretagne qui dessinait une drôle de tête à la mâchoire entrouverte et à l'œil froncé, avec une petite barbiche au menton. On aurait dit que, seule devant ces milliers de kilomètres d'eau salée, elle retroussait les babines pour éloigner les envahisseurs. Sa mère était assez d'accord : elle y voyait, elle aussi, une tête de petit roquet teigneux qui, le cou tendu, aboyait en direction de l'Amérique. Cela les avait décidés tous les deux : ce serait leur destination. En quelques coups de téléphone, Sylvaine avait trouvé un logement au bord de la mer. Son mari avait fait le chèque le soir même, sans desserrer les dents. C'était en 1976. Les seules vraies vacances qu'ils aient jamais passées en famille.

Aujourd'hui, sa mère était morte et l'atlas complètement dépassé. Des tas de petits pays avaient fleuri à la place de l'immense URSS et sur le territoire de la grande Yougoslavie. Heureusement, la Bretagne n'avait pas changé. Gérard parcourait du doigt la côte dentelée sans retrouver le village où ils avaient atterri. Si seulement il avait pu appeler son frère! Lui saurait, sûrement. Gérard imagina un instant leur conversation...

« Allô, Gilbert, c'est moi, Gérard. Dis, j'ai quelque chose à te demander... Au fait, je suis allé la voir, ton exposition. C'est bien, c'est très bien. Je te félicite.

– Quoi, toi, tu y es allé? Tu ne vas pas me dire que tu y as compris quelque chose?

– Non, bien sûr, c'est ton rayon, pas le mien. Mais enfin… certaines toiles m'ont bien plu, surtout celle représentant Madeleine en extase.

– Ça ne m'étonne pas de toi, espèce de gros frustré, tout ce que tu vois, ce sont les femmes nues !

– Je l'ai juste trouvée belle. C'est tout.

– Bon, à part ça, qu'est-ce que tu voulais ?

– Rien. Je ne voulais rien te demander, Gilbert. C'était une erreur. Au revoir. »

Il faudrait qu'il se débrouille tout seul. Tous ces noms se ressemblaient. Ce dont il se souvenait, par contre, c'est que Valentin avait parlé de Lorient. Selon lui, c'était là que travaillait son père. Sur un bateau de pêche, ou dans un chantier naval. Ce n'était pas très clair. Gérard localisa la ville vers le milieu du cou, un peu en dessous de la barbiche. La route serait longue, il leur faudrait prendre le train.

Assis depuis une heure à la table de sa cuisine, Gérard s'était peu à peu engourdi. Ses extrémités étaient comme mortes. Il s'ébranla en prenant appui sur le plateau en formica, et sentit le sang descendre vers ses pieds. « Il faut marcher », avait dit le docteur. Il se décida à rendre visite à son agence bancaire. Depuis longtemps, il faisait profil bas et s'y montrait le moins possible. Cette fois, ce serait différent.

Le soleil jetait une lumière crue sur les petits immeubles blancs qui avaient poussé autour de sa baraque. Peu à peu, ils grignotaient du terrain, évinçant les vieilles maisons aux volets rouillés au fur et à mesure que disparaissaient leurs habitants. Les pelles mécaniques attendaient leur heure. Ce n'était qu'une question de temps avant que leurs dents acérées ne dévorent les misérables bâtiments où Gérard et ses quelques voisins avaient trouvé refuge. L'agence bancaire se tenait sur l'un des côtés de la place du marché. Aujourd'hui, le grand espace était vide de toute animation, seulement occupé par la fontaine qui crachotait sans faiblir ses petits jets vers le ciel et par des véhicules garés en rang d'oignons sur les emplacements délimités, sous le contrôle farouche d'un contractuel qui guettait sa proie. Gérard appuya sur le bouton et se glissa dans le sas. Il en frôlait les bords et dut se mettre de profil pour passer la seconde porte lorsqu'elle s'ouvrit avec un long grésillement sonore. Au guichet, il dut décliner son identité à un employé qui ne le connaissait pas. Quand il déclara vouloir prélever l'argent qui lui restait, le guichetier lui demanda son numéro de compte. Gérard ne le savait pas par cœur, et il murmura qu'étant interdit de chéquier depuis trois ans, il ne pouvait sortir d'autre document que sa carte d'identité pour prouver sa bonne foi.

La sueur coulait sur ses flancs pendant que l'employé examinait la photo. Son regard subitement durci allait et venait de Gérard au document, comme s'il mettait en doute la légitimité du demandeur. « Allons, pas d'inquiétude, lui lança mentalement Gérard, c'est bien moi : je te défie de trouver un autre client qui ait l'air de déborder du cadre comme moi sur cette foutue photo ! » Finalement, le guichetier soupira et tapota sur son clavier le nom et l'adresse de Gérard.

– Il vous reste quatre cent trente et un euros et quatre-vingt-douze centimes.

Gérard eut un sourire. On était le 28 mars, et ses allocations n'avaient pas de retard.

– C'est bon, je prends tout, déclara-t-il.

Il signa le formulaire et recompta sa fortune jusqu'à la moindre piécette avant de la ranger soigneusement dans son portefeuille élimé.

Une fois dehors, il prit une longue inspiration et remplit d'air ses poumons. Entre deux cageots abandonnés au bord du trottoir, presque sous ses pieds, il perçut du coin de l'œil une petite agitation et vit soudain deux rats détaler en direction de la bouche du caniveau où ils disparurent d'un seul bond. Cela lui parut un augure merveilleux et ses yeux se portèrent avec gratitude vers la fontaine dont la pluie de gouttelettes dessinait des arcs de cercle irisés par le soleil. Encore une fois, l'univers vibrait en accord avec lui, il lui envoyait un signe : bientôt, lui aussi serait sur la route, il filerait rapide comme l'éclair avec son petit compagnon, poussé par une force implacable vers d'autres horizons.

De retour chez lui, Gérard ouvrit sa commode et son placard et en sortit tous ses vêtements. Il tria soigneusement ceux qu'il emporterait et roula les autres en boule dans un coin de sa chambre. Son paquetage n'était pas bien gros. Il tenait, savamment plié, dans son unique sac à dos. Gérard y ajouta quelques affaires de toilette et une serviette éponge.

Midi approchait. L'idée lui vint d'aller attendre Valentin à la sortie de son école. Il se remit en route, pensant à la tête que ferait son cardiologue en le voyant si plein d'allant. Au bout de ses jambes, Gérard sentait ses pieds admirablement à l'aise, épanouis sans être comprimés, dans leurs baskets de toile bleu marine. Cette sensation lui montait à la tête et il lui semblait que son esprit aussi frôlait les nuages légers qui couraient dans l'azur, qu'il galopait à leur suite. Du portail de l'école élémentaire s'échappaient déjà des grappes d'enfants. Certains, indécis, se tenaient collés à la grille, attendant leurs parents. Soudain, Gérard le vit, seul, debout sur le perron. Valentin descendit les marches, l'air boudeur, sans prêter la moindre attention à ses camarades qui le bousculaient au passage. Gérard le cueillit à la sortie et lui lança :

– Alors, petit, on est prêt pour l'aventure ?

Valentin écarquilla les yeux sous ses mèches brunes.

– Qu'est-ce que tu fous là ? T'es venu m'espionner ? Tu t'emmerdes vraiment tant que ça ?

– Tu n'as pas entendu ce que j'ai dit ? En fait, je ne vois pas pourquoi on attendrait plus longtemps. Il fait beau, j'ai de l'argent, tu t'ennuies en classe et moi rien ne me retient. Je suis d'avis qu'on parte à la recherche de ton père.

– Tu veux dire là, maintenant, tout de suite ?

– Oui. Exactement.

Ils avançaient côte à côte sur le trottoir. Valentin s'était tu. Il réfléchissait. Peu avant d'entrer dans la courette de leur vieil immeuble, il s'exclama :

– T'es vraiment malade ! Mais bon, pourquoi pas. Ça peut être marrant. Je vais dire à ma mère que je mange chez toi ce midi. De toute façon, je suis pas comme mes sœurs, je bouffe pas à la cantine, c'est vraiment trop dégueulasse. Elle a l'habitude.

– Très bien. Débrouille-toi pour prendre un sac avec un peu de linge. On sera partis un petit bout de temps.

Gérard regagna son appartement tandis que Valentin grimpait vers le sien. Un quart d'heure plus tard, l'enfant frappa à sa porte, l'œil pétillant, les bras encombrés d'un petit sac de voyage.

– Pas de problème. J'ai dit à ma mère qu'on avait sport et que je devais prendre des affaires de rechange.

– Elle a besoin qu'on la ménage, ta pauvre mère, mais on ne peut pas faire autrement. Viens, on va se préparer quelque chose à manger, il va nous falloir des forces.

Gérard mit de l'eau à bouillir avec une poignée de sel, sortit quelques tranches de jambon du réfrigérateur et dressa la table comme pour un hôte de marque. Quand l'eau se mit à frémir, il y versa un paquet de pâtes. La casserole bouillonnait avec allégresse, des pigeons roucoulaient sur le rebord de la fenêtre. D'ordinaire, Gérard était exaspéré par leur tapage et les déjections qu'ils laissaient sous son nez et jusque dans ses bacs de fleurs. Aujourd'hui, il les trouvait charmants, à se dandiner ainsi, bombant le torse et roulant des bruits de gorge, sûrs d'eux, la tête inclinée, leur petit œil rond toujours en éveil, jetant des regards avides par saccades, prêts à gober tout ce qui passerait à leur portée.

Valentin avait vidé une partie du contenu de son sac sur un coin du lit. Il en extirpa une boîte en plastique, la posa sur la table entre les assiettes et annonça fièrement :

– Regarde, on est pas riches ?

Gérard suffoqua presque devant la petite montagne de billets.

– Nom d'un chien, mais ça fait combien, tout ça ? demanda-t-il.

– Six cent soixante euros ! J'ai laissé les pièces chez ma mère, ça lui sert à acheter le pain. Elle sait pas que j'ai tous ces billets, alors c'est bon, on est tranquilles.

– Tu veux dire que c'est ce que tu as fauché sur le marché ? Je croyais que tu avais arrêté !

– Mais ouais, fais pas cette tête ! De toute façon ma mère m'empêche de sortir, maintenant.

– Et tu as gardé cette somme sans la dépenser ? Tu n'as pas eu envie de t'acheter, je ne sais pas, moi, une console de jeux, des vidéos, un baladeur ou quelque chose comme ça ? Un truc de ton âge, quoi !

– Ouais, j'y pense, figure-toi. Va bien falloir que je m'occupe.

Gérard éteignit le feu sous la casserole qui avait un peu débordé. Il épongea les dégâts et versa les pâtes dans une passoire posée sur l'évier. Tous deux mangèrent ensuite en silence, avec application. Ils n'osaient pas se regarder, tout à la fois conscients d'être sur le point de franchir une barrière et de plonger dans un monde interdit, concentrés sur cette vague appréhension, et joyeux, d'une joie faite d'impatience et de fébrilité, celle des enfants qui n'aspirent qu'à jouer. Ils engloutirent chacun deux yaourts aux fraises pour couronner leur repas, débarrassèrent la table, lavèrent les plats et les couverts. La classe allait bientôt reprendre. Gérard jeta un dernier regard à son logis, mit un peu d'ordre ici et là, puis ferma son sac à dos après y avoir glissé une petite bouteille d'eau et quelques biscuits. Valentin attendait, assis sur le bord du lit, replié contre le sac de sport posé sur ses genoux comme s'il craignait qu'un coup de vent ne l'emporte.

– En route, mon garçon ! dit Gérard en ouvrant la porte pour le laisser passer.

Puis il tourna la clé dans la serrure d'un geste assuré et se mit en marche, une main sur l'épaule de Valentin.

## 16.
## L'ALERTE

Gilbert n'avait pas eu le courage d'affronter leurs regards. Il avait bien trouvé sur son répondeur un petit message charmant de Philibert, qui l'invitait à ne pas prendre l'affaire au tragique et à venir boire un verre avec lui, un soir. « Si le cœur t'en dit, camarade, et pour ne pas rester à ruminer dans ton coin. » Mais Gilbert voulait rester seul. À la suite de la réunion du 17 mars, deux courriers du directeur de département avaient trouvé le chemin de sa boîte aux lettres : à travers les mots tapés par la secrétaire, Gilbert entendait le ton cassant de sa voix qui lui demandait des comptes et lui reprochait de ne pas s'être présenté au rendez-vous qu'il lui avait fixé à son bureau, pour tirer les choses au clair. Pour toute réponse, Gilbert lui avait envoyé l'arrêt maladie qu'il avait obtenu de son médecin. Quinze jours n'étaient pas de trop pour se remettre de ce surmenage. Depuis, il faisait le mort.

« Je suis un lâche », pensait-il en tournant en rond dans son appartement sous les toits. Comme en réaction, Isaac avait cessé de le visiter. Gilbert s'était offert un petit détour par la salle 29 et avait constaté la disparition de l'un des tableaux, remplacé par une étiquette justifiant son transfert à Londres, en vue d'une exposition temporaire. « Tout fout le camp ! »

se dit-il avec amertume. Il lui semblait que l'ordre même de la salle, auquel il était si habitué, se désagrégeait – personne n'avait le droit d'intervenir ainsi sans lui demander au moins son avis. Tout ce qu'il vit, ce jour-là, ce fut la tristesse et la langueur dans les yeux de ses paysans, des regards vides et inquiets posés sur lui. Il s'arrêta un long moment devant *La Tabagie* sans la voir. Il avait pourtant souvent savouré le modelé des sept visages aux expressions diverses, uniquement dessiné par le jeu de la lumière dans cette pièce obscure. Un pur morceau de nocturne, comme on les affectionnait alors. Et dans tout ce noir troué par la bougie posée sur la table au centre, un être plus noir encore, à demi caché dans la pénombre : le beau serviteur venu de Barbarie, au regard si grave. Gilbert entendit alors se dérouler dans sa tête la phrase écrite par son prédécesseur Jamot dans les années vingt. Il la connaissait par cœur, avec son rythme incantatoire et sa description suggestive : « Il roule dans sa face aussi noire que l'ombre qui l'enveloppe deux gros yeux blancs, et ces yeux blancs ont un regard, et ce regard parle de mille choses ignorées des hommes qui n'ont pas la peau d'ébène. »

Alors les personnages lui apparurent sous un jour nouveau. Ils étaient ses collègues, agités, conspirant, rassemblés autour de cette table où l'un d'eux s'était même endormi, vaincu par l'ennui, la tête posée sur son bras replié. Tous attendaient les ordres du militaire le plus en vue dans la lumière en tirant frénétiquement sur leur pipe comme des enfants mal sevrés. Et lui, Gilbert, il était ce beau Noir en retrait, qui ne jouait pas leur jeu et n'accéderait jamais aux honneurs, mais dont les yeux avaient une profondeur infinie et un savoir qu'ils n'avaient pas. À cet instant, comme un frôlement éphémère, il sentit la présence d'Isaac auprès de lui. Il sut qu'avec un peu de temps, il finirait par le retrouver.

Il eut envie de rendre visite à Melchior et marcha jusqu'à sa galerie. Peut-être parviendrait-il à le convaincre de l'employer pour de bon. C'était décidé, il ne voulait plus simplement servir de caution intellectuelle, pondre des textes et des démonstrations dont le public n'avait que faire et qui lui étaient payés avec des mois de retard, ou pas du tout. Melchior lui devait encore huit cents euros qu'il ne voyait toujours pas venir. Un contrat en bonne et due forme, une participation aux achats et aux ventes, voilà ce qu'il lui fallait. Après tout, Melchior avait bien besoin de son savoir. Et à lui, Gilbert, l'enseignement ne suffisait plus, surtout après ses récents déboires. Il sonna plein d'espoir à la porte de l'écrin ténébreux, comme si c'était là le pays du lait et du miel.

Melchior ne parut guère enchanté de le voir. Il était penché sur les épreuves d'un catalogue imprimé en compagnie de deux jeunes gens, une fille à lunettes et un garçon en cravate.

– Tu tombes mal, vieux, lança le propriétaire des lieux. Tu vois bien que je suis en plein boulot !

– Tiens, sur quoi travailles-tu ? Ta prochaine expo ? demanda Gilbert, qui savait qu'il serait bientôt mis à contribution.

– Oui, c'est ça.

– Ah, et de quoi s'agit-il, cette fois ? Sur quoi veux-tu que je planche ? J'ai du temps devant moi ces jours-ci, mais je ne m'y mettrai que lorsque tu m'auras payé. Ça commence à durer, cette histoire.

– Franchement, je n'ai pas envie d'en parler pour l'instant, et puis justement, je voulais te le dire : j'ai décidé de me passer de tes services. Je viens de prendre ces deux stagiaires pour six mois. Ils sortent de l'École du Louvre, ils sont très calés, et leurs recherches me conviennent tout à fait.

Gilbert encaissa sans mot dire. Évidemment, il ne pouvait rivaliser avec ces étudiants avides d'expérience et prêts à travailler pour rien. De toute façon, Melchior était un vieux grippe-sou. Gilbert n'eut pas le courage d'insister : il abandonna l'idée de récupérer son dû et quitta les lieux, défait. « Je suis un lâche, je suis un lâche », répétait-t-il à mi-voix sur le chemin du retour, l'estomac retourné, remâchant une bile haineuse autant contre Melchior que contre lui-même.

Il ne voyait pas d'autre issue qu'un bar près de la porte Saint-Martin, où il avait ses habitudes depuis l'année de son baccalauréat et où la terre entière lui ficherait la paix. Il était midi, mais il n'avait pas faim. Il marcha encore une vingtaine de minutes le long des boulevards. Enfin il s'assit dans un coin, descendit un verre de tequila, puis deux, puis trois. Comme il avait le ventre vide, l'effet de l'alcool était décuplé. Au bout d'une heure, il était incapable de se mettre debout sans aide. Cet état lui convenait très bien. Affalé contre la banquette, il flottait, immobile, entre deux eaux. Les bruits lui parvenaient comme amplifiés par des haut-parleurs postés aux quatre coins de la salle, ou alors soudainement étouffés, comme si un être invisible lui maintenait la tête sous un oreiller de plumes. À côté de lui, trois vieux Maghrébins tapaient le carton en échangeant des invectives qu'il ne comprenait pas. Les cartes étaient noires de crasse, comme leurs ongles, et leurs dents mal en point jaunies par le tabac. Gilbert rit de bon cœur, secoué de petits soubresauts, la tequila remontant au fond de sa gorge : il voyait en eux la parfaite réincarnation des joueurs de cartes des Le Nain – enfants en haillons, va-nu-pieds, soldats de fortune jetés là par une quelconque trêve, jouant leur vie sur un coin de table ou un tambour retourné, à coups de cœur, de pique, de trèfle, de carreau ; et aujourd'hui, ces vieux immigrés, les nouveaux oubliés de la société, aimantés par les mêmes petits rectangles de carton. Décidément rien ne changeait, et tout d'un coup, devant tant de misère, Gilbert eut une profonde envie de pleurer.

Il commanda une autre tequila. Et lui, où était-il dans les tableaux des trois frères ? Il n'était ni un paysan, ni un soldat, ni un élégant en chapeau. Dans toutes ces scènes de famille ou de société, il n'y avait personne qui lui gardât une petite place à la table commune. Il n'avait pas droit à la chaleur d'un foyer, au pain et au vin partagés, à l'accolade d'un frère ou d'un ami. Il n'était qu'un paria, un moins-que-rien, ridiculisé aux yeux de tous par des filles vicieuses, des collègues jaloux, et maintenant, en prime, par ce galeriste arrogant. Il était seul, totalement seul, et sa vie n'avait aucun sens. Gilbert s'effondra, vagissant à chaudes larmes, la tête dans ses bras repliés sur la table. Ses voisins les joueurs de cartes lui jetèrent un regard mi-furieux, mi-amusé et des commentaires filtrèrent entre leurs dents. Gilbert tapa du poing sur la table, dans un suprême effort pour se faire respecter, et renversa son verre encore plein.

Le barman se sentit obligé d'intervenir. Il connaissait son client et ne voulait pas le brusquer, pourtant il devait bien préserver le calme et la réputation de l'établissement. Il secoua Gilbert par l'épaule et le força à se concentrer sur ses paroles.

– Quelqu'un pour me ramener chez moi ? Non mais, et puis quoi encore ? Je ne suis pas ivre, quand même ! beugla Gilbert.

– Bien sûr que non, mais vous avez bien une petite amie ? Un frère ? Je ne sais pas, moi, quelqu'un qui peut vous tenir un peu compagnie ?

– Je n'ai pas de petite amie et je n'ai pas de frère, asséna Gilbert, brusquement redressé de toute sa hauteur, assassinant l'importun du regard. Vous devriez le savoir.

Puis il eut un petit sourire malicieux et ajouta à voix basse :

– En fait, si… Il y a Flore. Son numéro est dans mon portable. Vous pouvez l'appeler, elle.

Sur ce, il eut un haut-le-cœur et dut employer toutes ses forces à se contenir. La sueur perlait sur son front et plaquait sa mèche vers l'avant, lui donnant un air un peu ridicule.

Quand il émergea des vapeurs éthyliques, il était assis sur le canapé rouge, bercé par le gargouillis des tuyaux dans les aquariums, et ne se souvenait plus comment il était arrivé là.

– Ça y est ? On reprend ses esprits ?

C'était la voix de Flore, douce malgré son timbre un peu grave. Articuler en réponse quelques mots cohérents s'avéra impossible. Ses lèvres réunies eurent juste un frémissement :

– Mmm…

– Pourquoi t'es-tu mis dans des états pareils, dis-moi un peu ! Tu crois vraiment que ça peut t'aider ?

– T'es pas ma mère, non ? parvint à prononcer Gilbert, les yeux plissés pour barrer la route aux rayons du soleil qui venaient cogner directement contre son nerf optique et faisaient vibrer toute la harpe malade de son cerveau.

– Évidemment que non ! Mais on dirait que tu as quinze ans, et que tu te cuites pour oublier la réalité.

– C'est ça, oui…

– Enfin, Gilbert, ressaisis-toi ! Tu as tout pour toi, tu es beau, brillant, tu as un poste en or dans une fac prestigieuse, qu'est-ce qu'il te faut de plus ?

Beau. Elle avait dit beau.

– Toi. C'est toi qu'il me faut.

Et il se renversa dans le canapé, les yeux clos, conscient que les mots sortis de sa bouche n'étaient pas les bons mais qu'il était trop tard, qu'ils ne rentreraient pas au bercail et qu'ils volaient désormais dans l'air entre eux deux, qu'ils s'immisçaient dans chacune des oreilles de Flore et la chatouillaient intérieurement, au point peut-être de déclencher son rire comme une plume passée sous la plante des pieds excite les nerfs, agite les côtes et provoque une hilarité douloureuse. Dans sa tête à lui, ça cognait comme dans un tambour.

– Bois ça, tu en as besoin.

Gilbert sentit une faïence froide puis un liquide brûlant entrer en contact avec ses lèvres. Le liquide descendit dans sa gorge, lui réchauffa l'œsophage et tomba en flaque dans son estomac. Un café fort, auquel Flore avait eu le bon goût de ne pas rajouter la dose de sel qui réveille des pires gueules de bois. Sans doute tenait-elle à ses tapis moelleux et à son canapé rouge.

– J'ai parlé à Estelle. Ça s'est bien passé. Elle a enlevé ces allusions de son blog, tu peux aller vérifier. Même pour Sablon, l'affaire est enterrée.

– Ouais… C'est tous ces salauds qu'on devrait enterrer.

– Tu peux t'estimer heureux, non ? Un enseignant qui sort avec ses étudiantes, ça fait toujours mauvais effet, même si elles sont majeures et consentantes… Qui sait jusqu'où elles auraient pu aller, à se monter la tête mutuellement contre toi ?

Et voilà. Encore une féministe qui défendait le droit de ces petites garces. Si elle les avait vues, pourtant ! Certaines, aurait-on dit, avaient derrière elles l'expérience de vingt ans de maison close.

– Je suppose que je dois te remercier, alors... lâcha-t-il péniblement.

– Pas du tout, rétorqua-t-elle, pincée. Tu ne me dois rien. C'est juste de l'entraide entre collègues. D'ailleurs, dès que tu seras en état, tu pourras te débarbouiller ; la salle de bains est par là. Ensuite tu pourras rentrer chez toi.

Elle se leva et disparut dans la pièce aux aquariums. Gilbert s'en voulait confusément d'avoir enchaîné si peu de phrases et tant de paroles déplacées. Il l'écouta un instant ouvrir des boîtes, actionner des pompes et des petits moteurs, verser en pluie des aliments en poudre à la surface de l'eau ou du gravier neuf dans les bacs. Il ferma les yeux et se revit sur la plage, en 1976... Assis face à la mer qui revenait inlassablement s'écraser devant lui et poussait ses langues d'écume toujours plus près, jusqu'à toucher ses pieds nus, il n'en finissait pas de laisser le sable fin s'écouler entre ses doigts. Avec son père, il avait construit une forteresse : des pâtés et des pâtés moulés par son seau en plastique, des tranchées creusées à la pelle, des donjons et des tours comme au Moyen Âge. Son frère, ce ballot, avait quitté un instant la serviette de plage maternelle où il se faisait dorloter tout en avalant des gâteaux fourrés. Il avait dérapé, le pied meurtri par un caillou, et démoli toute une aile du château en tombant. Gilbert était consterné. Mais c'était leur père, surtout, qui avait eu un coup de sang : il avait rossé Gérard copieusement, l'avait attrapé par un bras et jeté dans la mer comme s'il voulait le noyer. Gilbert avait bien senti que sa réaction était disproportionnée. Même leur mère, les yeux écarquillés d'effroi, n'avait pas osé s'interposer. Jusqu'à la fin du séjour, Gilbert avait essayé de conserver les bonnes grâces de son père. Il avait continué à construire avec lui des châteaux toujours plus grands, avait appris à nager sous sa direction, fait des courses dans les dunes, chronométrées par sa montre à quartz. Gérard, lui, restait assis sur sa serviette. Le gros mollusque boudait, replié sur lui-même.

Les pensées, bercées par le bruit de l'eau, s'agençaient mieux dans sa tête, les reflux de bile et d'alcool diminuaient. Gilbert tenta de retrouver une position verticale. Il prit le chemin de la salle de bains. L'interrupteur alluma une batterie de petites lampes disposées autour du miroir, comme dans une loge de maquillage, et avec elles une radio qui bourdonnait gentiment. Les murs et le carrelage étaient vert d'eau, avec des motifs d'algues qui longeaient tout le rebord de la baignoire. Gilbert se demanda si, lorsqu'elle prenait son bain, Flore essayait de retrouver des sensations analogues à celles qu'éprouvaient ses hippocampes dans leurs bassins. Elle devait être belle, allongée nue dans l'eau tiède, ses cheveux d'Ophélie bien vivante largement déployés autour d'elle. « Mais y a-t-il seulement quelqu'un qui prend soin d'elle, comme elle s'occupe de ses animaux ? » se surprit à penser Gilbert en ouvrant sa chemise et en s'aspergeant d'eau froide avec minutie.

Il monta le son de la radio pour accompagner ses ablutions et chasser ses idées malvenues. Il en avait assez fait pour aujourd'hui. La musique avait un rythme saccadé et Gilbert se mit à battre du pied en cadence. Soudain, une sirène mugit dans le poste, interrompant son sautillement. Les pompiers semblaient avoir brusquement pris les ondes en otage. La sonnerie dura quelques secondes et fut suivie de l'annonce déclamée par une voix d'homme sur fond de vibrations rythmiques inquiétantes, celles d'un cœur qui s'emballe : « Alerte Enlèvement... Ceci est une annonce du réseau Alerte Enlèvement... »

Saisi malgré lui, Gilbert dressa l'oreille en laissant l'eau froide couler sur ses mains.

« Un jeune garçon a été kidnappé aujourd'hui en banlieue parisienne. L'enfant, Valentin Guivarc'h, est âgé de onze ans. Il mesure un mètre quarante, il est brun, a les cheveux assez longs et les yeux gris. Il est vêtu d'un blouson vert foncé, d'un jean et de baskets. Son ravisseur est un de ses voisins, un homme obèse de quarante-deux ans, du nom de Gérard Rataud. Il porte une veste claire et un pantalon sombre. Il a disparu de son domicile après avoir prétendument raccompagné l'enfant à son école, où il n'est jamais arrivé. Toute personne capable de fournir une information sur cet enlèvement est invitée à se manifester. Surtout n'intervenez pas vous-mêmes : contactez le poste de police le plus proche ou appelez le numéro vert 0800... »

– Flore ! appela Gilbert. Viens ici, vite ! Écoute ça !

Il avait hurlé à pleins poumons. Elle arriva au pas de course, le visage inquiet, les mains dégoulinantes d'eau, elle aussi. L'annonce repassait une fois encore.

Flore resta un instant bouche bée. Puis, quand l'émission eut repris son cours, elle dit dans un souffle :

– Si je comprends bien, c'est ton frère ?

– Oui, hélas, je n'en vois pas d'autre qui corresponde à la description.

– Tu dois faire quelque chose, Gilbert ! Tu ne peux pas le laisser comme ça. Cet homme a besoin d'aide, cet enfant aussi.

– Tu n'en as pas marre, de jouer les bons Samaritains ?

Qu'est-ce que tu veux que je fasse ? Je ne sais même pas s'il a un numéro de téléphone portable. De toute façon, il ne m'écouterait pas. C'est mon frère, d'accord, mais il y a des années que je ne lui ai pas parlé.

– Tu as peut-être une idée de ce qu'il manigance ? Tu sais où il a pu aller avec ce gosse ?

– Franchement, non. Tu dois penser que les frères Rataud aiment la chair fraîche. Mais je ne crois pas une seule seconde que mon frère soit pédophile. Il a forcément d'autres motivations. Il est un peu dans la lune, et il ne raisonne pas comme tout le monde, mais ce n'est pas un mauvais bougre.

– Je suis heureuse de te l'entendre dire. J'espère qu'ils le retrouveront vite, avant qu'il ait de vrais ennuis.

Le téléphone sonna dans un coin du salon. Flore courut décrocher et Gilbert, se séchant le visage sur le pas de la porte avec une serviette de toilette à motifs de poissons, la vit blêmir. Sa voix répondait à l'interlocuteur par onomatopées. Quand elle reposa l'appareil, elle le regarda et lui dit :

– Ils savent tout… Ces gens sont effrayants. La police te cherche pour t'interroger sur ton frère, et comme ton portable ne répond pas, ils m'ont trouvée, moi. Je ne sais pas comment ils ont fait, mais ils savent que tu es ici. Comparé à eux, Big Brother est un débutant.

Elle semblait réellement terrorisée, craignant peut-être l'intrusion d'hommes en noir dans son paisible univers aquatique, des cris et des violences qui perturberaient la délicate évolution de ses hippocampes dans leurs vases clos.

– Ne t'inquiète pas, dit Gilbert en reboutonnant sa chemise, instantanément dégrisé. Je vais aller les voir et leur parler. Ils verront bien que je ne sais rien.

En fermant la porte derrière lui, il se demanda quelle mouche avait bien pu piquer son frère. Gérard avait toujours été un peu bizarre, mais il n'avait jamais manifesté de tendances perverses. Et Isaac, lui, que penserait-il de tout cela ? De quel œil verrait-il le départ de l'obèse en compagnie du jeune garçon ? Était-ce une semblable envie qui l'avait poussé hors de chez lui ?

## 17.
## CALEPIN, PAGES 17 À 20

1er décembre

Je l'ai laissé marcher. Depuis trois semaines, il est sur les routes. Ce n'est pas que je l'aie oublié, oh non. J'essayais de comprendre où il allait. Ses pas le menaient à coup sûr vers Paris. C'était là que devait se rendre un jeune homme plein de promesses. La ville rayonnait à des lieues alentour, le grand chantier du Luxembourg battait son plein, les artisans travaillaient le fer, le cuivre, l'étain avec allégresse, taillaient les pièces de bois et les assemblaient joyeusement, tannaient les peaux et coupaient le cuir en chantant, tandis que les navires remontaient la Seine chargés d'or et de vivres et que les peintres peignaient les plus sublimes fresques qu'il ait été donné de voir à l'œil humain.

Les archives, pourtant, sont restées muettes. Aucune corporation, aucun compagnonnage, aucun atelier ne compte mon Isaac en son sein. Aucune prébende recensée par l'Église ne prouve qu'il ait rejoint le clergé. Aucune minute notariale ne signale son existence sous la forme du plus infime acte juridique. Et s'il était vraiment arrivé à Paris, son chemin aurait forcément un jour ou l'autre croisé celui de ses frères, installés dès 1629 dans la petite communauté libérale de Saint-Germain-des-Prés, où en dix ans leur atelier s'était épanoui et avait prospéré.

Après avoir parcouru deux lieues, Isaac avait dû se retourner et jeter un dernier regard à la cathédrale Notre-Dame qui dominait la plaine. Sans doute ne reverrait-il jamais sa ville natale. La masse de pierre, grandiose, se détachait sur l'horizon, perchée sur la butte, pareille à l'un de ces êtres monstrueux, ramassé sur lui-même, en apparence endormi mais toujours aux aguets, qui rôde dans les histoires ramenées par les colporteurs depuis la lointaine Afrique et au-delà. Des bêtes au corps dur comme le roc, noir comme l'enfer, avec de longues oreilles traînant jusqu'au sol et des cornes démesurées prêtes à vous embrocher. La cathédrale aussi avait des yeux immenses en rosaces de verre et des pattes multiples sur lesquelles elle s'arc-boutait. Isaac pressa le pas, dans la crainte irraisonnée de la voir se lancer au galop à sa poursuite. Il se sentait léger, poussé par le vent venu du nord. Aucune bête féroce ne pourrait le rattraper.

Il marchait sur la route de Soissons, qui comptait un peu moins de huit lieues. Il lui faudrait parcourir encore quatre fois cette distance pour rejoindre Paris. Les quelques carrioles qui l'avaient dépassé, si elles avaient daigné s'arrêter aux appels qu'il leur lançait, n'allaient guère plus loin que le champ voisin ou la forêt domaniale. En ce jour de septembre ensoleillé, nombre d'entre elles croulaient sous les paniers débordant de grappes fraîchement récoltées, et filaient comme l'éclair pour les confier avant la nuit au pressoir dont elles dépendaient. Il n'était qu'une ombre sur la route, un voyageur anonyme dont les pieds, dans ses mauvais souliers, commençaient à le faire souffrir.

À la nuit tombante, il s'assit au bord du chemin, sous un chêne. Son outre était déjà presque vide, mais il la remplit à un petit ruisseau qui coulait entre les herbes. Il déplia le mouchoir qui lui servait de baluchon et en sortit du pain, un morceau de fromage et son couteau. Il mangea de bon cœur, sans en laisser une miette, se disant que dès le lendemain, une ferme placée sur sa route l'accueillerait bien, lui confierait de menus travaux contre une maigre pitance. Son propre père avait toujours reçu ainsi l'étranger de passage. Il n'avait pas peur du labeur, il était solide et dur à la peine. Il croyait à l'hospitalité des belles terres de France. Dans cette confiance, il s'endormit, adossé au tronc d'arbre.

2 décembre

J'essaie de rendre visible l'invisible. Isaac était un être de chair, il n'a pas pu disparaître sans laisser de trace. Cette angoisse, cette perte qui hante les trois peintres, petite phalange dérisoire d'artistes dressée contre l'assaut de la mort, je dois la combler. Il m'appartient de retrouver Isaac ; de mettre mes pas dans les siens, de suivre sa route ; de le ramener à la maison, vivant, parmi les siens.

4 décembre

Il faut pourtant qu'un malheur lui soit arrivé. Au réveil, son maigre paquetage avait disparu. Un maraudeur, sans doute, qui l'avait guetté de loin puis s'était glissé auprès de lui sans bruit. Il lui restait juste les quelques pièces qu'il avait cousues dans sa ceinture. La faim torturait son estomac, le vent s'était fait plus insidieux et se glissait sous sa cape, le parcourant de mille langues glacées. Au-dessus des arbres, la pluie menaçait. Bientôt, elle crépita sur les feuillages et il fut trempé jusqu'à l'os.

Il s'ébroua comme un chien au sortir de la baignade, remit son chapeau dont le feutre était déjà ramolli et reprit la route. La confiance l'habitait toujours. Bientôt, il rangerait les bottes de foin à l'abri de l'orage, dans la grange, il y mettrait toute sa puissance de jeune gaillard, et on le récompenserait d'une soupe et d'un peu de lard. On lui permettrait de dormir dans la paille, il y reconstituerait ses forces, et il poursuivrait de la sorte, de ferme en ferme, jusqu'à la grande ville. Là, sa vie commencerait.

Une bâtisse se devinait sur une colline, à une distance que le rideau de pluie rendait difficile à évaluer. Il marcha longtemps dans sa direction, enjambant les talus et évitant de son mieux les petits cours d'eau qui serpentaient en bordure des champs. À l'approche de la ferme, une solide structure de pierre encadrant une cour carrée, il fut accueilli par un roquet pouilleux qui jappait à en perdre haleine. Isaac le menaça de son bâton dressé en l'air ; pour toute réponse, le cabot agrippa son mollet de ses petites dents pointues. Isaac grimaça de douleur et frappa le chien sur la croupe jusqu'à ce qu'il lâche prise. L'animal détala vers le bâtiment en poussant des aboiements perçants. Isaac releva le bas de sa culotte et frotta de sa paume les points sanguinolents laissés par les crocs du chien. Rien de grave, mais cet accueil n'augurait rien de bon.

Il s'avança sur la terre battue détrempée par l'orage. Les gouttes rebondissaient autour de lui comme une armée de puces sauteuses. Il mit ses mains en porte-voix et cria de toutes ses forces :

– Oh là ! Amis ! Il y a quelqu'un ?

Il se tenait debout, mal abrité par son chapeau à large bord, au pied d'un escalier encadré de hautes rampes qui menait à l'étage. Rien ne bougeait. Au rez-de-chaussée, vers la gauche, il distinguait une étable mal fermée par quelques planches de bois assemblées. Il y glissa un œil et vit les bêtes, deux ou trois vaches rentrées à la hâte et serrées l'une contre l'autre sur un tapis de paille dans l'obscurité fumante, pleine de leur haleine, de leurs effluves de bouse et de poil mouillé. Vers la droite, porte ouverte, le pressoir, presque vide, dont l'odeur âcre de moût de raisin le prit à la gorge. Ne voyant toujours âme qui vive, il monta les marches menant au logis principal et frappa du poing contre la lourde porte de chêne. Elle s'ouvrit doucement avec un long grincement. Une jeune femme apparut, les cheveux sagement ramassés dans une coiffe blanche, les épaules garnies d'un plastron blanc à deux pans noués sur sa poitrine. Elle avait les pommettes en feu et le tour des yeux strié de petites rides :

– Allez-vous-en, monsieur, jeta-t-elle dans un souffle, le père va bientôt revenir, il vous chassera vous aussi, nous avons déjà bien assez de malheurs !

– Je ne suis qu'un voyageur de passage, je ne demande qu'à pouvoir me chauffer un moment au coin de votre feu, car il y a des heures que je marche sous la pluie. J'ai dormi sous un arbre, ayant pris la route hier, et au matin mon bagage avait disparu, volé sans doute par un coquin.

La jeune femme hésita un instant, puis ouvrit plus grand le battant de la porte. Isaac racla ses souliers contre la pierre de l'entrée et pénétra dans la pièce sombre au fond de laquelle crépitaient quelques bûches. Elles dégageaient une bonne chaleur qu'il sentait venir jusqu'à lui à mesure qu'il avançait vers l'âtre. Les flammes qui s'élevaient par intermittence lui permirent de distinguer d'autres habitants : quelques enfants dans un coin, assis à même le sol, jouant avec le roquet qui l'avait mordu un peu plus tôt ; auprès d'eux, un berceau où dormait un petit être emmailloté. Assise sur une chaise basse, une grand-mère veillait sur lui tout en filant la quenouille. Un jeune garçon dépenaillé, l'air interrogateur, s'était approché d'Isaac et semblait être le seul à lui manifester quelque intérêt.

– Asseyez-vous, monsieur, lui dit la jeune maîtresse de maison en revenant vers lui.

Elle désignait un tabouret qu'il rapprocha de la cheminée. Sans mot dire, il posa son chapeau sur une pierre ; bientôt il se mit à fumer, exhalant toute l'eau qu'il avait amassée. Isaac ôta la large cape dans laquelle il avait dormi enroulé pour la nuit. Elle gouttait sur le plancher aux lattes irrégulières, formant de petites flaques. La jeune femme s'en empara, déroula prestement une corde devant le feu et l'y suspendit, déployée comme une grande aile d'oiseau. Isaac se frotta les côtes, un peu gêné de se trouver ainsi en chemise, mais il laissa la chaleur du feu l'enrober. Peu à peu, la peau et les organes se mirent à lui cuire. Cependant il ne bougea pas, les sens endormis, presque ivre de ce bien-être ardemment désiré.

La femme lui désigna un tonneau recouvert d'une toile blanche sur laquelle elle posa une assiette garnie d'un pain noir et de fromage, ainsi qu'un broc d'eau.

– C'est tout ce que nous avons, monsieur, je ne peux guère vous offrir plus, or je vois bien que vous avez faim.

Isaac la remercia, protestant que tant de générosité dépassait ses espérances. Il mangea de bon cœur, n'osant toutefois engloutir tout le contenu de l'assiette, dont il laissa la moitié. À cet instant, ils entendirent des voix et la porte tourna sur ses gonds en grinçant. Le petit chien avait traversé la pièce comme une flèche et faisait à présent fête aux visiteurs. Ils étaient trois hommes, deux jeunes et l'autre plus âgé, voûté, appuyé sur un bâton. En l'apercevant, le plus grand des hommes s'exclama :

– Femme ! Qui est cet étranger ? Ne t'avais-je pas dit de n'ouvrir à personne avant mon retour ?

Isaac se leva et tendit les mains en signe de bienveillance.

– Je viens de la ville de Laon, j'ai été surpris par l'orage et je ne demande qu'à me sécher un peu au coin de votre feu avant de reprendre ma route.

La femme se plaça devant son homme et lui expliqua :

– Lui aussi, il a été volé. On lui a pris son bagage, il n'a plus rien.

Elle éloigna les enfants d'un battement de mains et se précipita pour rassembler trois sièges qu'elle plaça auprès de la cheminée, face à Isaac. Les hommes s'y assirent et déposèrent leurs manteaux mouillés sur leurs dossiers. Le petit chien, tête dressée et langue pendante, se tenait haletant, les deux pattes avant posées sur les genoux de son maître. Celui-ci le chassa d'un revers de sa large main et demanda à Isaac, le sourcil froncé :

– Vous aussi, vous les avez rencontrés ?

Isaac lui demanda humblement de qui il voulait parler.

– Des Bohémiens, pardi ! rugit le paysan.

– Ils étaient toute une troupe, hier soir, dans les parages, renchérit l'autre homme, qui pouvait être son frère. Ils ont volé toutes nos poules et pris deux de nos vaches dans le champ d'à côté. Nous venons juste de rentrer celles qui nous restent. Et nous revenons des clapiers, il y manque la moitié des lapins !

La femme étouffa un cri.

– Misère, laissa filer la vieille par sa bouche édentée.

Isaac ne savait que dire. Son malheur à lui paraissait de peu d'importance : on ne lui avait dérobé qu'un peu de linge et quelques pots. Il détacha une pièce d'or de sa ceinture et la tendit à son hôtesse.

– Tenez, prenez ceci en échange de votre nourriture. Vous en avez plus grand besoin que moi, car je trouverai toujours à m'employer, et il est plus facile pour un homme seul d'assurer sa subsistance que pour une maîtresse de maison de pourvoir aux besoins de ses enfants.

La jeune femme interrogea son époux du regard, saisit la pièce et la glissa dans son tablier en se confondant en remerciements. Isaac se leva, détacha de la corde sa cape qui était déjà sèche et tout imprégnée de l'odeur du feu, et prit son chapeau.

– La pluie a cessé, je dois me remettre en route, Paris est encore loin.

Le maître de maison l'accompagna jusqu'à la porte tandis que sa femme lui glissait un mouchoir dans lequel elle avait empaqueté le reste des provisions. Isaac salua ses hôtes, descendit les marches glissantes, et regagna un chemin de terre, un peu plus bas, au-delà de la cour de la ferme.

5 décembre

Mon petit carnet se remplit de son histoire. Il va bientôt déborder.

Je sens en moi comme une source qui coule, intarissable.

Et au fur et à mesure que l'eau se répand, je me rapproche de lui. Je le vois, limpide, à travers le rideau de pluie.

## 18.
### SUR LES RAILS

Leur bonne étoile, une poussière arrachée par le vent à la grande flamme de l'Alma, ne les avait pas quittés. En ce vendredi 28 mars, un train les attendait à la gare, à destination de Quimper, arrêt prévu à Lorient après un peu plus de trois heures et demie de voyage. Ils purent acheter un billet aussitôt au guichet réservé aux départs dans l'heure. Gérard y vit disparaître un peu plus du quart de sa fortune.

Leurs places étaient situées côte à côte, dans le sens de la marche. Valentin se colla contre la vitre et ne se formalisa pas de sentir Gérard déborder sur son siège. Impossible d'abaisser l'accoudoir entre eux, destiné surtout à délimiter l'emplacement alloué à chaque voyageur plutôt qu'à assurer son confort – un emplacement prévu pour des corps au format standardisé... Gérard, les mains croisées sur sa bedaine, observa un moment la lutte sournoise entre ses deux voisins de gauche, l'un muni d'un journal, l'autre d'un roman. C'était à qui, profitant d'une inattention de l'autre, accaparerait l'accoudoir central pour se caler bien à l'aise dans sa lecture. Finalement, chacun se replia sur l'accoudoir latéral et celui du centre retrouva son rôle de barrière naturelle.

Le train se mit en branle et Valentin jeta à Gérard un regard joyeux où brillait l'excitation. Gérard lui serra la main sans rien dire, puis la relâcha. Il se sentait empli d'une gravité inhabituelle : l'enfant avait mis en lui sa confiance, il ne devait pas la trahir, il devait mener à bien sa mission. En voyant défiler les murs anti-bruits de couleur saumon qui dissimulaient aux regards leur ville de banlieue, la place du marché, l'école, leur immeuble misérable, Gérard comprit que c'était tout un pan de sa vie qu'il laissait derrière lui.

Puis ce furent les tunnels, longs et noirs. Gérard, les tympans brutalement pressurisés, la tête dans du coton, sentit la panique l'envahir. Mais où allaient-ils exactement ? Savait-il même ce qu'ils feraient, une fois arrivés à Lorient ? Les tunnels s'interrompaient, puis revenaient. Gérard sentait sa perception se fragmenter, ses sens sur le point d'exploser. Il essayait de contenir les palpitations affolées de sa cage thoracique pour ne pas effrayer Valentin.

Enfin, ce fut le calme. Le train fila à vitesse égale dans une campagne plate et Gérard reprit ses esprits. À ses côtés, Valentin pianotait à présent des deux pouces sur une console de jeu qu'il s'était offerte dans une boutique près de la gare. Il poussait des soupirs exaspérés, de petits cris de joie ou de colère, et sautillait en mesure sur son siège. Gérard ne l'avait jamais senti vibrer autant. L'enfant paraissait avoir totalement oublié le but de leur voyage pour s'enfermer dans ces combats virtuels. Gérard perçut à nouveau le doute qui se faufilait comme une couleuvre sournoise dans son cœur. Et si au fond Valentin se fichait de retrouver son père ? Peut-être n'était-il qu'un souvenir qui l'effleurait de temps en temps, et qui s'effacerait doucement, inexorablement. Peut-être Gérard avait-il mal déchiffré ses pensées. Peut-être était-ce lui qui avait surtout eu envie de ce départ. Peut-être... Et puis zut, de toute façon, ils étaient lancés, les collines, les villages et parfois quelques grandes villes défilaient de part et d'autre du long ruban d'acier qui les contenait, deux petits points filant à grande vitesse à travers la France, en direction de la tête renfrognée aux babines retroussées. Gérard se souvint qu'il avait ri autrefois quand, avec sa mère, il avait lu la devise d'une ville du nord de la Bretagne : « S'ils te mordent, Morlaix. »

Une pression sur la manche de son sweat-shirt le réveilla.

– Eh, faut que t'émerges, on vient de passer Auray.

Valentin avait rangé sa console de jeu et les traces sur la vitre disaient qu'il venait de passer un bon moment le nez collé contre elle, occupé à dessiner des signes cabalistiques dans la buée dégagée par son souffle. Gérard s'étira et se décida par précaution à faire une petite visite aux toilettes du bout du wagon. Il était un peu plus de dix-sept heures. Au-dehors, le soleil brillait, radieux, sur une herbe plus verte que celle des autres régions traversées.

Il lui fut difficile de parcourir ces quelques mètres sans s'effondrer de tout son poids sur l'un des voyageurs assis, qui le voyaient arriver de loin, immobiles et méfiants. Quand enfin il poussa la porte des toilettes, il se dit avec effroi que s'il y mettait le pied, il n'en ressortirait jamais. Pourtant, les bras serrés au plus près le long du corps, il parvint à se soulager puis, en opérant une habile rotation, à se retrouver face à son reflet dans le miroir. En examinant les pictogrammes, il comprit qu'une pression de son pied droit sur la pédale déclenchait le flot du robinet dans la vasque. Il y puisa à pleines mains et s'aspergea le visage, tel un voyageur longtemps égaré dans le désert. Il lui fallait bien ça avant de négocier l'ouverture de la porte, qu'il devait tirer vers lui tout en se repliant à l'extrême vers le fond du réduit. C'était elle ou lui. Retenant son souffle, il entreprit la manœuvre. Le battant coulissa, éraflant son flanc gauche au passage tandis que le droit se trouvait pressé contre le lavabo. Mais bientôt, un pied, puis l'autre, et enfin le reste de son corps se retrouvèrent dehors, dans le couloir. Victoire. Par la fenêtre, alors que le train ralentissait déjà et qu'il regagnait sa place, Gérard vit un troupeau de vaches noires et blanches qui paissaient dans un vaste champ. Rien, pas même le train qui leur passait sous le museau, ne semblait les perturber. Elles étaient posées là, telles des déesses amples et placides, remuant mécaniquement leurs mâchoires, songeuses. Soudain, il les envia de tout son être.

Chacun des deux voyageurs avait enfilé sa veste et jeté son sac sur l'épaule. Dans le wagon, ils étaient plusieurs à s'affairer, tirant leurs valises après eux, se penchant pour reconnaître par la vitre des lieux familiers, agitant la main comme des maniaques à l'adresse des parents qui les attendaient sur le quai sans les voir. Valentin se faufila vers la porte et fut le premier dehors.

– Alors, tu te bouges un peu ? jeta-t-il depuis le sol tandis que Gérard négociait les quelques marches avec précaution.

S'effondrer à plat ventre sur le quai à la descente du train, peiner à se relever sous les regards moqueurs, voilà le scénario qu'il appréhendait depuis que le haut-parleur avait annoncé leur arrivée à destination. Mais rien de tel ne se passa. Il se retrouva, campé sur ses deux jambes, les narines assaillies par un air vif et humide mélangé à des odeurs de gare et de goudron. Valentin, déjà loin, trépignait, se retournait, le pressait d'avancer. Gérard pensa brusquement à ses fleurs : il n'avait donné à personne consigne de les arroser. Sans lui, elles allaient mourir. Une angoisse sourde l'étreignit. Elle s'accrut alors que, parvenus dans le hall de la gare, ils cherchaient des yeux la sortie.

– Alors, où on va maintenant? On va chercher mon père, c'est ça? le questionna Valentin.

Gérard dut s'avouer qu'il n'en savait rien. Il combattit la peur qui montait en lui et dit :

– Oui, oui, c'est ça, on doit aller vers le port, c'est là qu'on a une chance de le trouver.

Ils marchèrent le long des rues grises cernées de tristes bâtiments cubiques. Dans le ciel au-dessus d'eux tournoyaient des mouettes dont les cris leur vrillaient les oreilles. Valentin, excité, trouvait leur manège amusant. Gérard, plus méfiant, les regardait du coin de l'œil en se demandant ce qu'elles leur voulaient. Après un quart d'heure passé à suivre les vagues panneaux destinés aux automobiles, dont un seul avait à un moment brièvement indiqué « Le Port », Gérard interrompit leur marche à hauteur d'un arrêt d'autobus. Il était complètement perdu. La peau de ses cuisses et de ses aisselles lui cuisait. Valentin commençait à le regarder d'un drôle d'œil.

– T'es sûr que tu sais où on va?

– Mais oui, regarde, l'autobus qui s'arrête ici nous emmènera à la plage, c'est marqué. Et si on est à la plage, on n'est pas loin du port, forcément, tout ça c'est au bord de la mer.

– Bon, admettons, consentit Valentin du bout des lèvres.

Gérard patienta à ses côtés en silence. Il ne savait plus comment prendre le gamin. Leur expédition ne semblait même pas lui faire plaisir. Et pourtant, c'était pour lui que Gérard avait tout quitté, jusqu'à ses géraniums. Pour se rassurer, il entreprit mentalement l'inventaire du contenu de son sac. Il réalisa alors qu'il avait sorti à la dernière minute les médicaments de sa trousse de toilette pour y loger son dentifrice et son rasoir, et qu'il les avait oubliés sur sa table de chevet. Son ventre se contracta comme sous l'effet d'un grand froid. Il se sentit brusquement orphelin – si seulement sa mère était là pour s'occuper de lui comme elle l'avait toujours fait… Au lieu de quoi il était seul dans une ville grise et inconnue, alors que le jour commençait à décliner. Mais il ne pouvait pas avouer cette détresse à son compagnon de voyage : c'était lui, l'orphelin ; lui qui avait perdu son père, et qui le cherchait. À le voir chahuter les boutons du jeu électronique qu'il avait ressorti, Gérard se dit que Valentin n'était peut-être pas seulement ce petit danseur qu'il avait vu, la nuit, perché sur les toits, ou cette figure de proue boudeuse à l'avant du bateau-mouche ; qu'il était au fond comme tous les gamins de son âge, plus empressé d'allumer son écran que de partir à l'aventure. Gérard commençait à se sentir un peu déçu.

L'autobus arriva, presque vide. Il affichait en lettres électroniques la destination « Larmor-Plage ». « Parfait », se dit Gérard. Il savait que « l'armor » signifiait « la mer ». La mer, la plage. Ils étaient dans la bonne direction. Monsieur Guivarc'h père se trouvait forcément quelque part par là. Gérard paya la somme demandée pour les deux tickets.

– Terminus ! beugla le chauffeur. Tout le monde descend !

Il ne restait plus qu'eux deux dans le véhicule. Ils étaient arrivés dans une petite ville qui sentait encore plus fort la mer. Ici toutes les maisons étaient blanches, avec des toits noirs. Il était près de dix-neuf heures et la nuit approchait. Le bureau de l'office de tourisme fermait ses portes. Pour s'orienter, il leur faudrait encore suivre les panneaux. Cette fois, il y en avait un peu partout, à l'usage des piétons, qui annonçaient des plages aux noms divers.

– Mais où c'est qu'on va ? maugréa Valentin en changeant son sac d'épaule.

Il commençait à traîner les pieds.

– J'ai faim, on peut pas s'acheter quelque chose à manger ?

– Bien sûr. Tiens, regarde, il y a une baraque qui vend des pizzas, sur la place là-bas, on pourrait s'en prendre une.

– D'accord, j'y vais.

Valentin avait parlé avec assurance et Gérard le laissa faire. Après tout, les marchés, les vendeurs ambulants, il les connaissait mieux que personne. Pendant que l'enfant s'occupait de cette transaction, Gérard s'absorba dans la contemplation de la vitrine d'un marchand d'appareils électroménagers. Des mixeurs voisinaient pêle-mêle avec des aspirateurs, des chaînes stéréo avec des téléviseurs à écran plat. Ces derniers étaient allumés pour attirer le chaland, tous branchés sur la première chaîne. Gérard aimait les jeux diffusés tous les jours à cette heure. Il lui arrivait de connaître les réponses aux questions posées par l'animateur et de les crier tout seul devant son poste, avant même que le candidat ait ouvert la bouche. Alors il exultait. Cette fois-ci, il hésitait. Il fallait déterminer sans tergiverser si un séquoia était : a. un Indien d'Amérique ; b. un arbre géant de la famille des conifères ; c. un poignard utilisé par les anciens Japonais pour se faire hara-kiri ; ou d. un petit singe de la jungle birmane. Gérard n'eut pas le temps de se décider : l'émission s'interrompit soudain pour laisser apparaître un écran noir où se détachait en rouge le titre « Alerte

Enlèvement ». La vitre interposée entre lui et les appareils l'empêchait d'entendre le son, mais Gérard savait que tous les téléviseurs vagissaient en ce moment de concert, des milliers de cornes de brume qui annonçaient le danger. Il se souvenait d'avoir vu des messages semblables, quelques mois auparavant, lorsqu'une jeune fille avait pris le large avec le bébé qu'elle gardait au domicile des parents. On avait retrouvé le moutard le soir même, bien au chaud dans un petit couffin que la jeune nourrice lui avait préparé dans sa chambre rose d'adolescente. Enfant, elle avait dû manquer de poupées.

Gérard n'entendait pas la sirène ni la voix grave qui décrivait la victime. Mais ce qu'il vit le laissa bouche bée : une photo de Valentin, accompagnée de quelques lignes donnant sa taille, son poids, la couleur de ses cheveux et de ses yeux, s'étalait sur tous les écrans du magasin. Elle resta affichée quelques secondes, puis fut remplacée par une autre surmontée du titre « Le kidnappeur ». Et Gérard vit alors sa propre image. Il connaissait bien cette photo, elle n'était pas récente. Elle avait été prise douze ans plus tôt, lors d'une fête pénible, voulue par la nouvelle femme de son père. C'était la dernière fois que Gérard avait revu des membres de sa famille. La secrétaire devenue épouse légitime avait insisté pour capturer sur la pellicule les deux frères côte à côte. Elle avait sommé Gilbert de passer son bras autour de l'épaule de son frère – « Allons, rien qu'aujourd'hui, pour une fois, vous pouvez bien faire un effort ! » – et, fière d'être celle qui rabiboche les familles désunies, elle avait annoncé comme imminente la sortie du petit oiseau. Gérard sentait le bras de son frère comme un serpent lové contre son cou, jeté là, négligemment, essayant pourtant de peser le moins possible pour ne pas être contaminé par sa proie.

C'était tout cela qu'il voyait à présent, démultiplié sur les écrans. Tout cela que la France entière découvrait avec lui, alors que son image restait là, affichée trop longtemps, déclenchant à travers tout le pays, dans chaque foyer, jusque dans la maison de son père, dans celle de son frère, des imprécations, des cris de haine et des huées contre ce nouveau voleur d'enfant. Il n'était, lui, Gérard, rien de ce qu'ils voulaient faire croire là. Mais il était déjà trop tard pour convaincre la population déchaînée du contraire.

Quand Valentin le rejoignit, encombré de deux cartons superposés, une bouteille de Coca coincée sous le bras, Gérard était debout, tétanisé, devant le jeu télévisé qui avait repris. Des idées confuses tournaient dans sa tête. Il avait pensé trouver un petit hôtel qui les accueillerait pour la nuit. À présent, ce n'était plus possible. Partout où ils iraient, on les traquerait. Il finirait en prison, où tout le monde savait bien le sort réservé aux voleurs d'enfant, et Valentin dans un foyer pour mineurs délinquants.

– Tu vas quand même pas rester planté toute la soirée devant ces conneries ? lança Valentin. On va où, pour manger ? Sur un banc, là-bas, près de l'église ?

– Non, non, surtout pas. On sera mieux à l'écart, sur le sable. La plage n'est qu'à quelques centaines de mètres.

Ils marchèrent et se retrouvèrent bientôt sur des dunes d'où ils pouvaient voir l'océan. Des vagues roulaient vers eux, réglées comme un métronome, et venaient s'écraser avec fracas, pour finir en petites langues blanches épuisées qui s'étiraient sur le sable humide. Gérard s'assit, subjugué par le spectacle qui, à mesure que la nuit tombait, devenait plus lancinant et mystérieux. La mer finissait par ressembler à un immense animal informe, au souffle puissant, qui tentait, par petits coups inlassablement répétés, de grignoter la terre. Valentin s'était assis à côté de lui dans un trou d'herbe et avait plongé dans la première boîte de pizza dont il avalait goulûment le contenu. Entre deux bouchées, il demanda :

– Bon, et maintenant, tu proposes quoi ? On va pas rester dormir là, quand même ? Faut bien qu'on trouve quelque part où crécher ! J'imagine qu'on va pas chercher mon père ce soir ?

Gérard lui expliqua alors ce qu'il avait vu sur les écrans. S'ils ne voulaient pas que leur aventure s'arrête avant d'avoir commencé, ils allaient devoir être prudents, se tenir autant que possible à l'écart de la population, et éviter d'être vus trop souvent ensemble.

– Voilà ce que je te suggère : pour cette nuit, on va camper, il ne fait pas si froid, on survivra. Tu vois la construction en béton, là-bas ? C'est un blockhaus, ça date de la guerre et ça permettait aux Allemands de surveiller les mouvements de l'ennemi, au large. Avec mon frère, l'été où on est venus en vacances ici, on les explorait tous, et dès qu'on en trouvait un, on fonçait s'y cacher. On pourrait s'y abriter pour la nuit, comme ça on aurait le temps de réfléchir et d'envisager la suite.

Valentin eut une moue un peu désabusée mais il tendit les boîtes et la bouteille à Gérard, se leva et marcha en direction de l'abri. Gérard, que la faim commençait aussi à tenailler, avala les parts de pizza restantes et le vit disparaître derrière la masse de béton. Il parcourut des yeux toute la frange de la dune, où des constructions semblables se succédaient, certaines à demi englouties par le sable. Quand Valentin réapparut, il souriait de nouveau.

– Bon, pourquoi pas, c'est marrant, ton idée. Y a des gens qui ont dormi dans ce trou avant nous. On voit un reste de feu de camp et des vieilles canettes de bière. Ils ont même laissé des tas d'herbe sèche, ça peut servir de matelas.

Gérard se leva à son tour, soulagé. Il craignait les bouderies et les sarcasmes de l'enfant. Que Valentin soit de bonne humeur suffisait à son bonheur. Vu de près, le bunker penchait légèrement, comme peu à peu entraîné vers la mer par l'effondrement de la dune. Des barres d'acier rouillé sortaient de ses flancs, indiquant qu'il avait été comme tous les autres construit à la va-vite, dans un effort désespéré pour dresser contre l'immense étendue marine une multitude illusoire de postes de guet. À présent, le bunker ressemblait à un énorme coffre-fort que l'on aurait malmené, mais qui tenait bon face à l'assaut des vagues et du temps. « En tout cas, pensa Gérard, il tiendra bien encore cette nuit. » Il se faufila à la suite de Valentin par l'ouverture un peu basse, posa son sac dans un coin et entreprit, à la lueur des derniers rayons de soleil qui filtraient par les meurtrières, de débarrasser le sol des déchets qui l'encombraient. Valentin en prit de pleines brassées et alla les jeter, avec les boîtes en carton, dans une poubelle de plage. Tous deux s'apprêtèrent ensuite pour la nuit. Gérard se tint debout un long moment, le nez collé à la fente horizontale taillée dans le béton, et regarda la houle sombre sur laquelle passait parfois au loin un navire avec ses feux allumés. À force de recevoir le vent dans les narines, il se sentait un peu ivre. Quand il s'assit, Valentin s'était endormi, recroquevillé sur lui-même, la tête appuyée sur son sac de voyage. Il tenait encore son jeu électronique dans la main droite. Gérard le recouvrit de son blouson et se pelotonna lui aussi dans un coin.

Son sommeil fut agité. Par à-coups, le souffle du vent se faufilait jusqu'à lui, dérangeait ses cheveux, courait sur ses joues. Au milieu de la nuit, il devint glacial. À la lueur de sa lampe de poche, Gérard tira de son sac les deux pull-overs de rechange qu'il avait emportés et les enfila l'un après l'autre. Il se sentit un peu mieux. Au même instant lui revinrent en mémoire des sensations lointaines de vent humide et d'embruns, de pieds mouillés, de froid le transperçant jusqu'à l'os, combinées au parfum de sa mère, à ses cheveux longs qui le chatouillaient alors que, penchée sur lui, elle le frictionnait. Cela remontait à ces vacances bretonnes… Toute la famille avait fait une petite promenade en barque, mais la mer avait brusquement forci, les nuages s'étaient amoncelés dans le ciel, et le père avait dû ramer comme un forcené pour les ramener à terre sains et saufs. À quelques mètres du rivage, Gilbert avait sauté à l'eau pour tirer l'embarcation au sec. Gérard avait voulu l'imiter mais il était tombé, et vingt centimètres d'eau avaient suffi à le tremper complètement. Son père et son frère avaient ri à s'en faire péter les côtes, soulagés surtout d'être à nouveau sur le sable et de trouver enfin un exutoire à l'angoisse qui les étreignait depuis une heure. « Cessez de rire comme des baleines ! » s'était écriée la mère. Et Gérard les voyait en effet, depuis la serviette où elle l'avait emmitouflé tant bien que mal, comme de puissants cétacés qui crachaient leurs jets d'eau vers le ciel, d'où ils retombaient sur lui en pluie, myriade de gouttelettes qui l'empêcheraient à jamais d'être au sec dans un corps mobile, léger et parfait – qui le condamnaient à cette enveloppe éternellement humide de sueur et d'effort, peinant à déplacer tout cet encombrement de chair inutile.

## 19.
## LE BALCON

– Ils sont venus me voir. Ce devait être en février, il y a un peu plus d'un mois, au milieu de l'exposition. Tu aurais vu ça ! L'obèse et le gamin mal élevé ! Le spectacle n'était pas sur les murs, mais dans la salle : toutes ces rombières avec leur air pincé, les yeux leur sortaient de la tête ! J'ai rarement vu quelque chose d'aussi drôle. Et je vais te dire, ils étaient rudement plus attentifs que tous les autres, ces deux lascars. Ils ont regardé chaque tableau en échangeant des petits commentaires... Je ne peux pas en dire autant de mes visiteurs habituels, qui viennent plutôt là pour frimer, pour papoter et pour dépenser le fric dont ils ne savent que faire... Au fond, ils m'ont bien plu, ces deux-là...

Gilbert raccrocha, morose. Il s'était juré de ne plus parler à Melchior, mais quand il avait vu son nom s'afficher sur l'écran de son téléphone portable, à dix-neuf heures trente-deux, il avait quand même répondu, s'attendant à le trouver dans de meilleures dispositions, repenti pour ainsi dire, et prêt à lui payer son dû. Bien sûr, il n'en était rien. Melchior voulait juste jubiler un peu à ses dépens, le narguer en lui racontant la visite de ce frère encombrant dont l'image avait récemment envahi tous les écrans. Non, lui, Gilbert, n'avait aucune idée de l'endroit où il se trouvait, et non, il ne savait pas comment le joindre, et puis merde à la fin, tout ce beau monde, les flics, ses collègues et cet escroc de Melchior, ne pouvaient-ils pas lui lâcher un peu la grappe et le laisser réfléchir en paix ?

Il n'y avait qu'un lieu où il pouvait espérer trouver le repos : auprès des aquariums de Flore, bercé par le vrombissement liquide et le ballet des petits chevaux marins. Mais Flore était repartie au travail et il n'avait pas les clés de son appartement. « Pourquoi est-ce que je pense à ça ? se dit-il. Nous ne sommes même pas ensemble. Et ce n'est pas après m'avoir vu beurré comme je l'étais aujourd'hui qu'elle voudra me les confier… » Son logement sous les toits lui parut brusquement invivable. Les étagères de livres l'étouffaient, les ébats des pigeons sur le zinc au-dessus de sa tête lui étaient insupportables – courses de pattes éraflant le métal, gloussements stupides et puanteur âcre des déjections. Il ne pouvait trouver refuge qu'auprès des paysans à qui il demanderait conseil. Ils l'aideraient à oublier sa gueule de bois finissante et les questions auxquelles l'avait soumis la police jusque vers dix-neuf heures. Ce soir, le Louvre était ouvert en nocturne.

*La Famille heureuse*, cette fête de baptême, lui parut aussi factice que cette réunion de famille où sa belle-mère avait photographié Gérard pour la dernière fois. C'était elle, à coup sûr, qui s'était empressée de confier le cliché à la police. Sur le tableau, le père, déjà un peu éméché, levait son verre pour donner l'illusion de la cohésion. Les autres personnages étaient seuls, perdus dans leurs pensées, comme absents de la fête. Sur un mur voisin, *Le Repas des paysans* n'était guère plus joyeux. Tous avaient les yeux baissés, ou les détournaient. Gilbert vit alors ce qu'il n'avait jamais vu jusqu'à cet instant : deux jeunes garçons, l'un vers le centre, brun et sage, coiffé d'un petit bonnet, l'autre au bord droit de la toile, de profil, un peu adipeux, les pieds nus. Eux seuls, avec le chien en bas à gauche, dirigeaient leur regard vers le peintre, mélancolique pour le premier, farouche pour le second. Eux seuls semblaient doués d'une vie propre et d'un savoir qui n'appartenait qu'à eux, quand les adultes s'abîmaient dans l'ennui et le faux-semblant. Ils savaient bien, les deux frères, déjà séparés, à jamais irréconciliables, le danger qui rôdait dans le foyer : au centre, le père levait son verre, triste et comme apeuré, les yeux tournés vers la droite, vers une vision qu'il était le seul à percevoir. Posée devant lui, une grosse miche de pain attendait d'être partagée. Mais ce que Gilbert venait de remarquer, c'était le couteau que l'homme tenait dans sa main, dirigé vers un ennemi invisible. Ce n'était plus un ustensile de cuisine, c'était une arme avec laquelle il entendait se défendre. Il s'y accrochait. Il n'hésiterait pas à frapper. C'était un bon petit poignard acéré. Sa lame étincelait. Et Gilbert se vit alors sagement appuyé au montant de la cheminée, sentant sous la paume de sa main la rugosité de la pierre tandis qu'il se tenait là, sous son petit bonnet. Il se cachait dans l'ombre de ce père effrayant, à l'œil hagard, qui portait sur lui tous ses espoirs et défendait à quiconque de s'interposer. Gilbert serait sa réussite, la joie de ses vieux jours, un enfant brillant, sportif et aimable, une petite poupée que le patriarche modelait à sa guise et qui se laissait faire. Loin d'eux, il y avait cet autre garçon. Il avait compris qu'il n'aurait jamais sa place dans le cœur du père et il lançait au spectateur un regard de défi comme pour lui dire : « Vous voyez? Bientôt je vais devoir m'en aller, je suis déjà au bord du tableau, tout près de sortir du cadre et de disparaître. »

Gilbert comprit soudain d'un bloc la souffrance de Gérard, sa solitude, ses errances et ses échecs. Il comprit aussi pourquoi il avait brusquement largué les amarres et pris le large. Il ne savait pas où Gérard était allé, mais il savait qu'il devait partir, un jour, pour de bon. Et dans sa tête l'image du garçonnet se confondit avec celle d'Isaac : Gilbert ne savait plus qui il cherchait au juste sur la route. Isaac et Gérard ne faisaient peut-être qu'un.

De retour à son appartement, à la nuit tombée, il écouta les messages sur son répondeur. Il y en avait huit.

« Gilbert, salut, c'est Isabelle… Je sais, ça fait longtemps… Mais je me suis sentie obligée de t'appeler quand j'ai vu cette alerte à la télé. C'est bien de ton frère qu'il s'agit ? Tu as des nouvelles ? Rappelle-moi. Tu as gardé mon numéro, je suppose ? Je te le redonne, au cas où… »

Mon Dieu. Isabelle. Oh non, il n'avait pas gardé son numéro. Qu'est-ce qu'elle croyait ? Qu'il conservait un souvenir impérissable de ses tortillements et de ses cris d'orfraie pendant l'acte ? La seule fois où ses voisins du dessous avaient donné des coups de balai dans leur plafond. De toute façon, cela datait d'au moins trois ans. C'était bien son genre, de venir mettre son nez là-dedans. « Mais non, évidemment, pauvre cruche, s'imagina-t-il lui répondre. Si j'avais des nouvelles, il n'y aurait plus d'Alerte Enlèvement, tout serait déjà rentré dans l'ordre ! » Il effaça le message.

« Bonjour, Gilbert. C'est Marie-Christine. Dites, au sujet de cette annonce… Ce doit être terrible pour vous. Si je peux faire quoi que ce soit pour vous aider, dites-le-moi. À bientôt. »

Chère Marie-Christine. La meilleure secrétaire du département, une perle, un amour, la seule qui ne l'ait jamais jugé. Petite boulotte toujours disposée à rire, à désamorcer les conflits et à arrondir les angles. Elle l'avait discrètement mis en garde contre les manœuvres d'Alexandre Dumas et de ses sbires. Oui, il la rappellerait, mais plus tard. Pour le moment, il n'avait toujours pas remis les pieds à la fac. Il avait fait prolonger son arrêt maladie. Officiellement, il était arrêté pour « surmenage ». Curieux. Personne n'osait jamais vraiment parler de « dépression » – ou alors c'était à mots couverts, dans l'ombre, sous le sceau du secret. Une notion dangereuse, aurait-on dit, de la pure nitroglycérine à manier avec précaution, alors qu'elle envahissait les médias, les conversations et jusqu'à l'économie, qu'elle semblait rouler sur tout le pays comme un énorme nuage noir et s'insinuer dans toutes les têtes pour leur filer le bourdon. Suivaient quelques autres messages de vieilles connaissances faussement compatissantes, plutôt intéressées par la primeur des détails sordides qu'elles espéraient avoir de sa bouche.

Quand il entendit la voix de son père, il se raidit.

« Gilbert, tu es forcément au courant de la dernière connerie de ton frère… Je sais que la police t'a parlé à toi aussi. Si tu sais quelque chose, appelle-moi. C'est la honte pour nous tous, je ne sais pas comment on va s'en relever… »

La voix venait d'outre-tombe, elle était froide et sinistre. « Bien sûr, papa, pensa Gilbert, quel malheur pour ta concession automobile ! Dire que ton fils porte ton nom, quelle déveine, tout le monde saura que tu es son père, et plus personne ne viendra acheter ses grosses bagnoles chez un type qui a engendré un pédophile ! » Quelque chose en lui eut brusquement envie de rire, de rire à gorge déployée, et de féliciter Gérard de sa bonne blague, de lui taper dans le dos en lui disant qu'il avait eu là une idée de génie. Il fallait y penser. Enfin leur père avait la monnaie de sa pièce.

Le dernier message émanait de Philibert. Toujours attentionné, lui aussi. Il invitait Gilbert à une petite fête qu'il donnait le soir même, « histoire de se changer les idées ». Il était le seul à passer les événements sous silence, comme si l'unique chose qui lui importât réellement était le moral de Gilbert. Pour le reste, dans sa grande délicatesse, il ne se permettait sûrement pas de juger un obèse qui prenait la poudre d'escampette avec un gamin. Ces deux-là, dans son esprit, devaient avoir leurs raisons.

C'est ainsi que, vers vingt-deux heures, Gilbert se retrouva sur le balcon de Philibert, surplombant, les yeux dans le vide, l'une des avenues qui partaient de la Bastille. Depuis ce soir, toute la France était lancée à la poursuite de son frère. Où se terrait-il ? Dans une cave, une grange, un grenier ? Les journaux télévisés avaient déniché quelques témoins qui se souvenaient les avoir vus prendre un train à la gare Montparnasse, d'autres qui les avaient croisés à celle de Lorient, puis un conducteur d'autobus qui les avait amenés au bord de la mer à la nuit tombante. Là, leur piste se perdait. Gilbert sentait grandir en lui une forme d'admiration pour ce frère qu'il connaissait bien mal, au fond. Il regardait déambuler les flâneurs de la nuit sur la promenade plantée d'arbres, cinq étages plus bas. Tranquilles, ils se contentaient de cette bande de bitume dessinée pour eux, bien droite, où des platanes racornis par la pollution leur donnaient l'illusion de vertes frondaisons. C'était là toute l'aventure que la plupart d'entre eux s'autoriserait jamais. Et lui, Gilbert, devait se rendre à l'évidence : il faisait partie du troupeau. Les péripéties de sa vie se bornaient aux liaisons éphémères avec ses nymphettes et aux petits désagréments qu'elles lui occasionnaient. En dehors de ça, son chemin était morne et plat. Il découvrait ce soir qu'Isaac et Gérard étaient, eux, mus par un désir qui lui resterait à jamais étranger. Il avait retrouvé le premier. Il lui fallait à présent retrouver le second.

Il sirota prudemment la coupe de champagne que Philibert lui avait offerte à son arrivée. Il ne voulait plus de l'ébriété où il se noyait si facilement.

Philibert vivait sagement pacsé avec un diplomate plus âgé, dans cet appartement décoré de pourpre et d'or comme au Grand Siècle. Si son téléphone sonnait sans discontinuer, ainsi que Gilbert venait de l'apprendre en parlant avec une vieille conservatrice de musée, c'était parce qu'il employait ses loisirs à gérer une association caritative dont le but était d'apporter de l'aide aux malades du sida, souvent désespérés. Dix ans plus tôt, il avait perdu son premier compagnon, qui lui avait caché sa maladie et avait fini par se pendre. Philibert, lui, avait par miracle échappé au virus et juré dès lors de s'employer à le combattre.

La soirée était raffinée : de la musique de chambre parvenait aux oreilles de Gilbert par les fenêtres entrouvertes, à peine couverte par les conversations des petits groupes d'invités. Un majordome passait avec des plateaux élégamment garnis et remplissait les coupes dont le niveau restait ainsi perpétuellement égal. Rien ne bougeait dans cet univers feutré. Du coin de l'œil, Gilbert voyait Philibert saluer les nouveaux arrivants : femmes du monde, officiers ministériels, et même quelques têtes connues de leur université. Il s'en voulait d'avoir imaginé une réunion de motards en cuir, d'éphèbes musclés et peroxydés. Il était totalement à côté de la plaque et regrettait de n'avoir pas loué un smoking pour l'occasion.

Parmi les nouveaux venus, il distingua soudain Flore, vêtue d'une éblouissante robe en satin vert d'eau qui révélait par sa découpe un peu floue, entre deux mouvements de l'étoffe, la naissance de seins à l'arrondi prometteur. Elle avait remonté ses cheveux en un chignon torsadé parfaitement accordé à l'élégance du baisemain que lui faisait en cet instant le diplomate. Philibert, dans son costume trois-pièces, l'embrassa sur les joues avec moins de cérémonie. Gilbert, la gorge brusquement asséchée, avala d'un trait le fond de sa coupe. Il ne pouvait détacher les yeux de l'apparition qui ondoyait nonchalamment devant lui dans la foule, comme ses hippocampes parmi les algues. Il se sentit perdre pied et tomber tel un petit caillou au fond de l'aquarium : et s'il s'était trompé sur son compte, à elle aussi ? Peut-être n'était-elle pas la grande fille simple et un peu sauvage qu'il imaginait ? Peut-être repartirait-elle ce soir au bras de l'un des messieurs empressés qui s'affairaient déjà autour d'elle, pour finir la nuit dans un palace quatre étoiles, bas et talons aiguilles jonchant le sol, éclats de perles sur la chair tendre, ongles vernis au bout des mains crispées, cheveux épars, halètements et draps défaits ?

Il avala trois petits fours coup sur coup pour chasser la vision. Quand Flore l'aborda sur le balcon, il avait la bouche pleine ; il bafouilla en crachotant des miettes et se sentit ridicule.

– Comment vas-tu ? C'est chouette de te retrouver ici… Je ne connais personne d'autre, à part Philibert.

– Eh bien, comme tu le vois, ça va : je ne suis pas encore ivre. Je maîtrise la situation en réduisant les doses !

– Tant mieux. Je n'aime pas te voir dans l'état où tu étais tout à l'heure.

– Je sais. C'est pour toi que je fais des efforts…

Il sourit pour paraître léger. Eux deux, sur ce balcon… Comment éviter les réminiscences théâtrales éculées ? Leur fin serait-elle aussi tragique ? Pour l'heure, dut-il s'avouer en lorgnant le trèfle à quatre feuilles qui se devinait sous la bretelle de la robe, ils n'avaient rien entamé.

– Et pour ton frère ? Que comptes-tu faire ? l'interrogea Flore.

– Pas la moindre idée. Apparemment on l'a repéré en Bretagne, du côté de Lorient. Ce n'est qu'une question de temps… Ils vont mettre la main dessus.

– Et toi, tu ne crois pas que tu pourrais faire quelque chose pour lui ? Tu as une idée de ce qu'il fiche là-bas ?

Gilbert hésita, le cerveau encombré de visions confuses remontées malgré lui de l'enfance. Il ne savait pas comment les traduire avec exactitude : lors de ces fameuses vacances en Bretagne, la famille s'était soudain divisée en deux camps. Le père et lui s'étourdissaient de courses et de records en tout genre. Le soir, ils tombaient d'épuisement. Gérard et leur mère s'adonnaient à la contemplation. Ils rêvassaient de longues heures à la tombée de la nuit, assis côte à côte sur la dune ; ils parcouraient les chemins bordés de hauts talus à la recherche de fontaines magiques et de petits calvaires en ruine ; ils y jetaient des pièces en faisant des vœux, ils y déposaient des bouquets de fleurs des champs. Gilbert, qui les avait suivis de loin un jour, les avait entendus murmurer des prières qui se mêlaient au vrombissement des insectes alentour. Il s'était lui aussi senti un bref instant à l'unisson avec la nature, en parfaite harmonie avec les êtres et les choses. Le temps semblait arrêté pour toujours, ou plutôt enfermé dans le cercle protecteur que dessinait dans les airs l'oraison chantonnée par la voix maternelle. Puis il avait baissé les yeux et constaté que la roue avant de son vélo était crevée. La panique l'avait envahi à l'idée des cris que pousserait son père, et il avait vite fait demi-tour pour réparer les dégâts, ni vu ni connu, en achetant une rustine au magasin de cycles du village et en y faisant regonfler la chambre à air.

Flore le regardait fixement. Gilbert bredouilla :

– Il… Je pense qu'il est parti rejoindre notre mère. Enfin, pas vraiment, puisqu'elle est morte, mais il est parti sur ses traces. Quelque chose comme ça, en tout cas.

– Tu crois qu'il a embarqué ce gamin dans l'aventure pour se retrouver lui-même, enfant ? Comme si c'était son alter ego ? Ou alors un « mini-toi » ?

– Je n'en sais rien, je ne suis pas psychologue. Je ne sais même pas d'où il sort, ce gosse.

– J'ai entendu à la radio qu'ils étaient voisins. Tu sais quoi ? On devrait partir à leur recherche. Ça ne me plaît pas, cette cavale. Si on ne fait rien, ça va mal finir. Il faut les retrouver et que tu ramènes ton frère à la raison. Si tu fouilles un peu dans tes souvenirs, je suis sûre que tu découvriras où il a emmené l'enfant. J'ai des amis à Lorient qui pourront certainement nous aider. Il suffit que je leur passe un coup de fil.

Gilbert la dévisagea à son tour, interloqué.

– Tu veux dire que tu viendrais avec moi ?

– Évidemment !… Je ne peux pas te laisser tout seul : qui sait ce que tu avalerais encore comme cochonneries ? Il faut quelqu'un pour te surveiller.

Elle avait pris un air mutin.

– Mais ton élevage, qu'est-ce qu'il deviendra en ton absence ?

– Ne t'inquiète pas pour mes bébés. D'abord, c'est l'affaire de quelques jours. Et puis je fais partie d'un club d'aquariophiles. On s'entraide tous et je ne manque pas de baby-sitters.

Je les ai déjà testés quand je suis descendue dans le Sud pour l'enterrement de ma grand-mère. Tout s'est très bien passé. Il y a même eu des naissances pendant que j'étais là-bas, alors tu vois!...

Perché dans l'air frais sur ce balcon, Gilbert était abasourdi, comme si soudain le vent du large lui sifflait aux oreilles. En bas, dans l'allée, les couples d'amoureux avançaient toujours sagement, bras dessus bras dessous, à petits pas tranquilles. Dans l'un d'eux, Gilbert crut voir l'image de son frère et de sa mère. Ils riaient et leur rire grimpa jusqu'à lui, escaladant la façade et les ornements de fer forgé pour venir le chatouiller. Dans sa tête, le seul mouvement qu'il percevait était le mécanisme de son vélo, posé à l'envers sur la selle, et dont la roue tournait à vide, longtemps, longtemps, comme si elle ne devait jamais s'arrêter.

– Tu as peut-être raison, dit-il. Viens, allons préparer nos bagages.

## 20.
## CALEPIN, PAGES 21 À 23

10 décembre

Marcher avec lui. Cheminer à ses côtés le nez au vent, dans un paysage oublié : des champs vert vif, des forêts sombres, des chemins de terre, et le ciel, bleu, gris, changeant, à perte de vue. Aucun repère, sauf les clochers au loin qui signalent l'agglutinement des hommes et la présence de Dieu. C'est un monde sans fils électriques, sans châteaux d'eau, sans voies ferrées et sans rubans de bitume. Je dois le dépouiller de tout cet embarras qui m'est naturel, à moi. Le voir par ses yeux.

Flore ne le sait pas, mais elle m'a aidé à comprendre. Je peux glisser son nom dans ce carnet, elle est la seule digne d'y figurer, comme une invitée de passage. De retour de Toulouse, après une nuit de mauvais sommeil dans ce wagon, elle a répondu à ma question. Je voulais juste relancer la conversation, essayer de l'atteindre avant qu'elle ne s'évapore à nouveau. « La plus belle exposition que j'aie vue récemment ? Sans conteste, les sculptures de Giacometti. À cause de cet homme qui marche, long, filiforme, que l'artiste a modelé et remodelé sans cesse, comme s'il n'arrivait pas à l'épuiser. C'est à lui que je pense aujourd'hui que ma grand-mère est morte. J'ai du mal à m'en remettre, j'étais très proche d'elle. Elle me manque. Mais nous sommes humains, nous devons nous remettre debout, et marcher, toujours marcher... avancer sans savoir vers quoi au juste, et tenir debout, maigres et fragiles, sur le sol, tout en nous dressant vers le ciel, vers quelque chose qui nous attire au-delà de nous, en haut... » En regardant Flore s'éloigner, sa petite valise à la main, ses cheveux ramassés en queue-de-cheval sur son dos, j'ai vu cette silhouette qui s'appliquait à avancer ; un pied devant l'autre, verticale, avec ténacité. Qu'est-ce qui pouvait bien l'attirer vers le haut ? Ses cours, peut-être, l'art qu'elle enseignait aux étudiants, que j'avais souvent entendus chanter ses louanges. Mais elle n'en parlait jamais.

Depuis, je les vois d'un autre œil, mes paysans figés, qui me regardent, comme ahuris : ils ne font rien, assis ou debout, au fond c'est pareil. Leurs rares gestes suspendus, lever un verre, abattre une carte, sont pauvres et limités. Ils m'observent, moi, qui me tiens devant eux, et je lis dans leurs yeux une envie éperdue : celle d'être avec moi, de l'autre côté du tableau, debout, bien vivants et en trois dimensions. Ils voudraient courir, bouger, sauter, rire et crier ; au lieu de cela, ils sont prisonniers de la toile et de leur univers. Un seul parmi eux a osé franchir le seuil et se mettre en marche. À travers moi, c'est lui qu'ils regardent, interloqués.

15 décembre

La pluie avait cessé, laissant des flaques éparses sur le chemin. Il essayait de les éviter et cela rendait sa route tortueuse, alors qu'il voulait filer droit vers Paris. Mais il n'avait qu'une paire de souliers, il devait la ménager. À un croisement, il rejoignit la route principale. Vers l'ouest, c'était la direction de Soissons. Sur le sol humide s'étaient imprimées les traces laissées par les roues en bois d'une carriole, bien lourde, à en juger par leur profondeur. De part et d'autre, des empreintes de pas, une véritable petite troupe d'au moins dix ou douze âmes. Isaac les suivit, les yeux fixés sur l'horizon pour tenter de les apercevoir. Les traces étaient encore fraîches, ils ne devaient pas se trouver à plus d'une demi-lieue devant lui.

Il pressa le pas. Seul, sans bagage, il pouvait aller plus vite qu'eux et les rattraper. Et en effet, bientôt il distingua leur forme, au loin. Peu à peu, ils grossirent et Isaac vit l'un d'entre eux, qui s'était retourné par hasard, le montrer du doigt à ses camarades. Parvenu à leur hauteur, un peu essoufflé de sa course, Isaac comprit qu'il avait affaire aux Bohémiens. Sur la carriole, parmi un amoncellement de paquets et de chiffons, étaient perchés une vieille femme et quelques enfants en bas âge. De part et d'autre du véhicule tiré par un âne et un cheval poussifs marchaient six hommes et sept femmes, certains appuyés sur des bâtons, tous encombrés de ballots et pliant parfois sous leur poids. L'un des hommes tirait après lui une vache et une génisse étiques. Un autre portait à l'horizontale sur les épaules une longue branche d'où pendaient des lapins morts, attachés par les oreilles. Isaac repensa à ses hôtes et songea un instant à les venger. Mais seul contre tous, il était impuissant.

Les Bohémiens parlaient entre eux une langue de l'Est à laquelle Isaac ne comprenait pas un traître mot. Les voyageurs le laissèrent cheminer avec eux. Isaac se sentait toujours plus en sécurité ainsi. Il déchargea une toute jeune femme, enceinte de plusieurs mois, du fardeau qu'elle portait, un drap de lin attaché par les coins dans lequel il entendit tinter des objets métalliques ; le fruit d'un autre pillage, peut-être même celui d'une église. En le jetant sur ses épaules, il perçut comme une approbation silencieuse : il était devenu l'un des leurs.

Au fil du chemin, à peine interrompu par quelques courtes pauses sous les arbres pour octroyer aux bêtes un peu de repos et laisser aux mères le temps de porter les nourrissons à leur sein, pendant que le reste de la troupe se restaurait de quelques œufs gobés crus et de fruits cueillis dans les buissons, Isaac se lia avec le seul homme qui parlât un peu sa langue. Il était crasseux comme tous les autres, avec une barbe grouillante de vermine qui le démangeait au point qu'il se grattait parfois jusqu'au sang. Mais on aurait surtout dit qu'il voulait se gratter l'intérieur du crâne jusqu'à la moelle pour en arracher les visions maléfiques qui le hantaient. Isaac l'écoutait, oubliant la douleur de ses membres et les meurtrissures que lui causaient les pots de cuivre dans les flancs à chaque fois qu'il faisait basculer le poids du paquet d'une épaule sur l'autre. Ils venaient tous d'un même village, ils étaient à peu près tous membres d'une seule famille, survivants du massacre de Stadtlohn, là-bas, vers le nord-est, à plus de cent lieues de distance. Au plus chaud du mois d'août, les troupes de Tilly avaient déferlé sur eux, réduit en cendres leurs maisons, volé leur bétail et abusé de leurs filles. Brunswick leur avait promis la victoire, au lieu de cela il avait été défait et des milliers d'hommes avaient perdu la vie. Alors ils avaient fui, traversant les frontières sans même s'en apercevoir, se cachant au plus profond des forêts quand s'annonçait le galop d'un cheval, ne sachant plus en quel Dieu croire, ni s'ils étaient protestants ou catholiques ou juste des hommes terrorisés qui auraient voulu creuser un trou dans la terre pour s'y réfugier.

Ils parvinrent enfin aux abords de Soissons et établirent leur campement près d'un cours d'eau d'où ils pouvaient voir la ville. Les femmes et les enfants étaient épuisés. Les hommes se décidèrent à proposer leurs services aux artisans ; certains installèrent sur le parvis de la cathédrale un théâtre ambulant fait d'une toile déployée devant laquelle ils mimèrent leurs tribulations, donnant à leur misérable débandade devant l'ennemi une dimension épique qui les rasséréna un peu. En quelques jours, ils étaient devenus les héros de cette guerre à laquelle ils ne comprenaient rien. Isaac sut que leurs routes se sépareraient là.

17 décembre

Car voilà à peu près comment il est arrivé à Soissons.

C'est là que je l'ai retrouvé. Ou peut-être – qui sait ? – est-ce lui qui m'a retrouvé.

Je viens de passer deux jours à l'Arsenal de Saint-Jean-des-Vignes. Les organisateurs de la nouvelle exposition contemporaine, des amis de Melchior, avaient besoin de mes lumières. Ils ne savaient comment agencer leur accrochage, des toiles d'artistes vivants inspirées de quelques tableaux flamands, de belles vanités empruntées pour l'occasion au musée des Beaux-Arts voisin. Je leur ai donc servi à eux aussi de caution, tentant vainement de leur faire comprendre le sens des toiles anciennes, de toute façon réduit à néant par la version dénaturée qu'en avaient réalisée leurs piètres suiveurs. Et eux, pourtant, disposés en étoile autour de leurs modèles ! Les vanités d'aujourd'hui reprenaient les compositions d'autrefois, remplaçant les gaufrettes et les cruches en terre par des rails de coke et des bouteilles de whisky renversées, les fleurs fanées par des collages de bouts de papier multicolores, les crânes par des photographies en gros plan de l'artiste au saut du lit, le cheveu ébouriffé et l'œil aussi vif que celui d'un poisson mort.

Je m'en voulais d'avoir accepté encore une fois de jouer ce jeu qu'au fond de moi je haïssais. Pourquoi étais-je là ? Pour fuir mes cours et mes étudiants, sans doute. Par orgueil, aussi, croyant que mon avis éclairé servirait à quelque chose dans ce salmigondis infâme. Je me méprisais mais n'avais pas le courage de partir : mes deux nuits d'hôtel étaient payées par la municipalité, et puis je me sentais en vacances.

J'errai devant la façade de l'abbaye de Saint-Jean-des-Vignes, qui tenait encore debout par un étrange miracle, avec ses trois portails, ses deux tours asymétriques, et entre les deux sa rosace vide qui lui donnait un air de cyclope énucléé. Il n'y avait plus de corps derrière. La démolition avait été ordonnée en 1805 en vue de récupérer les pierres. Déjà, du temps des huguenots, tout avait été détruit, verrières, sculptures, mobilier, bibliothèque. Je me demandai si le pincement au cœur que je ressentais devant ce massacre faisait de moi un réactionnaire. Cette émotion se mélangeait à une autre, qui remontait de loin – une visite en famille, il y avait bien longtemps, lors de ce fameux séjour en Bretagne : nous avions couru, mon frère et moi, dans les ruines d'une abbaye qui, elle, surplombait la mer. Elle n'avait plus de toit, et je m'émerveillais, en levant la tête entre ces vastes murs, de pouvoir voir le ciel. Depuis lors, devenu adulte, j'ai cherché dans mes voyages la poésie des ruines, j'ai suivi les pas des romantiques anglais sur leurs terres et jusqu'en Italie, toujours en quête de vieilles pierres, et surtout d'églises démembrées. Rien de plus émouvant qu'une cathédrale dévastée par les hommes et abandonnée par son Dieu. J'y retrouvais sûrement une image de ma vie. Laquelle ? Mieux valait ne pas trop chercher à savoir.

Au musée, je traînais par désœuvrement devant les vitrines évoquant l'histoire de la région. Je m'arrêtai devant le parcours exemplaire d'un certain seigneur de Saint-Maurice, petit hobereau local dont le château avait été rasé, tout d'abord partiellement, à l'automne 1636, lors des combats qui avaient opposé Louis XIII aux Espagnols, à l'époque du siège de Corbie, puis en totalité lors de la Première Guerre mondiale. Des manuscrits et de menus documents retraçaient la vie au château, peu avant sa première destruction – mesures de grain, aunes de drap, naissances et décès, célébrations des fêtes populaires, épidémies touchant les hommes et les bêtes, jusqu'aux vieilles prérogatives du petit marquis sur son entourage et sa levée des droits seigneuriaux : « [...] scavoir, pour l'an de grâce 1625 du règne de Notre-Seigneur, deux poules vives en plumes à lui dues au jour de la Saint-Martin par chacun des fermiers demeurant par bienveillance sur ses terres [...]. »

C'est alors que la signature de l'intendant du château me sauta aux yeux.

« Y. Lenain. »

Il y avait une chance sur un milliard que je retrouve sa trace. Elle était passée inaperçue aux yeux des historiens, pourtant elle était là, devant moi, en évidence dans cette vitrine poussiéreuse.

18 décembre

J'essaie de me raisonner. De ne pas me laisser emporter par ma fougue. Peut-être ai-je mal lu. Peut-être est-ce un autre que lui. De retour à Paris, dans mon antre sous les toits, je ne sais plus quoi penser. Et pourtant, qu'y aurait-il d'étonnant à ce que le fugitif, parti loin de son père, le sergent royal, se soit arrêté en route pour devenir lui-même l'intendant et le collecteur d'impôts d'un seigneur ? Il ne sera donc jamais allé jusqu'à Paris et se sera établi à tout juste sept lieues de son point de départ. Mon histoire serait-elle un conte de fées bizarre, où les voyageurs chaussent des bottes magiques, puis s'arrêtent brutalement dans leur périple ? Ironie de l'aventure, à peine entamée, aussitôt interrompue. Les hommes au fond sont des pantins décevants qui n'aiment rien plus que leur confort.

Je décide de m'accrocher à cette piste, simple nom griffonné au bas d'un parchemin. Je n'en ai pas d'autre. Ysaac ou Isaac, Le Nain ou Lenain. À l'époque, rien n'est stable, pas même l'orthographe. J'avance dans des sables mouvants.

## 21.
## LE DAUPHIN AGILE

Au réveil, Gérard ne sentait plus ses membres ankylosés. Il ne savait pas s'il devait l'attribuer au froid ou au fait qu'au cours de la nuit Valentin s'était blotti contre lui sans qu'il s'en aperçoive, bloquant la circulation du sang dans tout son côté gauche.

Pourtant la présence de ce corps chaud ne le dérangeait pas. Il était heureux de se sentir solide comme un bloc de marbre si cela pouvait prolonger le sommeil de son protégé. Après un quart d'heure, il tenta néanmoins de remuer les doigts de pied, puis le mollet, et jusqu'au genou de sa jambe gauche qu'il essaya de plier délicatement, obligeant Valentin à basculer sur le côté. L'enfant poussa un léger grognement.

– J'ai froid... J'ai mal dormi... Fous-moi la paix !

– Je voudrais bien, mais tu vas attraper la mort. Viens, lève-toi, il faut bouger, on va se trouver quelque chose à manger.

Valentin s'ébroua et ouvrit les yeux. Le jour filtrait par les fentes horizontales taillées dans le béton et dessinait des faisceaux croisés sur le sol sablonneux. Depuis l'aube, Gérard se croyait dans une salle de projection où l'on s'apprêtait à montrer plusieurs films à la fois. Lequel choisir ? Lequel était le bon ? Sa vie était comme arrêtée en ce point précis du temps où des possibles inconnus s'ouvraient à lui, pauvre spectateur bombardé par ces rayons qu'il ne contrôlait pas.

Quand ils se retrouvèrent dehors, face à la mer, ils respirèrent mieux et purent détendre leurs membres endoloris. Devant eux une étendue de sable immense se déployait, comme si toute l'eau avait été aspirée au loin par un siphon.

– C'est marée basse, dit Gérard.

Lorsque, vers une heure du matin, il avait regardé par une meurtrière en se battant les flancs, l'océan était un grand corps mouvant qui respirait tout près de lui, avançant et reculant avec application, comme hésitant sans cesse, pourtant prêt à bondir et brillant sous la lune de mille petits yeux inquiétants.

Valentin, la tête rejetée en arrière, laissait le vent passer dans ses cheveux et lui découvrir le visage. Les embruns flottant dans l'air lui faisaient sa toilette du matin.

– J'ai faim, jeta-t-il.

– Il y a des cafés, là-bas, au village, mais on ne peut pas y aller, on serait tout de suite repérés, arrêtés, et on ne retrouverait jamais ton père.

– Alors tu sais quoi ? On devrait aller quelque part où il y a beaucoup de monde, comme un centre commercial. C'est ce qu'ils font, dans les films, quand ils veulent pas qu'on les retrouve.

Valentin paraissait soudain réveillé, plein d'une vivacité nouvelle qui surprit Gérard. Il se dit que l'enfant avait raison, rassembla ses quelques affaires et se laissa guider. Le sac à l'épaule, Valentin marchait d'un bon pas sur la dune en direction de panneaux publicitaires qui annonçaient un supermarché aux abords de la ville. Après plus d'un kilomètre sans croiser âme qui vive, ils retrouvèrent le bitume, puis un parking qui commençait à se remplir en ces premières heures de la journée.

– Il vaut mieux qu'on se sépare, dit Gérard, ruisselant de tant d'effort, mais heureux de ne ressentir aucune douleur, comme si la machine se dérouillait peu à peu.

Ils firent leurs emplettes chacun de leur côté dans les allées encore presque désertes et s'adressèrent de loin un clin d'œil en se retrouvant à deux caisses situées aux extrémités opposées du magasin. Une fois à l'extérieur, ils marchèrent à quelques mètres de distance l'un de l'autre, vers le seul arrêt d'autobus visible à des lieues à la ronde. Valentin avait retourné son blouson réversible qui était à présent devenu bleu ciel. Il avait enfoncé sur ses yeux la casquette trop grande que Gérard lui avait achetée au marché quelques mois plus tôt, lorsque déjà il devait le dissimuler aux regards des commerçants.

– C'est pas vrai ! Tu l'as gardée ?

– Ben ouais, c'est ton premier cadeau ! En plus, je l'aime bien, elle a une sorte de bateau sur le devant, ça me fait penser à mon père.

– J'espère que ce n'est pas mauvais signe, parce que figure-toi, c'est l'emblème de Paris ! Rien à voir avec celui qu'on recherche.

– Bah, un bateau, c'est un bateau, tant qu'il tient sur l'eau…

Valentin baissa la tête et fit semblant d'ôter un caillou de sa chaussure en donnant la monnaie au conducteur. Gérard laissa une vieille dame monter après l'enfant, puis se hissa à bord à son tour. Ils s'assirent tous deux à des places diamétralement opposées. Peu à peu le véhicule se remplit : il y avait là des femmes avec leurs caddies, des enfants croulant sous le poids de cartables trop lourds pour eux et des ouvriers à la mine fatiguée. Parmi eux, un petit groupe plaisantait grassement, avec des rires rauques de fumeurs. Rien ne signalait les deux fugitifs à l'attention des autres voyageurs. « Fondus dans la masse, comme des poissons dans la nasse », se surprit à chantonner intérieurement Gérard pendant que l'autobus démarrait. Il se laissa ballotter gentiment, égrenant les arrêts en suivant le trajet dessiné sur le plan près du plafond. Cette fois, la destination était la bonne. Le terminus s'appelait « Le Port ».

C'est d'ailleurs là que descendirent avec eux la plupart des ouvriers, des hommes seuls qui s'apostrophaient de loin en loin. Beaucoup portaient un sac sur le dos. Deux ou trois étaient de forte corpulence. L'un d'eux avait les avant-bras tatoués au point qu'on ne lui voyait plus un centimètre carré de peau. « Des dockers », pensa Gérard, et il se dit qu'ici, peut-être, si la vie en avait décidé autrement, sa carcasse de colosse aurait été un atout, qu'elle lui aurait permis de gagner sa vie noblement. Valentin s'était adossé à un énorme conteneur en métal posé sur le quai et le regardait du coin de l'œil en dévorant des pains au lait qu'il puisait dans un sachet. Personne ne se souciait de lui non plus : il aurait pu passer pour un jeune manœuvre au repos. Les hommes filaient en bandes pressées vers des hangars et des bureaux. Une sirène retentit et les fit sursauter. « L'embauche », se dit Gérard.

La veille au soir, ils avaient discuté de la marche à suivre : « On va demander sur le port si quelqu'un connaît ton père… Des Louis Guivarc'h, il ne doit pas y en avoir trente-six ! » Gérard se rendit compte qu'il ne pouvait s'appuyer sur rien d'autre que ce nom. Valentin ne lui avait fourni aucune description. Quand

Gérard lui avait posé des questions, l'enfant s'était renfrogné et renfermé dans le silence, comme agacé par la piqûre d'une vive. Gérard avait abandonné.

Pendant près d'une heure, ils errèrent sur les quais, à bonne distance l'un de l'autre, environnés de grues géantes et de navires hauts comme des immeubles. L'air sentait le sel et le goudron.

– Je crois qu'on s'est fourvoyés, glissa Gérard à Valentin lorsqu'ils se rejoignirent à l'ombre d'un bateau qui dormait en cale sèche, en attente de prochains voyages. Ici, on est au port de commerce. Ce qu'il nous faut, c'est le port de pêche. Tu m'as bien dit que ton père travaillait sur les chalutiers, non ?

Sans attendre la réponse de l'enfant, il contourna des caisses de bois et s'approcha de deux hommes occupés à repeindre en rouge la quille d'un navire. En quelques mots, il eut confirmation de ses soupçons.

– On est à Kergroise ici, il faut aller à Keroman, c'est là qu'est le port de pêche, expliqua-t-il à Valentin en revenant vers lui.

Celui-ci s'était absorbé dans la contemplation de l'hélice du navire, si grande qu'à ses pieds les deux peintres lui paraissaient des fourmis.

– On dirait un mixer géant, tu imagines comme ça doit exploser la mer, un truc pareil ? Tu vois un peu la soupe de poissons que ça doit faire sur son passage ?

Et ils reprirent la route, cette fois à pied, en direction du port de pêche, négligeant quelque peu de se cacher des regards. Mais le long des avenues grises de la ville, tout le monde semblait avoir déjà oublié le journal télévisé. Le couple qu'ils formaient – l'obèse poussif et le garçon aux cheveux en bataille – n'attira l'attention de personne. Soudain bavard, Valentin maugréait comme pour rythmer leur marche :

– Kergroise, Keroman, Kertruc, rien que des noms débiles ! Ils sont tous pareils, pas étonnant qu'on s'y perde, dans leur bled !

Gérard ne disait rien. Il se força à chercher dans leur parcours des indices favorables leur prouvant qu'ils étaient sur la bonne voie. Tout ce qu'il revit, ce fut l'hélice géante, dorée et saisissante comme la flamme du pont de l'Alma. Était-ce vraiment un signe ? Si Diana était là, à ses côtés, qu'en penserait-elle ? La flamme était souveraine, elle pointait vers le ciel et montrait le chemin, comme si, fendant les airs, elle le dessinait d'un coup de pinceau magistral. L'hélice, elle, annonçait des remous et des tourbillons de fin du monde – Valentin avait raison, une sale bouillabaisse où tout serait passé au broyeur et malaxé jusqu'à ce qu'il n'en reste que des débris de la taille du plancton. Grand retour de tous les vivants, à commencer par eux deux, au chaos originel, mélasse et purée de pois. Voilà qui traduisait à la perfection son état d'esprit. « Je ne serai jamais un aventurier, pensait Gérard avec une amertume aussi cuisante que ses brûlures cutanées. Je suis à peine capable de mettre un pied devant l'autre : mais qu'est-ce qui m'a pris de venir ici ? Je ne sais même pas où je vais, et j'ai embarqué ce gosse avec moi. Dans une heure, si ça se trouve, on va m'arrêter et j'irai croupir en taule pendant quinze ans. Après tout, c'est peut-être là qu'est ma place... »

Puis, sans même s'en rendre compte, ils se retrouvèrent sur un nouveau quai, le long d'un bassin qui s'étirait vers le large. Partout, des camions allaient et venaient, chargeant et déchargeant des caisses de poissons fraîchement pêchés. Les bateaux sagement rangés dansaient sur l'eau, dans un tintinnabulement de mâts métalliques et de filins. Ce cliquetis, combiné aux rangées de bouées roses accrochées à leurs flancs, évoqua à Gérard la danse d'une beauté arabe entrevue un soir à la télévision, dans un spectacle où elle agitait avec un art consommé les breloques qui garnissaient son joli nombril et ses hanches délicieuses. Aussitôt, il se sentit mieux.

Les marins en combinaison de plastique jaune bouton-d'or faisaient la chaîne comme des pompiers au feu et se jetaient des bacs en polystyrène pleins de poissons qui atterrissaient sur le quai. Les hommes luisaient comme leur marchandise, encore ruisselants des paquets de mer qu'ils avaient pris au large. Valentin les regardait, fasciné. Ceux-là revenaient de loin, après des jours passés à labourer les flots de leurs chaluts autour de l'Irlande ou de Saint-Pierre-et-Miquelon. Des chariots à roulettes klaxonnaient pour inviter les visiteurs à dégager la voie, pressés d'emporter leur chargement vers la criée. Gérard et Valentin s'éloignèrent de quelques mètres. C'est alors que l'enfant tendit le bras vers un petit navire en criant :

– Celui-là, je le connais, c'est Le Dauphin agile, mon père m'en a parlé !

Gérard s'approcha du bateau où rien ne bougeait. Lui seul, dans tout le port bruissant d'activité, paraissait endormi. Sur sa coque, un petit pochoir vert et bleu répété à l'infini dessinait unc farandole de dauphins identiques sautant par-dessus une vague stylisée. Les motifs s'écaillaient sous les assauts des intempéries mais les dauphins continuaient à sauter bravement. Valentin, mû par leur exemple, sauta d'un bond sur le pont.

– Mais ça ne va pas ? s'exclama Gérard. Tu te crois chez toi ? Que va dire le propriétaire ?

– Eh ben, je lui expliquerai que je cherche mon père, je suis sûr qu'il le connaît.

– Et moi, tu as pensé à moi ? Je fais comment, pour monter à bord ?

Entre le quai et le pont, il y avait bien un mètre. Parfois, au gré du ballottement, l'espace s'élargissait ou rétrécissait, ce qui rendait Gérard encore plus incertain.

– T'as qu'à prendre ton élan et sauter, comme moi !

– Bien sûr, et après je m'inscris aux championnats du monde de saut en longueur, tant que tu y es ! Tu vois un peu, si je rate la marche, je tombe à la flotte et avec mon poids, je coule à pic, je glisse sous la coque et on mettra deux jours à retirer mon cadavre de là !

– T'es vraiment qu'un gros lard ! Bon, allez, attrape ma main, je te tire.

Au prix d'un effort démesuré, Gérard bascula d'un coup sa carcasse dans le vide. Il rata la main que l'enfant lui tendait. Le bout de son pied droit atterrit sur le pont, l'autre resta sur le quai. Il avait manqué de confiance. Il se retrouvait là, suspendu au-dessus du vide, écartelé, le cœur battant brusquement la chamade, le pouls cognant dans tous les vaisseaux de son corps, sa chair prête à exploser sous la pression. La sueur lui coulait sur le visage, les yeux lui sortaient de la tête. Pendant ces infimes secondes d'indécision il ne sut pas s'il allait tomber à l'eau ou se redresser. Il accrocha désespérément le regard de Valentin, soudain paniqué lui aussi, comme devant un animal incontrôlable. Les jambes tendues dans ce grand écart hasardeux, incapable de bouger, Gérard sentait son poids tanguer et se répartir maladroitement dans ce nouvel équilibre. En un éclair il perçut dans tout son être l'évidence de sa vie absurde : ni vivant ni mort, il oscillait ; déposé là par des forces supérieures qui l'avaient abandonné à son sort, son corps traversait le temps et l'espace, tout juste ballotté par les événements. Il n'était plus qu'un petit enfant qui essayait de plaire à son père, puis qui, rejeté par lui, se tournait vers sa mère, son seul et unique refuge, laquelle avait pourtant eu le mauvais goût de lui faire faux bond prématurément et de le laisser seul face à un mur de reproches et à la haine du reste de la famille. Alors il avait basculé.

Il allait se laisser tomber dans l'eau sale irisée de mazout, presque heureux de lâcher prise, quand une poigne de fer s'empara de son bras droit et le tira à bord avec une puissance surhumaine. Un homme avait surgi derrière Valentin.

– Nom de Dieu, mais c'est qu'il va plonger, ce con !

Gérard se retrouva les deux pieds posés côte à côte sur un sol dur que la houle inclinait, de-ci de-là, avec régularité. Ses os craquèrent en silence tandis qu'il se remettait d'aplomb et sa chair molle flageola. Il crut qu'il allait s'effondrer.

– Je ferais peut-être mieux de vous balancer à l'eau pour de bon ! Y a que ça pour vous apprendre à vivre, on dirait !

L'homme, qui n'avait pas lâché son bras, continuait de le soutenir. Gérard le regarda alors comme si ses yeux recouvraient la vue et distingua une sorte de capitaine Haddock aux cheveux poivre et sel.

– Merci, souffla-t-il, éreinté.

– Y a vraiment pas de quoi ! Je peux savoir un peu ce que vous foutez sur mon bateau ?

– On est là parce que je cherche mon père. Je sais que vous le connaissez, dit Valentin.

– Qu'est-ce que c'est que ces conneries ? bougonna l'homme. Je connais personne, moi, d'abord. Ça fait deux ans que j'ai pas bougé de ce rafiot, que je reste à quai et que j'ai pas pris la mer. Tout ce que je veux, c'est qu'on me foute la paix. Mais apparemment, c'est trop demander... Dites donc, mais c'est qu'il va virer de l'œil, celui-là, lança-t-il soudain à Gérard. J'ai pas envie de me retrouver avec un cadavre sur les bras, je suis déjà assez dans la merde comme ça.

Gérard avait brusquement blêmi. Ses forces l'abandonnaient et il comprit qu'il n'aurait jamais dû partir sans ses médicaments pour le cœur.

– Bon, on va devoir jouer à police secours, alors, déclara le marin en soupirant. Descendez avec moi dans la cabine, mais discrets, hein ! J'ai pas envie qu'on me voie avec des visiteurs.

Il les fit asseoir sur des banquettes de skaï usées. Puis il ouvrit un placard d'où il sortit une bouteille, tendit à Gérard un petit verre et s'en servit un identique, qu'il avala d'un trait. Gérard trempa les lèvres dans le sien, eut un hoquet, devint tout rouge et se mit à tousser.

– Bon, ça y est, elle remarche, la bestiole ? Eh bien, tant qu'on est là à faire salon, toi le gamin, tu vas me raconter un peu ce qui vous est passé par la tête, de rappliquer chez moi sans invitation ? Parce que moi, il me semble pas que je vous connaisse, figure-toi !

– En fait... bredouilla Valentin, c'est à cause de mon père, je l'ai pas vu depuis cinq ans. Je me rappelle juste qu'il me parlait du port de Lorient, et d'un bateau qui avait le mot « dauphin » dans son nom... Mais je sais pas où il est passé. C'est pour ça qu'on est là.

L'enfant, son sac à ses pieds, se tortillait sur la banquette, gêné d'être soumis à cet interrogatoire. À côté de lui, Gérard reprenait peu à peu son souffle et écoutait le sang ralentir sa course dans ses veines. Il se trouvait presque bien dans ce petit réduit posé sur l'eau, balancé au rythme des vagues.

– C'est bien joli, dit le marin, seulement des Dauphins, il y en a eu deux, figure-toi. Le mien, et Le Dauphin volant. Mais lui, il a fini sa carrière l'année dernière. Il a été éperonné par un rocher dans la tempête, on a juste pu sauver l'équipage et maintenant il gît par cent mètres de fond. Son patron, à peine repêché, s'est chopé un cancer fulgurant… sûrement le contrecoup du choc. Il est mort six mois plus tard. Tu sais lequel tu cherches, au juste ? Et ton père, comment il s'appelle ?

– Louis Guivarc'h, murmura Valentin, comme pris en faute. Vous le connaissez ?

Il avait relevé la tête et dévisageait son interlocuteur, plein d'espoir.

– C'est que des Guivarc'h, y en a pas qu'un… Comme ça, non, je vois pas. Pas de chance, ton père devait parler de celui qui a coulé. Les équipages tournaient beaucoup, sur celui-là.

Valentin eut une moue de dépit. La commissure de ses lèvres tremblait.

– Voyons, fais pas cette tête-là, gamin ! On va se renseigner ! S'il est passé par ici, ton père, on le saura ! Et d'abord, c'est qui, ce type qui se trimballe avec toi et qui fait un malaise sur mon pont ? Ton oncle ? Quelqu'un de ta famille ?

– Ni l'un ni l'autre, avoua Gérard. Si vous avez vu les informations à la télé, vous savez qu'on nous recherche. Ce n'est qu'une question de temps, la police finira bien par nous trouver. Ce qu'il nous faut, c'est juste un jour ou deux, pour localiser le père du petit… qu'au moins on n'ait pas fait tout ça pour rien.

Et il posa sa main sur l'épaule de Valentin, qui ne la repoussa pas.

– Bon, je sais pas ce que vous fricotez tous les deux, mais après tout, c'est pas mes oignons. Les flics, d'abord, je peux pas les blairer. Ça vous donne un avantage à mes yeux. Deux ans qu'ils essaient de me déloger, mais je tiens bon. Les autorités du port les font venir régulièrement, ils disent que j'occupe mon emplacement indûment, vu que je travaille plus. Mais bon, c'est pas deux poulets, même en uniforme, qui vont réussir à déplacer Le Dauphin agile ! Et ils veulent pas embaucher un remorqueur, ces andouilles, ça leur coûterait trop cher. Alors je reste là, tant que ça dure…

– Et pourquoi ne travaillez-vous plus, au juste ? demanda Gérard, dont le rythme cardiaque s'approchait à nouveau de la normale.

– Je voudrais vous y voir : vous feriez comment, pour payer les charges, vous ? Je suis pas comme mes collègues, qui travaillent à perte, avec le prix actuel du mazout. Alors je reste à bord, je vis de rien, je bouffe mes économies…

– Et après ? ne put s'empêcher de demander Gérard.

– Après, on verra ! rugit leur hôte. Vous savez si vous serez encore en vie dans un an, vous, au train où vont les choses ?

Gérard resta muet. Sans ses médicaments, il n'irait pas loin, il le sentait. Ce n'était peut-être même que l'affaire de quelques jours. Devant son air anxieux, le marin s'adoucit.

– S'cusez-moi, c'est pas ce que je veux dire… Je me suis pas présenté, ajouta-t-il pour détourner la conversation. Éric Le Masson. Et vous, c'est comment ?

– Gérard Rataud. Lui, c'est Valentin, mon petit voisin.

Ils échangèrent des poignées de main avec cérémonie. Gérard comprit qu'entre eux un pacte se scellait.

– Voici ce que je vous propose, dit le marin. Vous allez

rester à bord pendant que je vais prendre quelques renseignements à terre. Je compte sur vous : si les flics se pointent, vous jouez de votre gabarit, vous montrez les dents, bref, débrouillez-vous, mais faites-les fuir. Mon truc à moi, c'est de les menacer avec une balise de détresse. Je leur dis que j'ai plus rien à perdre, je la leur plante sous le nez et je fais semblant de l'allumer. Ils ont peur pour leurs yeux et ils détalent comme des lapins.

– Pas de problème, comptez sur nous, dit Gérard avec sérieux.

– Ouais, on monte la garde ! s'écria Valentin, qui avait bondi de la banquette.

Une partie de la matinée s'écoula, durant laquelle Gérard somnola dans la cabine tandis que Valentin prenait l'air sur le pont. Une bruine légère se déposait sur le paysage alentour, rendant poisseux les êtres et les choses, recouvrant d'un voile leur image dont les contours devenaient flous. Pourtant sur le port l'activité n'avait pas ralenti. Les caisses et la ferraille s'entrechoquaient, les cris fusaient. Valentin resta là, immobile, à observer, tandis que sa chevelure de Gitan s'alourdissait des gouttelettes invisibles en suspension dans l'air et que ses yeux se plissaient toujours plus pour filtrer la lumière vive et brumeuse qui croissait avec le jour.

– À quoi penses-tu ? lui demanda gentiment Gérard en passant la tête par l'écoutille.

– À ma mère. Elle doit être inquiète. Surtout qu'elle doit accoucher dans deux semaines et qu'elle compte sur moi pour m'occuper de mes petites sœurs.

– Ne te tracasse pas, on sera rentrés bien avant la naissance du bébé !

– J'espère. Tu sais, je me demande si ça vaut vraiment la peine, tout ça. Mon père, au fond, je m'en souviens pas si bien que ça. C'est trop loin. Je sais même plus s'il a vraiment existé.

– C'est la même chose pour moi quand je pense à ma mère. Ou à mon père et à mon frère. Elle est morte et eux sont vivants, mais il y a si longtemps que je ne leur ai pas parlé que c'est comme s'ils étaient morts. Finalement, je n'ai plus que toi !

– Eh, oh, je suis pas ton fils, non plus ! C'est pas parce qu'on est partis ensemble que je resterai avec toi toute ma vie !

Meurtri, Gérard redescendit dans la cabine. Valentin ne s'était rendu compte de rien et avait repris sa rêverie.

– Tiens, voilà m'sieur Le Masson ! s'écria-t-il soudain.

Gérard passa de nouveau la tête par l'écoutille avant de le rejoindre sur le pont.

Sous sa casquette de vieux loup de mer, le marin approchait, l'air revêche. Il tenait dans les bras un cageot d'où dépassait ce qui ressemblait à des provisions.

– Alors, tout a été calme ? lança-t-il en sautant à bord.

– Pas vu un chat, rétorqua Valentin.

– C'est rare que je puisse mettre un pied à terre ! C'est drôle, mais je devrais presque vous remercier d'avoir déboulé comme ça, sans crier gare, parce que sans vous, les gars, ç'aurait pas été possible. J'ai fait le tour des bistrots, j'ai mes informateurs un peu partout. Et puis aussi une vieille copine qui prépare les meilleures rillettes de maquereau du monde. Je pose tout ça en bas et vous allez venir vous taper un peu la cloche avec moi. C'est pas le tout, ça, mais l'heure tourne !

Il disparut dans la cambuse, laissant seuls Gérard et Valentin.

– On a l'air fins, sur ce bateau qui bouge pas. Tout ce qu'on voit, c'est le quai. Tu parles d'une aventure ! dit Valentin.

– Oui, c'est à se demander ce qu'on fiche là. On est recherchés par la police, alors qu'on devrait être en train de rechercher ton père. Tout le monde se court après, et pourtant on reste en plan !

Quelques minutes s'écoulèrent, pendant lesquelles des bruits de remue-ménage montèrent jusqu'à eux. Puis la voix de Le Masson les appela :

– À table ! Venez me goûter cette merveille, vous m'en direz des nouvelles !

Gérard s'engagea dans l'étroit escalier en s'agrippant avec précaution aux deux rampes de métal. Il se retourna pour souffler à Valentin :

– M'est avis que cet homme-là a été amoureux en son temps, ou même qu'il l'est encore ! On dit bien que la voie vers le cœur d'un homme passe par son ventre, non ?

– Ben dis donc, si c'est vrai, alors c'est que toi t'es un sacré dragueur !

Gérard haussa les épaules et faillit rater une marche. Valentin se mit à rire à petits soubresauts, le pressant dans l'escalier par des bourrades dans les côtes.

## 22.
## SUR LA ROUTE

Les bras lui en tombaient. Il n'y avait pourtant rien qui dût le surprendre : Gilbert connaissait assez les femmes pour être un familier du foutoir innommable de leurs sacs à main, dont le contenu, porte-monnaie, poudrier, clés, mouchoirs, épingles à nourrice, coupe-ongles, lime, agenda et autres babioles, finissait le plus souvent renversé sur un coin de table quand leur propriétaire essayait de localiser un bâton de rouge à lèvres évidemment perdu dans ses tréfonds. Que la Clio verte de Flore offre l'image d'un sac à main géant, avec des monceaux proportionnels d'objets et de papiers jetés là, en vrac, qu'il lui fallait à présent déblayer, voilà qui n'aurait pas dû l'étonner. Et pourtant.

Peut-être l'avait-il trop idéalisée ? Peut-être les soins méticuleux qu'elle apportait à ses hippocampes lui avaient-ils donné d'elle l'image de quelqu'un de sage et organisé, quand au fond elle était comme toutes ses semblables, brouillonne, emportée, et surtout prête à exhiber les petits déchets de sa vie privée éparpillés dans l'habitacle… Gilbert extirpa une bouteille d'eau minérale à moitié vide. Le sacro-saint culte de la ligne. « Tiens, non », se reprit-il. Sous le siège avant droit, il ramassa des miettes de biscuits au chocolat qui lui filaient entre les doigts, parmi de vieux morceaux d'emballage. L'éternel manque de logique féminin. Sur le siège arrière, il trouva, caché sous un imperméable mastic, sûrement échappé d'un panier renversé, le haut d'un bikini noir. « 90 B », disait l'étiquette. Pour lui la perfection. Ni trop ni trop peu. Il fut heureux de voir confirmé par les chiffres le sentiment qu'éveillait en lui la silhouette de Flore. Ainsi donc, elle avalait des longueurs de piscine après le travail. Il voyait le trèfle à quatre feuilles plonger et réapparaître avec persévérance, au gré des battements de bras.

Sous un autre pan de l'imperméable, une facture d'électricité vieille de deux ans, un faire-part annonçant la naissance de Jason et Jasmine chez Jacques et Isabelle – il gardait un vague souvenir de ce stagiaire prétentieux, aujourd'hui en poste à Limoges –, un paquet de copies de première année dont le haut de la pile avait subi les assauts malencontreux d'une tasse de café, une carte de donneur d'organes avec une photo de la donneuse certainement prise dix ans plus tôt, quand elle avait les cheveux courts – elle était bien mieux avec les cheveux longs –, un petit tas agrafé de recettes découpées dans *Elle* et un recueil usagé de pièces de Beckett. Gilbert empoigna ce fatras à bras-le-corps et eut la sensation de tenir serrées contre lui les multiples facettes de sa collègue, à la manière d'un puzzle qui n'attendait que d'être reconstitué.

– Ça y est, Gilbert, tu as fait un peu de place ? lui lança-t-elle depuis la fenêtre de son huitième étage.

– Oui, oui, ça vient… répondit-il.

Il aurait bien voulu l'y voir. Les bras encombrés, un vieux tube de crème solaire coincé entre les dents – depuis combien d'étés traînait-il ? –, il gravit les marches du perron et appuya du bout du coude sur le bouton de l'ascenseur. Flore l'attendait sur le palier.

– Ah, merci, c'est vrai qu'il y avait un bazar, là-dedans !

– Mmm, mmm…

– Tiens, pose tout ça sur le canapé, je le rangerai plus tard. Mon sac est prêt, j'ai nourri mes bébés, contacté mon club d'aquariophiles, on peut lever l'ancre. J'ai appelé Lisa et Stéphane à Lorient, ils nous attendent. Au moins nous aurons un pied-à-terre à partir duquel rayonner.

– Tu connais le chemin pour aller chez moi ? Avant de partir il me faut bien prendre quelques affaires. Mais j'en ai pour une minute…

– C'est ça, ta brosse à dents, ton rasoir, trois slips et trois paires de chaussettes : vous êtes plus efficaces que nous, vous, les hommes.

– Il y a du vrai dans ce que tu dis, lâcha-t-il en soupesant le sac de voyage qu'il lui avait pris des mains. Tu es bien sûre que tu n'as pas emporté un de tes aquariums là-dedans, par mégarde ?

La conduite de Flore était vive et nerveuse. Elle déjouait les sens interdits en empruntant les petites rues parallèles qu'elle connaissait comme sa poche, elle accélérait au feu orange, elle klaxonnait les lambins devant elle. Gilbert était impressionné. À peine se fut-elle garée qu'il grimpa chez lui à toute vitesse. Il jeta quelques affaires dans une petite valise de cuir souple, ferma sa porte à double tour et redescendit aussi vite, inquiet au fond qu'elle puisse partir sans lui. « Je suis idiot, pensa-t-il, elle a besoin de moi pour aller à la recherche de mon frère… »

Il mit sa valise dans le coffre et se réinstalla à côté de Flore, qui démarra en trombe.

– Direction le périph, puis l'autoroute de l'Ouest !

Avant même qu'il s'en rende compte, ils avaient quitté la capitale et filaient à vive allure parmi le flot des voitures et des camions.

C'est alors qu'il repensa à Isaac. Curieusement, alors que défilaient les zones industrielles, les usines et les entrepôts qui bientôt céderaient la place à une campagne uniforme, il eut le sentiment de se remettre en route avec lui. Leur rythme n'avait bien sûr rien de comparable : la voiture dévorait les kilomètres ; Isaac, lui, même en allant d'un bon pas, avait eu le temps de compter les brins d'herbe et les fleurs sur son chemin. Il savait aux traces laissées dans la terre humide quels animaux ou quels humains étaient passés par là. Gilbert pouvait juste imaginer, en voyant une marque de pneu sur l'asphalte et un bout de caoutchouc éclaté abandonné sur le bas-côté, qu'un camion, quelques heures avant leur passage, avait failli causer un carambolage mortel. Isaac était à la merci des loups et des brigands ; eux, des chauffards et de la panne mécanique.

– Tu penses à ton frère ? demanda Flore, qui était jusqu'alors restée silencieuse.

– Oui, si on veut, lâcha Gilbert dans un souffle.

Et il replongea dans ses pensées. À coup sûr, Isaac lui était devenu plus cher qu'aucun autre membre de sa famille. Et ce qui lui était arrivé lui entaillait le cœur plus profondément que tout ce qu'il avait pu ressentir à ce jour. La mort de sa mère ? Elle était loin déjà, son deuil était fait depuis longtemps. Les attaques de cette petite garce d'Estelle et de ses copines lubriques ? Une bulle qui s'était dégonflée en un rien de temps. Flore avait raison, il avait eu bien tort de s'en rendre malade. Les frasques de Gérard ? Il ne savait guère quoi en penser, car au fond il ne connaissait pas son frère. Non. Ce qui le hantait, c'étaient ces regards qui voyageaient avec lui, ces cris silencieux poussés par les visages fermés, cette terreur indicible qui flottait sur tous les tableaux, et sur la vie d'Isaac. Car il savait, désormais, ce que celui-ci avait vu.

Lorsque à l'issue de la réunion du département, il avait exposé à Flore le sujet de sa recherche, il n'avait pas eu le courage, dans ce lieu d'harmonie où les bulles, par milliers, caressaient délicatement la croupe et le col des petits chevaux marins, de lui expliquer ce qu'il venait de comprendre. Il avait raconté le départ d'Isaac, son appétit devant la vie qui s'ouvrait à lui, son installation au château où il l'avait retrouvé par hasard, au détour d'une vitrine ; mais il avait passé le reste sous silence. Les yeux brillants, Flore s'était écriée : « C'est absolument génial, ton histoire ! Tu vas révolutionner un pan de l'histoire de l'art, avec ça… Peut-être même relancer l'intérêt pour les frères Le Nain, qui sont bien tombés dans l'oubli ! On va t'appeler pour des conférences au Louvre, et dans tous les musées ! » Il y repensait aujourd'hui : au fond, oui, c'était ce qu'il souhaitait ardemment, ne serait-ce que pour river son clou à cet ingrat de Melchior et le voir ramper à ses pieds comme le grand reptile noir et malfaisant qu'il était, l'implorant de reprendre le chemin de sa galerie… Quel plaisir il aurait, enfin, à le repousser !

– Tu ne trouves pas ça étonnant, notre expédition ?

Flore avait relâché la tension de ses bras. Ses mains reposaient négligemment sur le volant. Ils avaient atteint leur vitesse de croisière et la voiture semblait filer seule, sans aide, sur l'autoroute à présent dégagée.

– Que veux-tu dire ? demanda Gilbert en se tournant à demi vers elle.

– Eh bien, ta recherche sur les Le Nain et leur frère disparu… Et maintenant, tu pars à la poursuite de ton propre frère ! C'est un peu comme si la réalité te rattrapait… Comme si elle t'obligeait à vivre ce que tu as vu dans ces tableaux !

– Mais ça n'a rien à voir ! Isaac a fait quelque chose de sa vie, lui, il a pris son destin en main ! Mon frère, que je sache, n'est qu'un parasite qui n'a jamais bougé le petit doigt !

– Tu es dur. Tu dis toi-même que tu ne le connais pas. C'est sur la base de tels arguments que les peuples se sont toujours entretués…

– Épargne-moi ta morale à deux balles, tu veux ? Je ne vais pas assassiner mon frère, figure-toi, je vais le ramener au bercail et lui demander de se tenir à carreau désormais ! Il aura de la chance s'il ne finit pas en taule pour détournement de mineur.

– Excuse-moi. Je pensais à Lisa. Elle est très impliquée dans des associations humanitaires, elle a dû déteindre sur moi. Aujourd'hui, elle s'occupe des réfugiés du Rwanda. Tu sais, les enfants-soldats et toutes ces horreurs…

La main droite de Flore avait glissé du volant vers la cuisse de Gilbert dans un geste d'apaisement. Il eut le réflexe de la repousser mais n'en fit rien. La main resta posée là quelques secondes, puis reprit sa place sur le volant. Gilbert en gardait encore l'empreinte brûlante sur la cuisse. La main était venue d'elle-même, elle ne cherchait pas de soutien mais elle entendait au contraire en donner, ou le rassurer peut-être. Tout en fixant la route devant elle, Flore continuait à parler de sa voix douce du génocide rwandais. Gilbert n'en croyait pas ses oreilles. Elle agitait ses cheveux qui ondulaient sur ses épaules, laissait parfois entrevoir son talisman sous une mèche presque rousse, tout en faisant le récit d'horreurs sans nom. Dans son esprit, une grande confusion se fit. L'espace d'un instant, il ne sut plus s'il était lui-même ou son frère, s'il était vivant ou mort, bercé par une voix claire ou entaillé par les coups de lame, si au bout du chemin il allait rejoindre Gérard ou Isaac, ou les deux à la fois. La seule chose dont il était sûr, c'était que Flore le conduisait, et que dans la douceur de son timbre il y avait un savoir qu'il n'aurait jamais cru qu'elle possédât, comme une évidence qui éclairait ce qu'il avait de plus profond en lui.

Les quelques heures de route passèrent vite. Ils parlèrent à bâtons rompus de leur enfance – pour elle, des années heureuses dans le Sud, entre cinq frères et sœurs, et des parents professeurs de lycée –, de leurs collègues, de leur travail, de leurs amours chaotiques. Il apprit ainsi qu'elle avait vécu avec un botaniste qu'elle avait fini par abandonner en Australie, puisqu'il ne voulait pas rentrer en France avec elle.

– J'en ai au moins ramené mes hippocampes, murmura-t-elle en soupirant. Je n'ai pas tout perdu…

Elle avait vingt-huit ans. Elle voulait des enfants, il le sentait sans qu'elle ait besoin de le dire. Mais comme beaucoup de femmes, elle ne savait pas avec qui les faire. Alors elle laissait son moi s'éparpiller en petits morceaux dans son sac à main, dans sa voiture, tout en essayant de maintenir un semblant d'ordre et de vie dans ses aquariums. Tandis qu'ils contournaient Rennes et qu'elle louvoyait entre les camions sans jamais perdre de vue les panneaux annonçant Lorient, Gilbert la trouva infiniment touchante. « Merde, se dit-il. Je ne serais pas en train de tomber amoureux, par hasard ? » Il avait oublié ce sentiment depuis si longtemps qu'il ne savait pas pour qui il l'avait éprouvé la dernière fois : sans doute, en cherchant bien, était-ce pour la jeune fille au pair danoise qui logeait chez ses voisins, l'été de ses seize ans. Plus d'une fois, il avait fait le mur pour la retrouver la nuit dans le jardin. Elle n'osait pas l'inviter dans sa chambre, qu'elle partageait avec l'un des enfants. Il ne pouvait la recevoir chez lui, ses parents les auraient surpris. Ils avaient passé des nuits au clair de lune à se manger de baisers, à évoquer dans un anglais maladroit un avenir qui n'aurait jamais lieu, à somnoler appuyés l'un contre l'autre, enveloppés dans la veste en jean de Gilbert. Gretke et ses robes à bretelles. Elle avait toujours froid – ou bien peut-être faisait-elle semblant, pour se blottir contre lui.

Ils n'étaient plus qu'à quelques dizaines de kilomètres de Lorient. Inévitablement, une petite pluie fine vint leur souhaiter la bienvenue. Flore activa les essuie-glaces au ralenti et alluma la radio. Très vite, l'annonce du réseau d'alerte, interrompant l'émission musicale, leur apprit que l'enquête n'avait pas progressé d'un pouce. On recherchait toujours un obèse et un enfant d'une dizaine d'années, cette fois aux alentours du port de Lorient, ou sur les plages.

– Je peux te dire que mon frère n'est pas sur la plage par ce temps. Il déteste tout ce qui mouille, la pluie et la mer. Cela date d'une chute qu'il a faite, quand nous étions tout gosses, en sortant d'une barque. Tu aurais vu comment il s'est vautré dans l'eau ! Je n'ai jamais autant ri de ma vie, et mon père non plus !

– Je parie que vous ne l'avez pas beaucoup épargné, le pauvre !

Gilbert resta silencieux. Ils tournèrent quelque temps dans les faubourgs tristes de Lorient. Flore fronçait les sourcils.

– Je suis déjà venue plusieurs fois, mais c'est toujours pareil, je m'y perds, toutes ces maisons se ressemblent... Ah non, ça y est, je reconnais le café, là, au coin. Après, tu verras, c'est facile.

– Je me demande combien il y a de bars en France, comme celui-là, qui s'appellent le Manhattan... avec h ou sans h, avec deux t ou un seul, peu importe... Ce qui compte, c'est juste d'éveiller l'idée de l'Amérique.

– On a tous besoin de rêver, sans doute. Tiens, c'est là, on tourne ici, et la maison de Lisa et Stéphane est au bout de l'impasse.

Ils se garèrent le long du trottoir, devant une petite maison blanche pareille à ses voisines. Un voilage frémit à la fenêtre : on les attendait. La porte s'ouvrit et une petite femme d'une quarantaine d'années s'avança vers eux.

– Vous voilà enfin ! Je pensais que vous seriez là juste après le déjeuner, mais il est déjà cinq heures.

– Ce qui a pris du temps, c'est de mettre de l'ordre dans la voiture de Flore, dit Gilbert en serrant la main de Lisa.

– Vous, c'est Gilbert, je ne me trompe pas ? Rataud, ça je l'ai compris, Flore m'a dit que vous étiez le frère du type qu'on recherche dans la région.

Et elle embrassa son amie qui s'étirait les bras et sautillait sur place d'une jambe sur l'autre pour se défaire de l'engourdissement du voyage.

– Bonjour ma poulette, tu es toujours aussi belle, tu sais. Il a de la chance, ce gaillard, j'espère qu'il en est conscient !

– Mais, Lisa, je te l'ai dit, Gilbert n'est qu'un collègue de la fac ! Je lui sers juste de taxi !

La petite femme eut une moue dubitative puis haussa les épaules.

– Allez, prenez vos bagages et entrez ! Vous allez vous installer.

– Et Stéphane ? Il est dans les parages ? demanda Flore en montant à sa suite les escaliers qui menaient à la chambre.

– Il doit rentrer vers six heures. Il est allé chercher les enfants chez ses parents, ils voulaient les emmener au zoo pour la journée. Tu vas voir comme ils ont changé, tu ne les reconnaîtras pas. La dernière fois que tu les as vus, c'étaient encore des bébés.

La chambre était vaste, occupée par un seul lit, de grande taille. Une fois la porte refermée sur eux, Gilbert regarda Flore, interloqué.

– Oui, je sais, elle ne veut pas me croire, dit-elle en riant. Heureusement, il y a ce canapé qui peut se déplier, on s'arrangera ! Et tu m'as déjà vue en tenue de nuit dans le train, ça ne devrait pas te gêner !

Gilbert ne répondit rien et entreprit de déballer ses quelques affaires avec soin. Flore ouvrit son sac, jeta les siennes en vrac dans l'armoire, puis descendit papoter avec Lisa. Gilbert jugea qu'il devait les laisser seules un moment. Il s'assit devant une petite table et sortit son calepin de la poche de sa veste. Il y avait six mois qu'il avait commencé à y noter ses réflexions et la couverture de cuir grenu prenait une patine agréable. Il relut en souriant le « Et merde pour Melchior ! » qu'il avait inscrit en exergue sur la première page et regarda d'un œil distrait les photographies partiellement repliées qu'il avait collées ensuite. La petite *Fête paysanne* était bien loin aujourd'hui. Il se souvint qu'au début encore, il ne s'autorisait que des considérations techniques, celles que l'on attendait d'un bon historien de l'art. Peu à peu, il s'était laissé aller. Il se regardait moins réfléchir, il écrivait crûment ses sensations sur la page, construisant l'histoire d'Isaac au gré de ses découvertes et de ses contemplations, traçant les mots sur les lignes comme on pose un pied devant l'autre pour avancer. Tantôt de façon chaotique, au milieu de la nuit, tantôt avec une concentration exaltée, sur un coin de table, dans un café au sortir du Louvre. Pourquoi diable avait-il éprouvé le besoin d'inscrire avec précision la date et l'heure chaque fois qu'il avait pris la plume ? Pourquoi ces jalons au fil des pages ? Sans doute pour marquer les étapes de ce qui était son voyage immobile, à lui, et l'avancée de sa vie dans les traces retrouvées d'Isaac. Pour se prouver que, tandis que le temps s'écoulait, quelque chose en lui aussi changeait insensiblement.

– Gilbert ! Tu descends ? On t'attend !

Il n'avait pas entendu Flore, qui se tenait dans l'embrasure de la porte. Il rangea précipitamment le carnet dans sa poche.

– Excuse-moi, j'arrive… Je réfléchissais.

– Je le sais bien, mais tu vas finir par passer pour impoli… Le mari de Lisa vient de rentrer avec les gosses.

Ils se retrouvèrent au salon. Les enfants, un garçon et une fille de deux et cinq ans, tourbillonnaient autour d'eux. Lisa présenta son époux comme « Stéphane, le père de ces monstres » puis déposa un baiser sur la joue du géniteur avant de lui demander :

– Dis, chéri, tu voudras bien leur donner leur bain pendant que je parle avec Flore ?

L'homme s'exécuta sans rechigner, prenant chacun des enfants sous un bras comme on porte un colis, et les menant ainsi, frétillants de plaisir, remuant des pieds et des mains, jusqu'à la salle de bains.

– Il les voit peu, il peut bien s'en occuper pour une fois, expliqua Lisa.

Et les deux femmes reprirent la conversation qu'elles avaient entamée, où il était question de Hutus et de Tutsis, de Radio des Mille Collines, de puits et d'eau potable, de Darfour, de politiciens corrompus et d'aide humanitaire.

– On s'est connues dans une manif d'Amnesty International, il y a dix ans, glissa Flore à Gilbert. À l'époque, je me cherchais une conscience politique. Maintenant, je suis un peu revenue de tout ça, mais Lisa, elle, non.

– Enfin, répliqua l'intéressée qui dressait l'oreille tout en posant sur la table basse un plateau garni d'amuse-gueules, de verres et de bouteilles, si j'ai bien compris, tu n'es pas restée insensible au sort du frère de ton ami ? Tu as voulu jouer les bons Samaritains ? L'empêcher de s'enferrer dans ses bêtises ? Tu n'es donc pas complètement perdue pour la cause, ma fille.

Une demi-heure plus tard, le mari réapparut, accompagné des enfants lavés et vêtus de leur pyjama. Les petits picorèrent quelques biscuits en piaillant, puis se posèrent sur un tapis où ils entreprirent de jouer, l'un avec des voitures, l'autre avec sa poupée. Un instant, le garçonnet demeura assis, les jambes étendues devant lui, les mains jointes sur les genoux, sa bouille ronde légèrement effarée sous ses cheveux bruns : les yeux écarquillés et la bouche entrouverte, il dévisageait Gilbert, se demandant sans doute qui était cet inconnu. Par une grâce fugitive, l'enfant retrouvait la pose exacte de cet autre enfant, assis à même le sol, vers la droite de *La Famille de paysans*, dans la salle 29. Gilbert en eut le cœur serré. Il pensa aux enfants du château de Saint-Maurice qui avaient couru autour d'Isaac, s'étaient empêtrés dans les jupes des femmes, avaient pleuré en s'écorchant les genoux ou volé des pommes à la cuisine. Il y avait en eux, et dans ce petit garçon qui, très vite, s'était remis à quatre pattes sur le tapis et poussait son camion en faisant des bruits de bouche, une fraîcheur et une envie de vivre si simple qu'elles rendaient sa propre vie de complots et de petites tracasseries odieuse à Gilbert. Stéphane débouchait une bouteille de whisky. Il monta le son de la télévision, qui fonctionnait en sourdine, quand apparut l'annonce d'enlèvement avec les sempiternelles images de Gérard et du jeune garçon. « Mais foutez-lui donc la paix, à mon frère, pensa Gilbert, ce n'est quand même pas un tueur en série ! Quel mal y a-t-il à prendre le large avec un gamin ? Peut-être a-t-il juste envie de revoir le monde par ses yeux ? Et après tout, peut-être devrions-nous tous en faire autant ? »

Une fois les enfants nourris et couchés, le repas des adultes se passa en conjectures.

– Pourquoi un port de pêche ? demanda Flore. Peut-être cherchent-ils un bateau pour s'embarquer ? Pour partir à la pêche au gros ?

– Toi et tes poissons, alors, on dirait que tu ne connais rien d'autre ! dit Lisa en s'esclaffant.

– Les hippocampes ne sont pas des poissons, corrigea Flore.

– C'est dans la biologie marine que tu aurais dû faire carrière, à mon avis, renchérit Stéphane.

– Pourtant je peux vous assurer qu'elle est une enseignante d'histoire de l'art très appréciée chez nous, objecta Gilbert.

– Je suis sûre que c'est l'amour qui vous fait parler, lança Lisa.

– Mais pas du tout, se défendit Gilbert, c'est juste un constat.

– Alors c'est elle qui est amoureuse de vous, pour vous avoir suivi jusqu'ici, déclara Lisa d'un ton qui n'admettait pas de réplique.

Et, sans demander l'avis de personne, elle leur resservit du dessert.

La nuit venue, Gilbert et Flore regagnèrent leur chambre, un peu gênés. Ils déplièrent ensemble le canapé, qui vint buter contre le pied du lit, et se partagèrent les draps et les couvertures du mieux qu'ils purent.

– On va pouvoir se chatouiller les pieds mutuellement ! dit Flore en se déshabillant.

Gilbert avait tourné le dos et pris le chemin de la salle de bains. Puis il revint se coucher sur le canapé et la laissa faire ses ablutions à son tour. À peine allongée sur le lit, elle éteignit la lumière.

– Je suis crevée, demain est un autre jour, il va falloir repartir à l'aventure… On a perdu du temps aujourd'hui !

– Pas moi, s'entendit répondre Gilbert. Je n'ai pas trouvé que je perdais mon temps. Je suis avec toi, et tes amis sont sympas. Mon frère, je ne l'ai pas vu depuis des années, ce n'est pas un jour de plus qui changera grand-chose.

– C'est gentil, ce que tu dis. Je n'ai jamais osé présenter Lisa à personne, figure-toi, parce que son côté pasionaria rebuterait trop de gens. Pourtant, c'est une sacrée bonne femme : elle est la déléguée d'Amnesty dans la région, elle leur sert de conseil juridique, elle trouve des hébergements pour les réfugiés…

– Toi aussi, tu es une sacrée bonne femme. La pasionaria des pauvres profs de fac persécutés par leurs étudiantes… Et en plus, tu étais très belle, dans ta robe de sirène, hier soir, chez Philibert. J'étais jaloux de tous ces hommes qui te regardaient.

Il avait les yeux fermés et parlait à mi-voix, comme pour lui-même. Il se demandait d'ailleurs ce qu'il lui prenait de déclarer des choses pareilles. Sans doute était-ce le vent et la pluie cinglant les volets qui lui agitaient le cerveau. Rien n'était plus comme d'habitude. Il se trouvait dans une chambre inconnue, dans une ville inconnue, avec pour seul repère le petit trèfle à quatre feuilles tatoué sur l'épaule de sa compagne. Elle avait dû s'endormir car elle ne répondit pas.

Après quelques minutes, Gilbert, qui sombrait à son tour dans le sommeil, sentit une souris frétiller contre ses doigts de pied. Il eut un sursaut et remonta les genoux brusquement, faisant glisser à terre la couverture qui le recouvrait.

– Grosse bête… C'est moi qui te chatouille. Viens ici, près de moi, tu seras mieux.

Mieux était un euphémisme. Car ce que Gilbert découvrit, la nuit durant, surpassa tout ce qu'il avait pu connaître jusqu'alors. Il avait eu raison de croire à la magie des hippocampes. Ils avaient transmis à leur maîtresse des ondulations divines, des cambrures de petit cheval et une fluidité sans pareille dans laquelle il nageait lui aussi avec délices, son être tout entier entraîné loin, très loin, dans les tréfonds d'un océan inexploré.

## 23.
## CALEPIN, PAGES 24 À 27

1er janvier

Début de l'année nouvelle, déployée devant moi comme une page blanche. Mille et un chemins prêts à se dérouler sous mes pas sans que je sache lequel choisir. Vertige. Je suis seul moi aussi dans la grande plaine, seul à en mourir. Il n'y a en moi aucun esprit de décision. Je n'ai pas le cran d'Isaac. Me mettre en route ? Mais pour aller où ?

Je parcours les ouvrages que je connais par cœur comme si en ce jour magique, le premier de l'année, neuf et encore plein de promesses, ils devaient me révéler enfin son image. Peut-être surgira-t-il brusquement au détour des pages, parmi tous ces visages intenses peints par ses trois frères ? Peut-être est-il caché derrière une épaule ou dans l'ombre d'une cheminée ?

Je cherche le solitaire : celui qui a tout abandonné, la douceur du foyer, les rondes enfantines, les verres de vin rutilants. Celui qui au fond me ressemble – le sans-famille, l'orphelin. Son absence imprègne tous les tableaux de ses frères, je suis sûr qu'ils ne peuvent l'avoir totalement oublié. Ils n'ont pas pu s'interdire de le représenter. Leur plaisir de peindre est trop grand : ils aiment rendre les chairs lasses, les sourires édentés, les plis rustiques des étoffes. Leur tendresse pour ces pauvres est infinie.

Quel que soit le chemin emprunté par leur frère disparu, il est forcément là, présent lui aussi, ressuscité par le miracle du pinceau, quelque part sur la toile.

Isaac n'est-il pas ce voyageur assis dans l'*Intérieur paysan* de Washington ? Un vieillard bonhomme à barbiche, son bâton de pèlerin coincé à l'oblique entre ses pieds, la cape encore attachée aux épaules, son large chapeau à cordon bleu ciel sur les genoux. Il sourit, vaguement hébété par la chaleur de ce foyer misérable qui pourtant vaut à ses yeux tout l'or du monde. La porte reste ouverte, elle est barrée par l'énorme quenouille que tient sous le bras, au premier plan, une grosse femme au fichu en lambeaux. Elle me dévisage de ses petits yeux porcins, sans se soucier de son apparence. Derrière elle, une fillette toute rosie par le feu rêve, les yeux perdus dans les flammes. Son frère est assis avec les adultes, il a le teint clair d'un ange et tient d'une main un verre en équilibre sur son genou droit, de l'autre une cruche en terre. Sa petite bouche dessine une moue exquise et ses yeux fixes sont pleins de défiance.

Non. Ça ne peut pas être ça. Isaac est un voyageur inquiet. Bien sûr, ses frères ont sûrement rêvé de le voir revenir, pareil au fils prodigue, et se poser enfin, tranquille, après son long périple, sur l'un des tabourets de paille qui l'attendait depuis tout ce temps. Les oreilles de la famille s'ouvrent, avides, prêtes à engloutir les histoires fabuleuses qu'il a rapportées de pays lointains. Tout rentre enfin dans l'ordre, il est de retour, la mère va pouvoir reprendre la quenouille et filer, filer sans fin, égrenant les heures, attentive aux battements de son cœur apaisé, dans la douce harmonie de la famille à nouveau réunie.

Mais c'est une utopie qu'ils ont dépeinte là. Je continue à le chercher. Ce n'est pas ici que je le trouverai, j'en ai la certitude.

3 janvier

Cette nuit, tous ces visages ont tourbillonné dans ma tête, entre la veille et le sommeil, un état que je connais bien depuis que je chemine en sa compagnie. Et au petit matin, alors qu'une couche de neige avait recouvert la ville et assourdissait tous les sons, il m'est enfin apparu, lumineux comme une évidence. J'ai feuilleté les catalogues et j'ai retrouvé la toile que je cherchais : *La Rixe* du musée de Cardiff. Tout un petit peuple masculin s'y agite, du jeune garçon au vieillard, du gueux au paysan aisé en passant par le soldat. On y joue sa vie aux cartes sur un tambour retourné, on lève l'épée avec des gestes de matamore, ou bien on se tient ici aussi paisiblement assis sur une chaise, le verre à la main, un bon museau de chien fidèle appuyé contre sa cuisse.

Je comprends d'un seul coup, tandis que les flocons tombent, légers et mécaniques, derrière ma vitre et sur les toits alentour, ce que les peintres ont voulu me montrer : il y a là, réunis dans l'espace de la toile, tous les possibles d'une vie d'homme. Il s'en faut d'un cheveu qu'il tombe dans un état ou dans l'autre. C'est ce que symbolise le jeu de cartes où chacun met tant d'intensité. Un coup de dé, un chemin qui bifurque, le fruit du hasard en somme, et vous voilà soldat plutôt que paysan – petit mendiant plutôt que soldat.

Pourtant ce tableau veut me dire autre chose, je le sais maintenant. Car en son centre, il y a un homme à part : chez lui, pas de geste théâtral, rien qui exprime la passion du jeu ou la satisfaction du parvenu. Son attitude est singulière : assis, les deux pieds bien campés sur le sol dans ses lourdes bottes doublées de feutre, il esquisse une volte-face et il tient fermement son épée des deux mains. Dans une seconde, il l'aura tirée de son fourreau. Pour l'heure, le mouvement de son torse est dans la lumière, il brille du reflet de l'armure qui le recouvre. Son visage est hâve, sa courte barbe et ses cheveux sont mal peignés. Dans ses yeux, je vois un regard dirigé vers la gauche, hors du cadre, un regard qui crie d'effroi ; certainement le plus poignant qu'aient jamais peint les trois frères. L'angoisse dévore ce visage amaigri, son geste de défense est une pauvre parade devant la vision que nous ne voyons pas. Une horreur sans nom se profile, et ce soldat assis parmi ses semblables est le seul à la percevoir.

Car cet homme tétanisé d'inquiétude, prêt à bondir, jamais en repos, c'est Isaac.

4 janvier

*La Rixe* est l'un des rares tableaux où se lisent à peu près clairement une date et une signature. Nous sommes en 1640. D'autres toiles portent des dates étalées de 1642 à 1647. Le soldat sur qui j'ai les yeux rivés, si c'est bien Isaac, a quitté le domicile familial en 1623, âgé de vingt ans environ. En 1640, il a près de trente-sept ans. C'est bien l'âge que je donne à mon soldat sur le qui-vive, prématurément vieilli, le front largement dégarni, comme usé par le frottement du casque qu'il a ôté et qui repose pour l'instant à même le sol, auprès du tambour. Au cœur de leur allégorie, les peintres ont figuré l'absent sous la forme d'un militaire : est-ce pour moi un indice sérieux ? Comment puis-je réconcilier cette donnée nouvelle avec la découverte fortuite de sa présence, en 1625, au château de Saint-Maurice, près de Soissons, où il était alors intendant des biens du seigneur ?

8 janvier

Je procède par tâtonnements, son histoire se construit à travers moi. Mes collègues riraient bien de mon absence de méthode, eux qui se rengorgent à chaque démonstration savante – si fiers de leurs lampes à infrarouge et de leurs rayons X, de leurs grossissements au microscope, de leurs datations au carbone 14, de leurs décomptes des fils de trame et des fils de chaîne au centimètre carré…

Je ne touche, moi, que l'impalpable. Que dis-je, je l'effleure à peine. Je laisse les sensations m'envahir, les faits me sauter à la figure, les idées s'assembler malgré moi. Je suis un réceptacle, un véhicule. Isaac est un fantôme qui prend corps peu à peu sous mes yeux : il apparaît, il s'efface, il réapparaît plus loin, là où je ne l'attendais pas. L'image est floue, puis nette à nouveau. Je le laisse jouer avec moi. C'est lui qui mène la danse, il sait où il va, je m'abandonne. J'ai confiance.

10 janvier

Je suis si heureux de lui avoir enfin donné un visage. Ou plutôt, que ses frères me l'aient donné. Car ils l'ont peint exprès pour moi. Comme s'ils m'attendaient. Amusés, ils président au tableau ; à chaque touche du pinceau ils rient intérieurement de la surprise et de l'excitation qui seront les miennes, à quatre siècles de distance.

Je compare le militaire inquiet aux personnages qui figurent dans le tableau inachevé de Londres, *Portrait de trois hommes* : le nez droit et fort est le même, l'œil noir et vif aussi. Moi seul, devenu leur intime, peux détecter la ressemblance derrière les ravages que la guerre et les privations ont infligés à ce corps caché sous l'armure. Il est bien l'un des leurs. Leur frère perdu.

22 janvier

Deux ans après son départ de Laon, il était devenu l'homme de confiance d'un petit seigneur de Soissons. La bonne éducation reçue au sein de sa famille aisée lui avait sans doute servi de lettre d'introduction. Je ne saurai jamais quelles rencontres l'ont mené là, mais je le vois, dans la fleur de l'âge, gérer le petit domaine qui lui était confié. Tôt le matin, alors que le soleil pointait à peine à l'horizon, il se dégourdissait les jambes en arpentant les champs alentour, vérifiant l'état des barrières, notant quels arbres morts il faudrait abattre, jugeant des promesses de la récolte en passant sa main dans le blé encore vert. Durant tout le jour, il engrangeait les vivres dans les greniers, commandait des sacs de sel, comptait les mesures de grain et de viande séchée qui devaient nourrir les habitants pendant le rude hiver. Il rendait des comptes à son maître, un petit marquis qui n'aimait rien tant que courir les bois à cheval. Quand celui-ci rentrait fourbu mais triomphant, un renard mort en travers de la selle, il avait le goût de la fête et conviait son intendant à sa table où le vin coulait à flots.

Isaac écoutait les requêtes des cuisinières et des domestiques, il allait lui-même au marché commander les pots en étain, les bassines en cuivre et les paniers en osier dont ils avaient besoin. Il savait aussi qui, parmi les locataires des fermes dépendant du château, fabriquait les meilleures barriques ou réparait les toitures mieux que personne. Il connaissait chacun de leurs enfants par leur prénom et quand l'un d'eux mourait, réduisant d'autant la main-d'œuvre disponible au foyer, il s'arrangeait toujours pour verser aux parents affligés une petite somme d'argent compensatoire. Quand venait le temps de la levée de l'impôt, il savait être compréhensif et effacer la dette de la veuve et du vieillard frappé de cécité ou de maladie. Il était aimé de tous.

Ainsi ancré dans son nouveau domaine, à l'abri du besoin, il avait forcément fait souche lui aussi. Sûrement s'était présentée à lui une jeune fille plus belle et plus douce que les autres, dont aucune miniature ne nous a conservé les traits. Une de ces charmantes créatures, pareille à celles dépeintes par ses frères dans les *Portraits dans un intérieur* de la salle 29 : coiffées d'un petit bonnet bien plaqué sur le crâne, d'où sortent de longues boucles retombant sur les épaules, qu'elles ont fort découvertes. Car elles ne sont plus tout à fait de simples paysannes, elles : elles ne s'habillent pas d'un fichu graisseux et ne portent pas ce grand col qui protège leur blouse des éclaboussures du chaudron ou des renvois des marmots. Cette jolie chair offerte, qui ne cherchait même pas à dissimuler la naissance des seins, cette peau claire et soignée, ces mains fines et blanches – voilà ce qu'Isaac avait reçu de son suzerain comme gage le plus précieux. Une nièce ou une cousine du seigneur, une presque noble, une compagne qui faisait sa joie et qui lui avait donné quelques beaux enfants. Il en avait oublié ses origines. Quelle importance : sa mère était morte, trois de ses frères s'étaient installés à Paris, et le quatrième, Nicolas, avait repris la profession de leur père. Pendant quelques années, de loin en loin, un voyageur occasionnel venu de Laon lui avait bien donné de leurs nouvelles, puis il n'avait même plus songé à en demander. Il avait lui-même charge de famille. Cela lui suffisait bien.

10 février, 2 heures du matin

Car avant d'être ce soldat aux abois, il avait connu des délices. Ceux d'un petit royaume clos de murs, poussant çà et là quelques tentacules dans les champs alentour, ces fermes bien entretenues qui étaient pour lui comme des têtes de pont en territoire étranger. Il se sentait roi en son royaume, presque davantage que son maître, qui ne s'intéressait qu'à la chasse. Sa femme était grande et belle, d'une beauté singulière : teint de lait, yeux noisette, constellation de taches de rousseur sur les pommettes et les ailes du nez. Et quand son épaule se découvrait, elle dévoilait une tache de naissance couleur lie-de-vin qui avait la forme d'un petit trèfle à quatre feuilles.

Il fait nuit noire et je m'égare, je mélange son histoire et la mienne. Qu'à cela ne tienne : je ne peux pas dormir. J'ai l'intérieur du cerveau aussi agité que les aquariums de Flore où frétillent des milliers de petites bulles. La femme d'Isaac aussi a peut-être veillé sur son modeste royaume à elle...

Elle allait chaque jour à flanc de colline, sur le versant abrité et doré par les rayons du soleil, vérifier l'état du rucher et de ses petites habitantes. Elle était la seule résidente du château à pouvoir évoluer parmi les nuées bourdonnantes sans jamais subir leurs piqûres. Elle connaissait les mouvements des essaims, surveillait la délicate collecte des rayons de miel pareils à des gâteaux de cire pleins d'une liqueur ambrée. À la vue des champs de fleurs, elle savait le goût qu'aurait l'hydromel à la saison prochaine.

12 février

Elle n'aura jamais de nom, elle sera toujours contenue dans le sien à lui, Isaac. Et c'est bien ainsi : car sur leur couche, le soir, ils fusionnent l'un avec l'autre comme aux premiers jours du paradis terrestre, lui lourd de la terre humide dans laquelle il a traîné ses bottes, elle légère et palpitante comme les insectes qu'elle affectionne tant. Au petit matin, le monde reprendra sa course éternelle, rien ne changera jamais – la nuit et leurs retrouvailles aussi seront éternelles.

## 24.
## LES FIGURANTS

Le semi-remorque avalait le bitume comme un monstre affamé. De chaque côté de la route, le vent agitait les branches. Sur les arbres pointaient les premières pousses tendres. Le soleil semblait soudain se croire en été. La pluie avait cessé, les prairies étaient lavées de frais, les vaches broutaient l'herbe avec application. Gérard frissonna.

– Qu'est-ce que t'as? fit Valentin.

– Oh, rien, c'est juste que je me sens bien.

Ils étaient serrés l'un contre l'autre sur le siège avant droit du camion. À leur gauche, le conducteur ruminait son chewing-gum en regardant la route. Quand ils étaient montés à bord, Gérard et Valentin avaient lu son nom sur une plaque imprimée, posée contre le pare-brise : « Masticator ». C'était bien ainsi que Le Masson le leur avait présenté, quand le routier était venu les retrouver sur le quai, devant Le Dauphin agile.

– Vous verrez, il mâche toujours sa gomme, c'est un peu sa drogue à lui. D'ailleurs, à force, il a les mâchoires surdéveloppées et il vous casse une noix comme un rien, d'un coup de dents, il faut voir ça. Son surnom, c'est Masticator.

Où Le Masson l'avait déniché et comment il l'avait convaincu de les prendre à son bord, ils ne le sauraient jamais. Masticator transportait des cargaisons de bière vers l'ouest. Il les déposerait à Concarneau en milieu d'après-midi.

– Il vient d'une famille de contrebandiers, avait expliqué Le Masson à demi-mot. Des naufrageurs, qui mettaient des lanternes aux cornes de leurs vaches pour faire échouer les navires. On dit qu'il a fait de la prison, mais c'est un bon bougre. Il vous amènera là où vous voulez puis oubliera qu'il vous a vus.

L'homme était presque malingre au volant de son trente-huit tonnes. Il ne posait pas de questions et ne voulait pas qu'on lui en pose. Sa radio déversait des chansons à la mode qui couvraient le bruit du moteur et remplissaient l'habitacle. Jusqu'à présent, Gérard n'avait pas entendu une seule fois l'annonce « Alerte Enlèvement ». Il commençait à se détendre. Jamais il n'avait vu le paysage défiler d'aussi haut. Enfant, lors de ces vacances en Bretagne dont il gardait de si nombreux souvenirs, il avait aussi regardé les vaches avec fascination. Elles étaient écrasées de chaleur, comme eux quatre dans la voiture. Sa mère avait entrouvert les vitres pour y coincer des serviettes en éponge dont le mouvement était censé produire des courants d'air. Mais elles restaient immobiles, comme tout le paysage alentour que ne visitait pas le moindre souffle de vent. Les champs étaient jaunis par un soleil impitoyable. Même ici, à l'Ouest, on manquait d'eau. 1976 resterait dans les esprits comme « l'année de la sécheresse ». Des vaches beiges étaient allongées dans l'herbe rousse où elles laissaient s'étaler leurs amples formes, fatalistes. Elles n'avaient plus le courage de brouter, elles attendaient l'orage qui ne venait pas. Aux yeux de Gérard elles étaient pareilles à ces cailloux millénaires qu'il avait vus la veille, dans un champ de dolmens préhistoriques. Il aimait les vaches parce qu'elles étaient solides et qu'en toutes circonstances elles le regardaient de leur bon œil humide, comme si elles le comprenaient.

Valentin, pour s'occuper, avait repris son jeu vidéo qui poussait ses petits cris électroniques stridents. Gérard le regardait faire, un peu attristé. Il n'y avait entre eux qu'une génération, mais il savait que Valentin ne serait jamais capable de regarder une vache avec tendresse. Il était trop habitué à détruire des monstres violets à crête de coq. C'était eux, les compagnons de sa vie. Pourtant, ils étaient là, tous les deux, en route vers le même but, et Gérard se sentit soudain envahi d'une responsabilité immense : il devait guider le jeune garçon, faire ce bout de chemin avec lui, lui montrer la voie. Quelle que soit l'issue de leur cavale, il y avait de fortes chances pour que Valentin s'en souvienne toute sa vie. Gérard resterait à jamais posé comme une vache immémoriale dans le champ de ses souvenirs. Il effleura de la main les cheveux rebelles de l'enfant. Valentin, sans quitter son jeu des yeux, secoua la tête comme pour chasser un insecte.

Gérard s'enfonça un peu plus dans le siège et attendit que le voyage se passe. Il écoutait les tressautements de son cœur qui l'inquiétaient. De temps en temps, la pression dans ses artères était insoutenable et l'univers se mettait à tourner. À d'autres moments, il se sentait si faible, comme vidé de son sang, qu'il se prenait pour sa princesse brisée, allongée dans ce tunnel noir, et qu'il pensait bientôt la rejoindre.

– C'est bon, grommela Masticator, on arrive. Je vais vous laisser sur une aire de stationnement à l'entrée de la ville, vous vous glisserez dehors pendant que je ferai semblant de vérifier le hayon. On vous verra pas descendre, y a toujours des camping-cars garés là qui bloquent la vue.

– Entendu, fit Gérard.

Et il demanda à Valentin de ranger son jeu dans son sac.

Ils descendirent. Le parking en bord de mer était presque désert, mais le routier avait raison : un couple de touristes allemands avait garé là son véhicule qui ressemblait plus à un yacht monté sur pneumatiques qu'à une caravane. Ils scrutaient le large avec des jumelles sans mettre le nez dehors. « Très bien, se dit Gérard, non seulement ils ne s'intéresseront pas à nous, mais en plus ils n'auront jamais entendu parler de notre fugue. » Derrière eux, le camion s'ébranla et Masticator reprit la route sans même leur dire au revoir. Ils étaient définitivement sortis de sa vie.

Gérard et Valentin, le sac sur l'épaule, se remirent en marche après s'être donné pour objectif le port de pêche, « le premier de France pour le thon », leur avait dit Le Masson. Ils avançaient à une distance de cent mètres l'un de l'autre. Valentin avait enfoncé sa casquette sur son front et allait d'un bon pas. Gérard peinait à le suivre et soufflait comme un phoque. Sous ses vêtements, il sentait la sueur ruisseler et les brûlures se réveiller à tous les points de frottement.

– Ça va, tu tiens le coup ? lança Valentin. Tu devrais peut-être t'arrêter, t'es tout rouge.

– Oui, oui, ça va, répondit Gérard en ahanant. Regarde, on arrive en vue de Concarneau, le port n'est plus très loin maintenant.

Ils se retrouvèrent à nouveau sur des quais. Seuls quelques bateaux étaient amarrés et déchargeaient au bout de filins des poissons gigantesques qui tombaient dans des bacs réfrigérés.

– On dirait des pendus qu'on décroche, murmura Gérard.

Il se sentait près de se disloquer lui aussi et dut s'asseoir sur une bitte d'amarrage. Valentin partit en quête d'un marin qui détiendrait l'information pour laquelle ils étaient venus jusqu'ici. « Il s'enhardit, le petit », pensa Gérard en le regardant de loin avec affection. Il le perdit de vue pendant une dizaine de minutes, puis le vit revenir au pas de course. Son cœur cogna plus fort : à coup sûr, il avait sa réponse. Leur quête touchait à sa fin. La tête lui tourna et pour ignorer le malaise qu'il sentait monter, il se força à lire un panneau annonçant les tonnages des poissons vendus sur place l'année précédente. Tous, ils se mirent à danser sous son crâne – merlu, baudroie, sardine, églefin, grenadier, langoustine… –, une vraie bouillabaisse qui commençait à lui retourner l'estomac.

– Je suis allé à la capitainerie, là-bas, cria Valentin. Ils connaissent mon père, mais ils disent qu'ils l'ont pas vu depuis longtemps. La dernière fois, il partait sur un chalutier pour Terre-Neuve. Ils m'ont dit que c'était très loin, de l'autre côté de l'Atlantique, vers le Canada, et qu'il faisait très froid là-bas. Il reviendra pas avant trois mois !

– C'est pas possible, dit Gérard, incrédule. On n'est quand même pas venus jusque-là pour rien ! Qu'est-ce qu'on va faire maintenant ?

– Je sais pas, répondit Valentin, mais le problème, c'est qu'un des hommes, là-bas, au bureau du port, m'a reconnu. Il m'a demandé si c'était pas moi qu'on voyait à la télé depuis hier… J'ai dit non, bien sûr, mais il a pas eu l'air de me croire. Tu penses qu'il va appeler les flics ?

Gérard se leva d'un coup et sentit les articulations hurler dans ses genoux.

– Il faut qu'on file d'ici, le temps de réfléchir… Viens, on va se réfugier quelque part. En tout cas, on ne doit pas rester sur le port.

Il eut l'idée d'entrer dans la Ville Close, qui semblait leur offrir sa protection. Aussitôt à l'intérieur, il se dit que c'était une erreur, qu'ils y seraient plutôt prisonniers, obligés de ressortir par la seule voie d'accès, ou de se terrer à l'ombre des remparts. Ils avancèrent sur un chemin pavé comme au Moyen Âge et se retrouvèrent soudain sur une placette, plongés dans une foule hétéroclite et aveuglés en plein jour par des projecteurs qui semblaient n'attendre qu'eux pour les désigner aux yeux de tous.

« Ça y est, on est pris. C'est fini », pensa Gérard. Et il sentit ses forces l'abandonner.

– Dégagez du champ, le gros et le gamin ! hurla une voix. Qu'est-ce que vous foutez là, nom de Dieu ? Et où sont vos costumes ? Vous croyez que j'ai du temps à perdre ?

La voix venait d'un petit homme hystérique juché sur une chaise semblable à celles des arbitres de tennis.

Sans comprendre ce qui leur arrivait, Gérard et Valentin se laissèrent entraîner dans une cabane en préfabriqué où des jeunes femmes s'activèrent à les déshabiller, à les revêtir de tenues qui devaient être celles de paysans de la Renaissance, et à les grimer sommairement. Gérard, abasourdi, se laissa noircir le visage, les yeux rivés sur le diamant qui brillait au nombril de la maquilleuse. Assis sur un tabouret, Valentin avait dû ôter sa casquette. Une femme à lunettes lui peignait les cheveux en les emmêlant à plaisir, y passant un gel qui donnait à ses mèches l'allure de tortillons sales.

– Faut pas t'en faire, dit-elle pour le rassurer. Il est toujours comme ça, le père Pilon. Le plus foutu caractère de la profession, c'est connu, surtout depuis que son médecin et sa femme lui ont interdit de prendre sa bouteille avec lui sur le tournage ! Mais bon, c'est un grand, on lui pardonne beaucoup, et puis tu verras, dans cette scène, tu toucheras presque Emmanuelle Béart, la chef des rebelles, ça vaut bien quelques sacrifices, non ?

Une femme plus âgée, un grand carnet à la main, se planta devant eux et les jaugea. Apparemment satisfaite, elle annonça :

– OK, briefing de dernière minute, les gars. Et la prochaine fois, soyez à l'heure, y a assez de monde ici qui demande pas mieux que de prendre votre place ! La scène, maintenant, vous vous la mettez bien dans le crâne : c'est une révolte de croquants, donc je veux des têtes de circonstance. Vous êtes furibards, vous avez faim, vous êtes prêts à tuer, votre mère vient de mourir... Ce que vous voulez, mais vous faites pas risette, quoi ! Et maintenant, en piste !

Gérard se retrouva poussé aux côtés de Valentin dans la foule qui, au simple mot « action » crié par le cerbère perché sur son escabeau, se mit à mugir et à brandir des bâtons. L'actrice vedette, sortie de nulle part, arriva en courant à leur rencontre, cheveux au vent, et prononça des paroles qui furent noyées par le vacarme. Une perche prolongée par un micro tentait vainement de la suivre. Valentin semblait s'amuser : il trépignait et sautillait sur place, faisant tressauter ses haillons. « Un vrai petit sauvage », se dit Gérard. Et tandis qu'il se laissait porter par le grand corps mouvant, dans un ballet crasseux autour de la star échevelée, il comprit qu'ils tenaient là leur chance d'échapper aux poursuites. Un hasard bienveillant les avait jetés sur ce tournage où personne ne les trouverait. Il avait le temps de réfléchir à la suite des opérations. Valentin jouait le jeu avec un naturel saisissant. Il s'époumonait en compagnie d'autres adolescents avec une rage non feinte. Peut-être ses cris traduisaient-ils la frustration d'être encore passé à côté de son père ?

– C'est bon, coupez ! hurla la voix hystérique depuis son perchoir.

Et le petit homme dégringola les échelons pour aller cajoler sa vedette et lui susurrer des indications à l'oreille. Après quelques prises, il dispersa la foule des figurants qui l'embarrassait.

– Allez, allez, dégagez maintenant, on vous rappellera quand on aura besoin de vous !

Les hommes, femmes et enfants costumés s'éparpillèrent par petits groupes. Certains allèrent fumer une cigarette à l'écart, d'autres se rassemblèrent à proximité des baraquements où ils devaient rendre leur accoutrement et retrouver une apparence normale.

« Et nous, qu'est-ce qu'on fait maintenant ? » pensa Gérard en cherchant Valentin des yeux. Il n'eut pas le temps de se poser la question plus longtemps : le sol sous ses pieds se mit à vaciller, le ciel au-dessus de lui à s'obscurcir et il s'effondra de tout son poids. Ainsi donc, ce n'était que ça, mourir.

Elle. Penchée sur lui. Ses yeux bleus transparents, ses cheveux blonds coupés en petites mèches nerveuses, son nez un peu fort. Diana. Ou bien était-ce sa mère, qui ressemblait tant à sa princesse, avec, certes, une vingtaine de kilos en plus ? Les traits étaient indistincts. Derrière, le blanc du plafond. Oh, non, par pitié, pas l'hôpital. Le paradis, d'accord, et cette douce voix qui le berçait :

– Allez… un petit effort… on revient… Voilà, c'est ça… on ouvre les yeux… on se concentre… on ne repart plus, maintenant…

Partir ? Mais pour aller où ? Il n'avait plus envie de bouger. Sa poitrine lui faisait mal. De toute façon, il n'allait sûrement pas traverser l'Atlantique dans cet état.

– Vous croyez que ça va aller ?

La voix de Valentin, gémissante, comme il ne l'avait encore jamais entendue. Dans un suprême effort, il descella ses paupières alourdies et le chercha du regard. Il était là lui aussi, toujours déguisé en petit paysan, la tignasse ébouriffée. Dans son visage noirci au charbon, des larmes avaient tracé des sillons plus clairs. À côté de lui, celle qui essayait de le ramener à la vie. Il n'était pas au paradis : elle était brune, avec une peau grasse endommagée par des traces d'acné et les cheveux ramassés en queue-de-cheval. Mais dans ses yeux noirs, il lut une inquiétude bienveillante.

– Je m'appelle Marinette. Je suis secouriste. Je vous ai fait amener ici quand vous êtes tombé. L'ambulance va arriver, ce n'est qu'une question de minutes. Comment vous sentez-vous ?

– Mais où est-ce que je suis ?

– Dans la loge de maquillage, là où on vous a préparé, tout à l'heure. Votre fils a appelé au secours quand il vous a vu à terre.

– Mon fils ?

– Oui, c'est lui, là. Vous le reconnaissez ?

Appréhension palpable dans la voix. On attendait de lui qu'il passe le test. La perte de connaissance avait-elle endommagé ses circuits ? Grillé ses neurones ? Il regarda Valentin, indécis, et lut sur son visage anxieux le mensonge qu'il avait dû fournir. Le désavouer maintenant, c'était les entraîner à leur perte et risquer de passer pour plus malade encore. Mémoire vive effacée : scanners et explorations du cerveau à la pelle – il ne s'en tirerait pas à si bon compte. Il eut un sourire.

– Bien sûr, c'est Valentin... Merci, fiston, je te dois une fière chandelle.

Et il tendit la main pour tapoter la sienne. Marinette se détendit visiblement.

– Bien, vous allez rester allongé pendant que je guette l'arrivée du SAMU. Il faut comprendre ce qui vous est arrivé.

– Oh, c'est fréquent chez moi... Je fais de l'hypoglycémie... Après cette agitation, le tournage et tout ça, rien d'étonnant.

Marinette prit un air sceptique.

– Ce n'est pas l'impression que m'a donnée votre pouls... Ça me paraît un peu plus sérieux.

Et elle sortit de la baraque, laissant Valentin et Gérard en tête-à-tête.

– Tu m'as foutu la trouille, lâcha l'enfant.

– Je sais. Excuse-moi. C'est parce que j'ai oublié mes médicaments. Il faut qu'on arrive à sortir d'ici, qu'on trouve une pharmacie et que j'achète mes comprimés. Après, ça ira mieux, je te le promets.

Il se hissa sur ses avant-bras et parvint à s'asseoir sur la banquette. L'univers restait à peu près stable. Valentin jeta un œil au-dehors en soulevant le voilage qui occultait l'une des fenêtres.

– Elle discute avec les gens qui t'ont porté ici tout à l'heure... C'est le moment de filer !

– Tu vas ouvrir discrètement l'autre porte, celle qui donne

de l'autre côté de cette caisse en plastique. Regarde si on peut sortir sans être vus.

Il se leva difficilement. Mais une fois debout, il sentit ses membres reprendre leur équilibre autour de son centre de gravité. Ça fonctionnait.

– C'est bon, souffla Valentin. Par ici y a personne.

En passant devant le grand miroir le long duquel étaient entreposés des produits et des chiffons de toutes sortes, il eut la vision de sa face crasseuse. Il procéda par réflexe à une toilette rapide, fourragea dans la pile encombrant le divan où il se souvenait avoir vu disparaître leurs pulls et pantalons, les ramena à la surface et se changea à la vitesse de l'éclair. Redevenu lui-même, il pressa Gérard d'en faire autant.

– Pas si vite, mon garçon, tu as affaire à un convalescent ! dit ce dernier en se laissant aider.

Valentin lui passa son pull-over, puis, accroupi devant lui, lui tendit son pantalon.

– Mon Dieu ! s'écria doucement Gérard, si on nous surprenait, on nous coffrerait illico pour atteinte aux mœurs !

– Je suis ton fils, je peux bien te filer un coup de main, non ?

– Tu es bien bon... Ton vrai père doit avoir des carillons qui lui tintent aux oreilles, là-bas, parmi ses bancs de morue !

Son blouson enfilé, il se dirigea aussi silencieusement que possible à la suite de l'enfant, vers la porte qui donnait sur l'arrière. Ils se coulèrent au-dehors et se retrouvèrent contre les remparts. Par une petite voie détournée, ils rejoignirent la rue principale qui menait vers l'extérieur de la vieille ville. Sur la placette, derrière eux, les techniciens s'affairaient, tirant leurs câbles sous les cris du petit homme. La foule bruyante des figurants s'agglutinait de nouveau autour de la vedette qui avait dû commencer à signer des autographes. En passant la porte de la ville, les fugitifs croisèrent une ambulance.

– Maintenant, petit, il va falloir se dépêcher... On ne va pas tarder à être repérés, et pour de bon !

Gérard essaya d'ignorer le sang qui battait à ses tempes. Tout en courant derrière Valentin qui se faufilait entre les voitures garées sur un parking, il essayait de trouver un sens à leur récente aventure. Sans leur demander leur avis, on les avait pris pour des figurants. Un jeune garçon, un obèse – candidats plausibles, représentants de la grande diversité humaine. Mais où était réellement leur place, dans cette histoire ? Et qui écrivait le scénario ? Il avait cru maîtriser la situation. En réalité, il s'était lancé sur la piste d'un inconnu qui leur échappait toujours, qui avait fui toujours plus à l'ouest, sur l'océan sans fin, qui reviendrait peut-être un jour... Mais quand ? Ce serait lui qui le déciderait – lorsqu'il serait lassé des ponts humides, du sel et des cordages qui entaillent les mains, de la brume et des embruns ; lorsque ses pieds désireraient de nouveau la terre ferme et ses oreilles le souffle du vent dans les branches.

Et lui, l'obèse, le mal-aimé, que désirait-il ? Continuer à courir, la tête basse, chancelant, pour échapper à ses poursuivants ?

– Attends-moi ! lança-t-il à Valentin.

L'enfant se retourna et fit une pause dans une allée entre deux fourgonnettes. Gérard le rejoignit, essoufflé.

– Reste là, et passe-moi ta casquette. Il y a une pharmacie, là-bas, je vais voir si je peux y acheter mes comprimés. Sans ça, tu l'as vu, je vais finir par te claquer entre les doigts.

Il fouilla dans la poche intérieure de son blouson et en extirpa l'ordonnance chiffonnée qu'il gardait toujours sur lui, par précaution. Puis, la casquette enfoncée sur le front, il se dirigea vers l'officine de l'autre côté de la route. C'était un risque à courir. La préparatrice qui le reçut s'arracha à contrecœur à la lecture du magazine dans lequel elle était plongée, leva à peine les yeux vers lui et s'absorba dans la prescription.

– Juste ces comprimés, c'est bien ça ? demanda-t-elle.

– Oui, répondit Gérard à voix basse, comme enroué.

– Il me faudra votre carte Vitale.

– Je l'ai perdue, balbutia Gérard.

Il sentit la panique l'envahir. Elle allait lui demander son nom, son numéro de Sécurité sociale, sa date de naissance. Elle se précipiterait alors pour fermer la porte à clé et le garder prisonnier en attendant l'arrivée de la police.

– Bon, ce n'est pas grave pour cette fois, je ne peux pas vous laisser partir sans ces médicaments si vous en avez besoin. Par contre, il me la faudra à votre prochain renouvellement, c'est bien d'accord ?

– Bien sûr, dit Gérard. Je vais faire le nécessaire.

Il se détendit. Elle le prenait pour un habitant du coin. Elle n'avait pas prêté attention au nom et à l'adresse du médecin prescripteur, qui auraient dû lui mettre la puce à l'oreille.

Aussitôt l'achat réglé et emballé, elle marmonna un « au revoir » et se replongea dans sa revue. En y jetant un œil, Gérard comprit qu'il était toujours sous la protection de la flamme magique : ce qui captivait l'attention de la pharmacienne avec une telle intensité, c'était un article sur les amours des fils de Diana. Il se dépêcha de rejoindre l'endroit où l'attendait Valentin.

– Il te reste une bouteille d'eau ? lui demanda-t-il.

– Oui, mais elle est presque vide.

– Ce n'est pas grave, ça suffira, dit Gérard.

Et il avala d'un trait le fond de la bouteille avec deux des comprimés. Puis il resta adossé un moment à l'une des fourgonnettes, les yeux levés vers le ciel. Les derniers nuages de mauvais temps filaient vers l'ouest, poussés par un petit vent vif. Gérard sentit là toute la puissance de la grande flamme qui, une fois encore, leur montrait le chemin.

– Et maintenant, on fait quoi ? demanda Valentin.

– Tu vas voir, il y a quelque chose que je voudrais te montrer, répondit Gérard.

## 25.
## LES FRUITS DE MER

Deux jours plus tôt, absorbé par son petit carnet, il était pris dans la tourmente, englué dans le morbide. Puis Flore l'avait obligé à regarder la réalité en face et à se lancer avec elle sur les routes, à la poursuite de son frère. Aujourd'hui, il était son amant ; il était heureux, plus heureux que jamais. Même Isaac lui paraissait loin, remisé dans le siècle qui était le sien. Gilbert sentait contre sa bouche le petit trèfle à quatre feuilles qu'il avait enfin mordillé dans le noir, après tant d'attente. Il sentait dans le creux de ses paumes les seins tièdes, contre son ventre le ventre lisse, dans ses doigts les longs doigts emmêlés. Et les soupirs au creux de son oreille, les murmures, toute une langue oubliée qu'il lui semblait redécouvrir.

– Eh bien quoi, il n'est pas bon, mon café ? Ou alors il faut que je vous le réchauffe ?

– Non, non, pas du tout, ce n'est pas ça…

– C'est quoi, alors, qui vous donne ces yeux de merlan frit dès le matin ? Ce n'est quand même pas toi, Flore, rassure-moi ! lança Lisa à son amie. Puisque, tu l'as entendu comme moi, il n'est pas amoureux de toi, n'est-ce pas ?

Flore coula à Gilbert une œillade de ses yeux noisette par-dessus son bol. Il chavira, avala de travers et manqua s'étouffer.

Les deux femmes s'esclaffèrent. Il reprit son souffle avec peine. La main de Flore était posée sur la sienne. Il sut à cet instant précis qu'il voudrait avoir au moins trois enfants avec elle.

À peine levés, ceux de Lisa se chamaillaient dans le salon.

– Silence, on ne s'entend plus ici ! s'écria le père d'une voix forte.

Debout dans un coin de la cuisine, il monta soudain le volume du transistor qui grésillait. Gilbert dressa l'oreille en reconnaissant le signal sonore désormais familier.

« … toujours introuvables… repérés hier à Concarneau… encore échappé à la police… un obèse et un enfant… l'homme aurait des problèmes cardiaques… des médicaments auprès d'une pharmacienne… »

– Eh bien, c'est un drôle de loustic, votre frangin ! commenta Lisa en débarrassant la table. Pour un obèse, il arrive assez bien à se déguiser en courant d'air !

– On va donc devoir pousser jusque là-bas, murmura Flore, songeuse. Après, on avisera. Tu n'as vraiment pas une idée de l'endroit où ils se rendent, Gilbert ?

– Pas la moindre. C'est un mystère complet.

Il commençait à trouver son frère franchement intéressant. Le savoir capable de jouer ainsi au chat et à la souris, alors que son cœur était peut-être sur le point de lâcher, voilà qui révélait une personnalité inattendue. Un mélange de joie et de fierté incongrue envahissait Gilbert. Il sentait le parfum de Flore près de lui : il se confondait avec les senteurs du printemps qui venaient du dehors, par la fenêtre que Lisa avait ouverte pour jeter les miettes aux oiseaux. Quelque part, plus loin vers l'ouest, poussé par un petit vent de folie, son frère cavalait en tirant derrière lui un gamin, et Gilbert se sentait plein d'allégresse à l'idée de lui courir après comme lorsque, enfants, ils jouaient à cache-cache, l'été, à travers les bois qui entouraient la bicoque de leur grand-mère. Des années qu'il n'avait plus repensé à ce lieu où pourtant il lui semblait bien qu'ils avaient été heureux ensemble, tous les deux, seuls, loin de leurs parents. Leur mère n'était pas encore morte. Après, tout avait changé.

La vie lui offrait brusquement cette excitation qu'il avait ressentie si vivement en cette nuit de novembre où il avait vu Isaac se mettre en marche devant la plaine immense, poussé par l'ivresse de la jeunesse, balayé par le vent et par le pinceau de ses frères. Grâce à son propre frère, qu'il méprisait encore quelques jours plus tôt, il avait lui aussi pris le large, bousculé ses horizons. Et sur la route, il avait trouvé Flore.

Les adieux avec leurs hôtes furent brefs. Chaque seconde écoulée les séparait un peu plus de Gérard et le temps pressait. La France entière imaginait bien sûr qu'il avait enlevé l'enfant pour le molester. La colère grondait, énorme défouloir collectif, et dans les bureaux, les boutiques, les marchés, on réclamait déjà sa tête. En moins d'une heure de route, ils furent à Concarneau à leur tour. Ils se dirigèrent à pied vers la Ville Close où les derniers témoins avaient vu les fugitifs la veille. Une tour surmontée d'un clocher les accueillit. Gilbert et Flore, main dans la main, pénétrèrent dans l'enceinte et entreprirent la promenade qui suivait les remparts. Par les meurtrières, ils voyaient les chalutiers amarrés dans le port.

– Comment savoir où ils sont passés ? demanda Flore, gémissant presque. Tu crois qu'ils sont montés à bord de l'un de ces bateaux ? Et pour aller où ?

– Ma chérie, ne t'inquiète pas, il faut d'abord se renseigner, poser quelques questions aux gens qu'on rencontrera, puisqu'ils ont été vus dans ces murs. Avec un peu de chance, on nous mettra sur la voie.

*Ma chérie.* Il avait dit « ma chérie ». Cela ne lui était jamais arrivé. Il avait envie de courir comme un gamin le long des fortifications et de crier sa joie. Il se retint, serra plus fort la main de Flore et lui déposa un baiser dans le cou, parmi ses cheveux que le vent ébouriffait. Quand ils eurent effectué le tour de la petite enclave, ils se retrouvèrent près de l'entrée, dans une ruelle encombrée de matériel de tournage. Des personnages en costumes, assis à même le sol, trompaient l'ennui en savourant les rayons du soleil, presque chauds à l'abri du vent. Il était onze heures du matin. Plus loin, sur une placette où ils avaient braqué leurs projecteurs, des techniciens s'affairaient. Gilbert s'approcha, suivi de Flore, et s'adressa à une jeune femme brune au physique un peu ingrat qui regardait les opérations sans bouger, un carnet sous le bras :

– Dites... Vous avez dû entendre parler de cet obèse qui s'est enfui avec un jeune garçon ? Les médias disent qu'ils ont été vus dans les parages. Je suis son frère... Il faut que je le retrouve pour le convaincre de se rendre et d'arrêter ses bêtises. Vous savez quelque chose ?

Saisie, la jeune femme le dévisagea.

– Comment ça, vous n'allez pas vous y mettre, vous aussi ? J'ai déjà tout dit à la police hier ! Je commence à en avoir plus qu'assez, de cette histoire ! Essayez de sauver les gens quand ils sont à l'article de la mort, et voilà comment on vous remercie !

Flore, d'une pression de la main sur son bras, enjoignit à Gilbert de se taire. Elle engagea la conversation à son tour, d'une voix douce, et parvint à apprendre ce qu'elle voulait. Gérard et l'enfant s'étaient présentés la veille, égarés, sur les lieux du tournage. Dans la précipitation, le metteur en scène ayant pour habitude de terroriser ses troupes, on les avait intégrés *in extremis* au groupe de figurants contre lesquels il trépignait déjà, hurlant à qui voulait l'entendre que chaque minute perdue lui coûtait une fortune. Ils s'étaient laissé faire, comme pris au piège. Puis l'homme avait eu un malaise et elle l'avait allongé dans une loge de maquillage. L'enfant lui tenait compagnie, visiblement inquiet. Mais très vite, profitant d'un moment d'inattention, ils avaient joué les filles de l'air.

Gilbert la remercia.

– C'est incroyable, dit-il à Flore. On est vraiment sur leurs traces. Mais comment savoir où aller maintenant ?

– Je ne sais pas… J'ai besoin de réfléchir… Viens, si on allait jeter un œil sur ce musée de la Pêche ? Cela nous aidera peut-être à trouver une inspiration.

– Ils te manquent tant que ça, tes hippocampes ?

– Un peu, oui.

– Et moi, je ne les remplace pas avantageusement ?

– Ce n'est pas la même chose.

Elle avait proféré ces mots d'un ton catégorique tout en payant leurs billets et Gilbert se sentit brusquement désarçonné. Les autres filles quémandaient, l'imploraient, voulaient s'emparer de lui et rentrer toujours plus dans sa vie. Flore, elle, semblait parfaitement seule et sereine au sein d'un bocal invisible. Elle ne demandait rien ; il se sentait même un peu de trop. Pour une fois, il n'éprouvait pas la satiété du conquérant. La passion de la nuit revenait l'habiter, sournoise, envahissante, comme une envie irrépressible de la revivre encore et encore, avec logée en son cœur une angoisse sourde, un petit noyau de crainte dure qui lui serrait le ventre : et si Flore, soudain, décidait qu'elle en avait assez de lui ? Il ravala ce sentiment inconnu, dont il n'aurait su dire s'il était désagréable ou plaisant, et se concentra avec elle sur les maquettes de bateaux et les panneaux expliquant les techniques de pêche ancestrales. Sur un pan de mur figuraient quelques anciennes cartes géographiques encadrées. Flore s'était arrêtée devant l'une d'entre elles, songeuse. Elle pointa le doigt vers une inscription gravée dans l'océan, au large du Paraguay et de l'Argentine, et lut à voix haute :

– « Dans cette mer glaciale il y a beaucoup d'animaux qui sont moitié oiseaux et moitié poissons ; ils ont le col comme un cygne qu'ils avancent hors de l'eau seulement pour prendre l'air, le reste est toujours sous l'eau. » Tu ne trouves pas ça merveilleux ?

– Tu veux dire que ça parle des hippocampes ?

– Mais non, ne sois pas bête, réfléchis une minute ! On est en 1703, c'est une description des dauphins. Et encore, il doit y avoir une confusion avec les phoques, qui seraient plutôt les habitants naturels de ces eaux froides…

– C'est plutôt toi qu'ils décrivent là !

– Qu'est-ce que tu veux dire ?

– Tu es moitié oiseau, dans l'air, et moitié poisson, sous l'eau. Je cohabite avec ta moitié qui respire, je crois la connaître, mais il reste une moitié immergée, que je ne parviendrai jamais à saisir…

– Ça vaut pour tout le monde, tu ne crois pas ? Tu pourrais dire la même chose de ton frère, non ?

– Oui, bien sûr. Mais toi, tu es vraiment un animal marin des profondeurs… Cette nuit tu m'as appris à plonger en apnée…

Et, debout derrière elle, il l'enlaça étroitement, faisant reposer sa tête sur son épaule, celle du talisman, les yeux toujours rivés sur la carte. Des traits sillonnaient l'océan Atlantique, indiquant les voyages des différents découvreurs de terres lointaines. Eux aussi avaient tenté l'aventure, à une échelle incomparablement plus dangereuse. La Terre était parcourue des milliards de sillages invisibles laissés par les humains, ils se croisaient et se confondaient à l'infini, quadrillant l'espace sans en laisser un millimètre inexploré. L'une de ces petites routes, humbles, chaotiques, était celle qu'empruntait en ce moment son frère. Elle en venait à recouvrir celle qu'avait prise Isaac, qui lui paraissait à présent lointaine, presque effacée. Quelques jours plus tôt, elle était pourtant comme incisée dans son esprit et il ne pouvait s'empêcher de la suivre mentalement jusqu'à l'obsession, de la parcourir comme s'il s'agissait de sa propre route, quand lui-même restait immobile.

Ce fut Flore, encore, qui initia le mouvement.

– Le musée est sur le point de fermer, il est midi. Que dirais-tu d'aller t'asseoir et manger un morceau, histoire d'envisager la suite ?

Il acquiesça sans ôter sa main de la sienne. Laissant derrière eux la Ville Close, ils parcoururent quelques centaines de mètres et s'arrêtèrent devant un café-restaurant accueillant, sur le quai situé face au port de plaisance.

– La Flibuste… C'est un nom qui me plaît, dit Flore. Un bon prolongement des cartes que nous venons de voir.

Le soleil brillait sans retenue comme pour célébrer leur première journée d'amoureux. Ils s'installèrent en terrasse, que le patron leur dit avoir ouverte depuis la veille seulement pour le week-end, et commandèrent un plateau de fruits de mer accompagné de muscadet.

– C'est drôle comme les choses changent, dit Gilbert en s'attaquant à une pince de crabe. Ce musée de la Pêche, aménagé dans l'ancien arsenal… Il me rappelle cet autre arsenal, celui de Soissons, où tout a basculé en décembre dernier. Si je n'avais pas accepté d'y aller, je n'aurais jamais retrouvé la trace d'Isaac et reconstitué son histoire. Autrefois, on stockait les armes en prévision de la guerre ; aujourd'hui, les arsenaux sont transformés en musées. Faites de l'art, pas la guerre !

– C'est certain, ton Isaac ne comprendrait pas grand-chose à notre monde.

– Tu sais, ma mère adorait les vieilles pierres, et comprendre ce qui s'y était passé. Elle n'avait rien d'une historienne, c'était plutôt une mystique. Un virus qu'elle a inoculé à mon frère, d'ailleurs. Il la suivait dans ses délires, comme s'ils avaient une religion rien qu'à eux. C'est fou ce que ça pouvait énerver mon père !

– C'est peut-être pour ça, alors, que tu es devenu historien de l'art ? Pour comprendre les signes du passé, toi aussi ?

Il la regarda, interloqué.

– Tu crois ? Je ne me suis jamais posé la question. Qui sait, tu as peut-être raison…

Elle attrapait un à un, avec dextérité, les petits tortillons cachés dans ses coquillages puis les avalait. Ses longs doigts fouillaient le plateau en inox avec la même habileté que ses aquariums. Elle semblait caresser les bulots et les huîtres à travers les entrelacs décoratifs d'algues noires posés sur la glace pilée.

– Et toi ? Pourquoi as-tu choisi l'histoire de l'art ? C'est un choix un peu curieux, quand on te connaît.

– Figure-toi qu'à dix-huit ans, j'ai quitté la maison sur un coup de tête pour suivre un garçon dont j'étais très éprise. Nous avons atterri dans une sorte de communauté de hippies attardés où tout le monde était « artiste ». Quand mes parents m'ont récupérée, six mois plus tard, nous avons négocié. J'ai choisi l'histoire de l'art pour garder un lien avec mes amours passées. Puis ils m'ont envoyée étudier à Paris, et là je suis tombée sur un enseignant formidable qui m'a encouragée à travailler sur les mosaïques des thermes gréco-romains. Il voyait bien que je n'étais pas faite pour rester le nez dans les bouquins, alors il m'a dirigée vers une équipe d'archéologues qui plongeaient un été au large de Syracuse, en quête de vestiges engloutis. Mes premières fresques, je les ai vues sous l'eau… Depuis, j'ai pris goût à la plongée et à l'histoire de l'art. C'est un mariage qui me convient parfaitement.

Gilbert était admiratif. Tout, dans la vie de Flore, semblait plénitude et harmonie. Elle parvenait à tourner la page et à intégrer, à chaque étape de son parcours, les bénéfices tirés de ses amours, même mortes. Il fallait pour cela qu'elle ait une puissance de vie hors du commun.

Un improbable temps d'été s'installait sur la terrasse. Au loin, les voiliers dansaient joyeusement sur l'eau. Quelques-uns dépliaient leurs voiles et prenaient la mer. Gilbert accrocha sa veste au dossier de sa chaise. Flore était déjà bras nus depuis longtemps. À la table voisine, deux femmes âgées, blondies et bronzées artificiellement pour paraître plus jeunes, dégustaient un plateau identique au leur.

Heureux et repu, Gilbert se renversa sur sa chaise et contempla la mer. Sous le soleil à son zénith, elle avait perdu toute couleur pour n'être plus qu'un miroir irisé dont les reflets d'argent clignotaient sous le souffle léger du vent. Depuis son enfance, il ne l'avait pour ainsi dire jamais revue. Il passait toutes ses vacances à explorer les vieilles pierres et les palais d'Italie. Il était plus familier des coteaux brûlés de chaleur, des sentiers caillouteux et des champs d'oliviers bruissant de cigales. Ici, dans ce qui était l'univers de Flore, il perdait ses repères. L'air vif l'intoxiquait presque, l'iode lui montait à la tête. Il ressentait une vague appréhension, sans doute liée au vieux souvenir de cette sortie en mer qui avait presque fini en naufrage. L'océan était sans fin, dangereux et plein d'écueils. Lui revenaient en mémoire ces noms et ces proverbes inquiétants dont se régalaient sa mère et son frère : « Baie des Trépassés », « Qui voit Ouessant voit son sang », « Qui voit Sein voit sa fin ». Pourtant il avait aussi, nichée quelque part en lui, l'image radieuse d'une étendue d'un bleu profond et infini. Il ne savait plus bien où il se trouvait alors : sur un promontoire, sans doute. Il lui restait la sensation glorieuse de dominer la mer, de s'y perdre et de chercher à projeter ses yeux plus loin que l'horizon. Où était-ce ? Avec son père, il avait gravi les marches d'un phare. Oui, c'est là-haut qu'il avait eu cette impression d'être parvenu sur le toit du monde. Puis il s'était rendu compte que le vent soufflait en rafales, faisant résonner les murs circulaires autour d'eux et trembler la structure du bâtiment. Gilbert était redescendu précipitamment rejoindre sa mère et Gérard. Il les avait trouvés à l'abri de hautes colonnades, main dans la main, la tête renversée en arrière, debout dans une flaque de lumière que le soleil dessinait sur une herbe rase. Ils regardaient vers le ciel à travers un toit qui n'existait plus. Silencieux, immobiles, ils communiaient avec le firmament. « Ça y est, vous attendez encore les soucoupes volantes ? » avait ironisé le père. « Pas du tout, avait répliqué la mère. On savoure, c'est tout. Tu ne peux pas comprendre. » Il s'était emporté et, rompant le charme, les avait obligés à regagner la voiture aussitôt.

Gilbert posa sa serviette sur la table, prit la main de Flore et se noya un instant dans le brun clair de ses yeux qui, à la lumière, devenait presque vert et translucide. Il repensa fugitivement à cette autre inscription qu'ils avaient vue, quelques instants plus tôt, sur une carte gravée, au large des côtes de Barbarie : « Mer de Sargasse nommée par quelques-uns la mer Verte à cause des herbes qui y flottent continuellement. »

– Je crois que j'ai compris où ils vont, dit-il.

## 26.
## CALEPIN, PAGES 28 À 30

20 février

Il y avait bien cette rumeur qui grossissait, que le vent ramenait parfois du nord et de l'est. Elle enflait à mesure que des groupes de réfugiés arrivaient à la ville. Ils rappelaient à Isaac les Bohémiens avec qui il avait cheminé treize ans plus tôt. Ceux d'aujourd'hui étaient encore plus terrifiés. Ils ne trouvaient pas les mots pour dire ce qu'ils avaient vu. Ils se terraient comme des bêtes traquées, mangeaient des racines à même le sol, dormaient recroquevillés le long des talus. Ils acceptaient le pain qu'on leur offrait au château et dormaient parfois une nuit ou deux dans le foin avant de reprendre la route. Ils venaient d'Amiens, de Péronne, de Montdidier. Ils allaient ils ne savaient où.

Isaac se sentait protégé. Les murs du château étaient épais. Du haut de la vieille tour on pouvait observer la campagne alentour. Certes, il avait vu passer quelques troupes à cheval au loin. Sur l'horizon, par temps clair, elles n'étaient guère plus grosses que des caravanes de cloportes. Elles laissaient derrière elles des nuages de poussière que le vent finissait par dissiper. Allongé sur sa couche, une main sur le flanc de sa femme, Isaac écoutait les bruits de succion du nourrisson endormi à leurs côtés dans son berceau d'osier. Leurs trois autres enfants dormaient profondément sur une paillasse à l'autre bout de la pièce, le chien couché en travers de leurs pieds emmêlés. Isaac pouvait s'assoupir à son tour.

27 février

J'ai dû me tromper sur son compte. Ma vision était faussée par l'envie d'en faire un héros solitaire. M'aurait-il plus séduit s'il était descendu, seul sur les routes, depuis sa ville natale, jusqu'en Espagne ou en Italie ? S'il était devenu bandit de grand chemin, conseiller à la cour de Florence ou négociant en épices ? Le retrouver bon père de famille, à quelques dizaines de kilomètres de son point de départ, occupé à compter les grains et les moutons, en fait-il un être de moins de prix à mes yeux ?

Il y a dans le regard du soldat effrayé des tourments que j'ignore encore et qui valent toutes les aventures du monde. Le jeune homme qui s'est mis en route, un beau matin d'automne, n'est plus. Quelque chose en lui est déjà mort. Il m'appartient de le comprendre et de le ramener à la vie.

9 mars

Depuis quelques mois, le bruit courait par les marchés et les foires que la France était entrée en guerre. Le cardinal de Richelieu avait dépêché à Bruxelles un héraut d'armes qui avait lu en grande cérémonie la déclaration de son roi, même si le gouverneur des Pays-Bas, représentant de son maître espagnol, refusait obstinément de le recevoir. De rage, la délégation française avait placardé sa déclaration de guerre sur les murs, sur les arbres, et jusque sous les remparts du château de Saint-Maurice. Nul ne pouvait plus ignorer que le conflit avec l'Espagne était engagé.

Depuis longtemps déjà, Isaac avait senti le vent tourner. L'État prélevait chaque année toujours plus de grain et d'argent auprès du peuple. Des officiers de finances étaient venus le trouver et le soumettre : Isaac avait eu beau leur envoyer son seigneur, le petit marquis, pour les convaincre de réduire leurs prétentions, rien n'y avait fait. Le suzerain continuait de courir les bois quand lui, deux fois l'an, devait remettre en son nom ses dix coffres pleins aux commissaires accompagnés d'huissiers et de soldats. Il en venait à se détester, se retrouvant précisément dans la position qu'il avait tant reprochée à son propre père. Chaque fois qu'il le pouvait, dans le plus grand secret, il venait en aide aux miséreux en puisant dans les ressources du château. Mais elles aussi s'amenuisaient. Les paysans grondaient, ils ne parvenaient plus à nourrir leurs familles. Certains, au printemps 1636, avaient levé leurs fourches contre les gabelous venus de la ville. Mal leur en avait pris : ligotés à des arbres, ils avaient subi le feu d'un bataillon envoyé en renfort. Un abattement général s'étendait sur les campagnes, et avec lui, sournoises, la maladie et la famine s'installaient. Isaac souffrait de voir les yeux creusés de ses enfants et de sa femme. Souvent ils ne mangeaient plus qu'un mauvais repas par jour. Au moins étaient-ils tous encore en vie, entretenus par les quelques vaches du château et par le porc salé qu'il cachait au fond d'un vieux puits désaffecté.

17 mars

Pour moi aussi, aujourd'hui c'est la guerre. Mes chers collègues sont tous là, rassemblés, et ils veulent ma mort. Mais comment aurait agi Isaac à ma place ?

Il n'aurait pas fui, lui. Il aurait affronté l'ennemi. Moi, je me suis effondré. Je suis un lâche. Mais j'ai découvert un peu de la vraie Flore. Depuis, je suis un hippocampe et je me laisse porter par le courant.

18 mars

Peut-être ma rage est-elle salutaire. Peut-être vais-je enfin la détourner de moi-même.

Je l'ai laissé seul, en ce début de septembre, treize ans tout juste après son départ du domicile familial. Je n'aurais pas dû. Maintenant je dois faire face, avec lui.

Nous devons nous arc-bouter sur nos jambes et recevoir les coups. Tenir, vaille que vaille, alors qu'une fois l'orage passé plus rien ne justifiera que nous soyons encore en vie.

21 mars

Il a fait ce modeste voyage pour trouver cela au bout de sa route.

Une vague de fer et d'acier. Une mer de sang. Une pluie de cendres. Ce sont les lieux communs qui me sont venus à l'esprit devant la petite vitrine du musée de Soissons où il dormait dorénavant. Les troupes qui avaient déferlé sur le château, en ce jour de septembre, étaient celles du sanguinaire Jean de Werth. Ses cavaliers croates, des mercenaires sans foi ni loi.

– Les reîtres ! Les reîtres ! avait crié la vieille sentinelle en haut de la tour.

Une troupe de deux cents hommes au moins arrivait à fond de train dans la plaine. Ils étaient suivis d'un troupeau hétéroclite de vaches, de cochons et de mulets qu'ils avaient rassemblés dans les villages. Un vacarme de cris et de mugissements se précipitait sur eux dans la plus grande confusion, comme une tornade au ras du sol, un tourbillon de poussière où brillait l'éclat des épées, des piques et des hallebardes, des armures et des casques des chefs. Au loin sur l'horizon montaient deux colonnes de fumée noire : deux villages dont il ne restait plus rien, pas même les églises que les attaquants avaient bourrées de paille et dont ils avaient graissé les charpentes. Elles finissaient de brûler et leurs clochers étaient des torches dressées vers le ciel vide d'où ne leur viendrait aucune aide, pas même une pluie bienveillante.

Ce matin-là, sa femme avait allumé un cierge à la chapelle du château. Mais peut-on éloigner le feu par le feu ? C'était, dans son désespoir, la seule idée que formait encore l'esprit d'Isaac, alors que s'époumonant il appelait les hommes valides à se rassembler, les femmes et les enfants à se réfugier dans la salle commune et les cuisines du château. Le petit seigneur restait prostré, debout dans la cour, pendu à la bride de son cheval qui frémissait de terreur, les naseaux écumants. Incapable de calmer son animal, le marquis roulait des yeux éperdus en direction des remparts comme s'il espérait brusquement traverser les murs de pierre et disparaître à tout jamais dans les bois, loin de ce déluge qui approchait, de ces milliers de sabots qui faisaient trembler le sol.

Quand les attaquants avaient enfoncé la porte du château, ils avaient aussitôt repéré le bel animal, un destrier digne de leur capitaine, véritable offrande au milieu de cette cour pavée, et comme son maître ne lâchait pas la bride, ils lui avaient tranché le bras d'un coup d'épée.

Des hommes habitant le château et des paysans qui s'y étaient réfugiés, il ne resta très vite que des corps mutilés ou des cadavres. Les reîtres s'en donnaient à cœur joie, ils étaient à la fête : ils forçaient leurs victimes à révéler les cachettes et les trésors enfouis en leur fourrant dans la bouche des entonnoirs de fortune où ils déversaient tout ce qui leur tombait sous la main, eau ou purin, par pleines barriques, puis, une fois les panses bien distendues, ils leur sautaient dessus à pieds joints. Seuls les tonnelets de vin étaient soigneusement rassemblés et chargés sur leurs bêtes. Si l'un d'eux, dans l'excitation, était fendu d'un coup de hache, il s'y collait soudain des dizaines de bouches avides qui riaient sous leurs casques et leurs chapeaux à plumes. Des rigoles pareilles à du sang leur coulaient sur le menton : on aurait dit une meute de loups en habits de soldat.

Isaac s'était défendu de son mieux, armé d'un pistolet emprunté à son maître, qui n'en ferait plus rien. Il avait abattu plusieurs assaillants puis s'était replié avec quelques paysans blessés dans une grange. Là, ils s'étaient cachés sous la paille, au plus profond, et avaient retenu leur respiration. L'ennemi était trop nombreux. Il ne servait à rien de poursuivre. Le sang cognait à ses tempes, il coulait de l'une de ses cuisses entaillée par une lame, il courait comme un flot furieux à travers tout son corps pendant que la troupe investissait les communs. Sa femme. Ses enfants.

Il serrait contre lui un vieillard qui retenait ses viscères à demi sortis de son ventre. L'homme hoqueta soudain et mourut sans bruit, lâchant contre Isaac un flot de déjections puantes qui semblaient sortir de chaque trou de son corps. Isaac ne broncha pas. Il n'était plus qu'un bloc de glace hurlant en silence. Il écoutait le fracas et savait qu'il ne reverrait jamais les siens vivants. Il se sentait lui-même plus froid que la mort.

Plus tard, on vint fourrager dans la grange et y prendre le foin à la fourche en riant. Les soudards tenaient à peine debout et, les sens émoussés, ne les virent pas, cachés où ils étaient, contre le mur du fond. Il y eut quelques allées et venues, l'odeur d'un morceau d'étoupe qu'on enflamme et qu'on jette négligemment derrière soi. La paille s'embrasa. Déjà, à côté, les communs étaient la proie des flammes. Les soldats avaient refermé les portes et se tenaient dans la cour, mal rhabillés, des pichets et des jambons à la main, excités de plus belle par les cris des femmes prisonnières. Pour un peu, ils auraient replongé dans le brasier à leur rencontre, encore ivres de leur chair soumise qu'ils avaient déchirée de leurs sexes et de leurs poignards.

Dans la petite vitrine du musée, la signature d'Isaac voisine avec une vieille photographie montrant le château, à la veille de la Première Guerre mondiale, tas de ruines envahi par les ronces dont il ne reste qu'une tourelle chancelante. Une autre photographie datant des années vingt le montre réduit à un éboulis de pierres calcinées, après qu'un obus eut définitivement abattu la tourelle restante.

28 mars, 19 heures

Je suis un minable. Un faible qui se noie dans l'alcool à la moindre contrariété. Qui ne sait pas affronter l'hostilité. Qui attend qu'une sirène le tire de la noyade.

Je ne suis pas digne d'Isaac. Je le porte en moi mais il doit étouffer dans ma carcasse trop étroite pour lui.

Suis-je même à la hauteur de mon frère, ce fou qui a pris la route sur un coup de tête et qui ne craint pas la police à ses trousses ?

Après le massacre, Isaac a grimpé à l'échelle vers le grenier et s'est enfui par les toits, juste avant que la structure en bois du bâtiment ne s'effondre. Les flammes léchaient déjà le plafond, elles lui caressaient les jambes alors qu'il gravissait les échelons, deux hommes gémissant à sa suite. Il restait deux morts dans la paille, bientôt ils ne seraient plus que cuir calciné. Les reîtres étaient déjà loin, galopant vers d'autres pillages. Ils emportaient, ligotées en travers de la croupe de leurs montures, quelques jeunes filles choisies qu'ils abandonneraient plus tard égorgées dans les fossés.

Isaac sauta du toit et courut, loin, très loin du château en flammes. Il perdit ses compagnons, hébétés comme lui, parmi les bois et les broussailles. Parvenu dans une clairière, il sentit brusquement ses forces faiblir, sa blessure se réveiller, et il s'effondra sur le sol. Il était ployé sur lui-même, roussi par l'incendie, et il pleurait dans l'herbe douce, y frottant son nez, sa bouche et ses yeux. L'odeur des plantes lui rappelait le sein de sa femme, quand elle avait passé une journée au grand air et qu'elle sortait son tétin pour nourrir leur dernier petit, un garçon qu'ils n'avaient pas encore baptisé, fragile, blotti tout contre elle – aujourd'hui âme errante dans les limbes. Sa peau à elle aussi était douce, et ses cheveux, et son regard, celui par lequel elle embrassait sa couvée, fière jusqu'aux derniers jours, même quand les vivres manquaient et que la faim torturait les enfants. Ils étaient désormais tous réduits en cendres, ses trésors, sa joie de vivre. Et il n'aurait pas assez de son existence pour répandre ses larmes ; elles n'éteindraient de toute façon jamais cet incendie de douleur qui brûlait au fond de lui pour toujours.

Alors il avait repris la route, boitant au hasard des chemins, hagard, un morceau arraché à sa chemise noué autour de sa cuisse pour y étancher le sang. Il avait atteint un village où des soldats du roi l'avaient tout d'abord fait prisonnier. Ils le prenaient pour un pillard et déjà la populace réclamait sa tête. Puis un curé en haillons s'était récrié. Juché sur un tonneau, pareil à un pantin de foire, il avait harangué la foule et proclamé qu'il reconnaissait Isaac, l'intendant du château, lequel avait maintes fois offert du fourrage et du grain à l'abbaye en période de disette. Aujourd'hui, il ne restait rien de l'abbaye et du château – qu'allait-on mettre à mort un pauvre survivant qui avait tout perdu ?

Les soldats avaient défait ses liens en grommelant, ils l'avaient conduit à leur campement établi près d'un cours d'eau en dehors du village. Ils avaient lavé sa plaie avec du vinaigre, l'avaient allongé sur une paillasse et nourri d'un peu de gruau et de bière. Pendant plusieurs jours, Isaac avait navigué entre la veille et le sommeil, les oreilles percées de cris, les yeux dévorés par les flammes et la jambe rongée par une douleur cuisante. Puis ses sens étaient revenus, et avec eux la détresse dans son cœur, atroce, définitive. Il était seul, plus seul encore que lorsque, jeune homme, il avait quitté la maison de son père.

L'officier royal avait voulu lever le camp. Il avait visité les blessés, civils et militaires, les exhortant à la vaillance. Que ceux qui tenaient debout se joignent à eux, qu'ils mettent leurs forces au service du roi et de la nation ! L'ennemi était aux portes de Paris, dans la capitale on amassait l'or et l'argent, le maréchal de la Force, le bien nommé, levait des troupes et la défense s'organisait. Eux devaient remonter vers Corbie et prêter main-forte au chef suprême des armées, le roi très-chrétien, le souverain bien-aimé, Louis XIII dit le Juste qui s'était lui-même jeté dans la bataille !

Isaac, alors, sans trop réfléchir, s'était laissé habiller. Il avait chaussé des bottes et enfilé le haut d'une armure sur son gilet de toile. Tout lui était indifférent. Il n'avait nulle part où aller. Pourquoi pas Corbie, ou ailleurs ?

Il reverrait peut-être les massacreurs, les yeux dans les yeux. Il espérait qu'un dieu d'autrefois lui donnerait le courage de se battre et de les décimer à son tour. Pour l'heure, il était assis, comme je le voyais, au centre du tableau peint par ses frères, parmi les paysans, les va-nu-pieds et les soldats jouant aux cartes. Il tournait les yeux, loin de la scène, vers des visions qui n'appartenaient qu'à lui. Il dressait l'oreille, guettant le cliquetis des armes et le crépitement des torches. Fébrile, tendu, la main sur le fourreau, il s'apprêtait à dégainer, à jamais habité par l'horreur et la peur.

## 27.
## IROISE

Ce devait être ce que l'on appelait l'énergie du désespoir. Pourtant Gérard ne se sentait pas du tout désespéré. Il avait une folle envie de détaler comme un lapin, de filer loin, très loin, au nez et à la barbe de ses poursuivants. Il jeta un regard attendri à Valentin qui se laissait faire, presque amorphe. Il y avait tout juste quelques mois, c'était lui qui cavalait et semait la zizanie à travers les allées du marché. Aujourd'hui, Gérard avait l'impression que toute cette sève de la jeunesse coulait dans ses veines, à lui. Sans doute un effet du médicament.

Il avisa une petite voiture grise à l'arrêt non loin de la pharmacie : la portière côté conducteur était mal refermée et le moteur ronronnait. Elle était garée à cheval sur le trottoir, à hauteur d'un panneau d'interdiction de stationner.

– En voilà un qui ne se gêne pas, fit Gérard.

Il tira Valentin par la manche et lui murmura :

– Vas-y, essaie la portière passager et si elle s'ouvre, rentre discrètement.

L'enfant le regarda avec des yeux ronds mais ne dit rien. La portière s'ouvrit. Il se glissa à l'intérieur en un clin d'œil. Tout en surveillant les alentours, Gérard s'approcha et s'assit au volant. Sa chair débordante le gênait, son ventre compressé remontait jusque sous son menton et ses bras avaient du mal à se mouvoir, mais il prit une grande inspiration et déclara :

– Je n'ai pas conduit depuis vingt ans… J'espère que ça va revenir !

Et il démarra.

La voiture hoqueta le temps qu'il trouve ses repères et que ses pieds se réhabituent aux pédales. Il roula quelques centaines de mètres à vitesse réduite, guettant les réactions du voisinage : personne ne broncha. La disparition du véhicule n'alerta même pas son propriétaire. Il se sentit alors plus en confiance et se concentra sur les panneaux de signalisation, essayant de se remémorer leur signification. Pendant ce temps, Valentin fouillait dans la boîte à gants. Tout ce qu'il en extirpa fut une carte routière de la région, une paire de lunettes de soleil et un paquet de chewing-gums qu'il entama.

– Je vais suivre le panneau « Toutes directions », dit Gérard. Après, une fois que l'on aura quitté la ville, je m'arrêterai quelque part pour étudier notre itinéraire sur la carte.

– Je sais pas si c'est très bien, ce qu'on fait là, marmonna Valentin. Elle est forcément à quelqu'un, cette voiture, non ?

– On ne la vole pas, on l'emprunte pour un petit moment. Et c'est toi, la terreur des marchés, qui oses me faire la leçon ? Ah, elle est raide, celle-là !

– Dis donc, maintenant qu'on sait où il est, mon père, où tu m'emmènes avec cette bagnole ? Tu crois pas qu'on devrait rentrer ?

– Si, bien sûr, mais avant, je voudrais te montrer un endroit magique. Et pour ça, pas d'autre solution que d'emprunter une voiture. Comme tout le monde nous recherche, il nous reste peu de temps, on va vite nous rattraper, et demain, sans doute, on me mettra à l'ombre pour un bon moment, au moins jusqu'à ta majorité. Quand je sortirai, tu seras un homme et tu m'auras oublié…

– Je veux pas qu'on te mette en prison ! Tu vas pas faire comme mon père et me lâcher, toi aussi !

Il se renfrogna et se blottit contre la vitre, ses cheveux retombant sur ses yeux mi-clos. Gérard ne savait que répondre. Après quelques kilomètres, il arrêta la voiture sur une aire de repos déserte. La nationale qu'ils suivaient remontait en direction de Quimper.

– Je vois où on est, fit Gérard, scrutant la carte déployée sur le volant. Il nous faut remonter d'environ cent kilomètres vers le nord.

– Tu veux encore me montrer une de tes flammes en toc ?

Gérard le regarda d'un air blessé. Il devait se rendre à l'évidence : cette escapade était devenue la sienne, Valentin jouait juste le rôle du rémora qui s'accroche au requin parce que sa survie en dépend.

– Un jour, tu verras, tu auras toi aussi dans ta vie des choses auxquelles tu tiens et tu voudras les montrer à tes enfants, dit Gérard.

– Il est tard, j'ai faim… maugréa Valentin.

– Bien sûr, excuse-moi, je n'y pensais pas. On va se trouver quelque chose à manger.

Il remit le moteur en marche et reprit la route. Sur l'horizon, face à eux, le soleil descendait, rougeoyant. Après une vingtaine de kilomètres, ils arrivèrent dans la banlieue de Quimper, une jungle routière où les innombrables ronds-points donnaient le tournis. La circulation était devenue dense et Gérard transpirait, craignant la collision. La carcasse de métal du véhicule lui semblait bien mince autour de son corps d'obèse : il se sentait comme un chevalier maladroit dans une armure de fortune, incapable de maîtriser parfaitement sa monture. La vue d'un fast-food, sur un bas-côté, le rasséréna. Il se gara un peu à l'écart, le long d'un trottoir, fouilla dans ses poches pour en sortir quelques billets et envoya Valentin chercher des provisions :

– Vas-y, toi, tu passeras plus inaperçu que moi.

L'enfant vissa sa casquette sur son crâne et sortit. Quand il revint, il avait les bras chargés de trois sachets en papier et souriait.

– Double ration de hamburgers-frites et de Coca pour tout le monde !

Les deux voyageurs mangèrent avec application. Avec son repas, Gérard avala deux comprimés. Il n'était parti que depuis la veille et déjà il avait l'impression d'avoir parcouru la moitié de l'univers. Quoique toujours aussi enflé, il était certain d'avoir changé : pour la première fois, il se sentait tendre vers un but qui lui était extérieur et sortir presque de son enveloppe avec l'envie d'embrasser l'espace devant lui. Son être ne réclamait plus d'être rempli de nourriture pour se tenir, rebondi et pesant, bien ancré au sol.

– Tu sais… Je voulais pas te faire de la peine, dit Valentin en léchant des restes de ketchup sur ses doigts. Je trouve ça beaucoup plus chouette que l'école, notre aventure ! Et puis on voit du paysage.

– C'est gentil. Il y a des choses que l'école ne pourra jamais t'apprendre. Par exemple, maintenant tu sais que, même s'il est loin, ton père est en vie.

– Mouais… mon père, il m'a jamais emmené aussi loin que

toi. Je sais pas si j'ai encore envie de le revoir. Je préfère être avec toi.

Gérard se sentit gonfler d'aise.

– Si tu es rassasié, dit-il, on va pouvoir repartir. Je voudrais rouler avant que la nuit soit tombée.

La route fut tranquille, une fois passée la toile d'araignée tissée autour de la grande ville. Ils roulaient maintenant en direction de Brest. Le soleil avait encore baissé et se rapprochait de la terre. Le ciel en était irradié de toutes les nuances chaudes de l'arc-en-ciel. Aveuglé, Gérard se concentrait tant bien que mal sur le ruban de bitume déroulé devant lui. Il savait où il allait. Le lieu était précisément indiqué sur la carte, son nom auréolé de trois triangles hachurés placés en étoile qui ressemblaient à s'y méprendre au symbole du danger radioactif, mais qui signifiaient en réalité, selon la légende : « Panorama / site remarquable ».

La route se mit à gravir des reliefs érodés qu'un panneau brun placé à leur intention au bord de la quatre-voies désigna du titre pompeux de « monts d'Arrée ». Les collines étaient rocheuses, recouvertes d'une lande courte et robuste. Dans la lumière du soir, leurs contours prenaient une sourde couleur violette. Les lieux semblaient inhabités. Gérard imagina alors des nuées de korrigans espiègles. Ils cabriolaient dans les légendes que lui racontait sa mère. Leurs formes étaient imprécises, aussi floues que le visage de sa mère quand il cherchait à se le remémorer. Mais ils étaient là, tout autour d'eux, invisibles et frétillants, pareils à des flammèches courant sur la lande. Ces contrées étaient les leurs. Soudain, la terre disparut et Gérard ne vit plus que la mer. Valentin, brusquement sorti de sa torpeur, poussa un cri d'admiration. Ils se trouvaient en hauteur, sans doute au point culminant des vieilles montagnes, et la côte se découpait devant eux, réplique exacte de la carte géographique. Elle était baignée d'une mer d'un bleu profond, légèrement rosi par le soleil couchant.

– Ce que tu vois devant toi, c'est la rade de Brest, dit Gérard. Et nous, on va là-bas, tout au bout, sur l'une de ces pointes.

Ils contournèrent une nouvelle agglomération aux nœuds routiers complexes. Par deux fois, le moteur cala et Gérard essuya des coups de klaxon rageurs. Mais il parvint à s'extraire de l'écheveau et à rejoindre la petite route départementale qu'il visait. Leur trajet se poursuivit calmement, dans la pénombre grandissante. Après quelques tâtonnements, Gérard réussit à allumer les feux de croisement. Devant eux, là-bas, il y avait la mer. Iroise. C'était le nom qu'elle portait. Enfant, il avait rêvé sur ce nom. Il la voyait à la fois turquoise et irisée. Elle avait quelque chose de doux, mais aussi de sauvage – peut-être parce qu'elle lui évoquait alors les Iroquois, leurs lointains cousins qui vivaient très loin, de l'autre côté de l'océan. Ici, on était au bout de la terre, sur le dernier promontoire avant les Amériques. Forcément, les effluves portés par le vent gardaient le souvenir des grandes prairies, des coyotes et des bisons.

Ils arrivèrent à la nuit tombée. Dans le noir, sur la toile de fond mouvante de l'océan, se dressaient deux piliers dont les sommets lançaient des éclairs.

– Ce sont le phare et le sémaphore. Nous sommes à la pointe Saint-Mathieu, expliqua Gérard à Valentin.

Il avait garé la voiture aux abords du site et pénétré dans l'enclos. Il tenait l'enfant par la main comme pour le protéger d'un danger. Une grosse carcasse de pierre se laissait entrevoir par intermittence dans le faisceau du phare.

– Les ruines de l'abbaye, murmura Gérard.

Valentin traînait les pieds.

– J'aime pas cet endroit, lâcha-t-il. Et puis il fait sombre, on voit rien, ici.

– Tu as peut-être raison. Je crois qu'on devrait attendre demain pour le visiter.

– Où est-ce qu'on va dormir, cette nuit ?

– Je pense que la voiture fera l'affaire. Tu prendras la banquette arrière, je me mettrai devant, sur le siège passager. Viens, on va se mettre au chaud.

Ils revinrent à la voiture. Gérard ouvrit le coffre et, sous quelques sacs de provisions, y trouva un plaid qu'il donna à Valentin. L'enfant se coucha à l'arrière, replié en chien de fusil. Gérard s'installa tant bien que mal à son tour, repoussant le siège et l'inclinant au maximum. Il fit tourner un peu le moteur pour récupérer de la chaleur dans l'habitacle et sélectionna à la radio un programme de musique douce. Ils avaient bien besoin d'être bercés. Le quatuor à cordes les avait presque endormis quand il céda la place à un mugissement désagréable : « Il est vingt et une heures, dit la voix, virile et sinistre. Toujours pas de nouvelles des deux fugitifs… Le réseau Alerte Enlèvement reste vigilant et vous demande de lui signaler toute personne correspondant à la description suivante… »

Gérard et Valentin étaient tout ouïe.

– Eh ben, au moins on est célèbres ! s'exclama l'enfant en se redressant sur son matelas improvisé.

– Si on veut… Je m'en serais bien passé, tu sais.

– À l'école, le maître nous a parlé d'un artiste. Je sais plus comment il s'appelle, mais il a dit que, dans notre société, chacun aurait un jour son quart d'heure de célébrité. Les copains, dans ma classe, se sont mis à délirer, ils s'y croyaient carrément ! Comme je disais rien, le maître m'a demandé ce que je voulais faire plus tard. J'ai failli dire « Marin, comme mon père », mais j'ai pas osé, les autres se seraient foutus de moi. Alors j'ai rien dit. Et maintenant, tu te rends compte, c'est de moi qu'on parle à la radio et à la télé ! Quand je retournerai en classe, ils en feront une tête !

Gérard eut le cœur serré. Ainsi, Valentin imaginait déjà l'après. Pour l'enfant, ce serait facile. Il reprendrait sa vie sans encombre, moyennant un petit sermon tout au plus. Pour lui, les ennuis seraient sans doute plus sérieux. La musique avait repris, une sorte de marche militaire dont le rythme saccadé le dérangea. Il éteignit le poste. Le silence s'installa dans le véhicule, environné par la nuit. Gérard remonta le blouson étalé sur sa poitrine et compta les secondes entre les faisceaux lumineux du phare. Quatorze exactement. À la quinzième, ils étaient balayés par un coup de projecteur qui rendait un instant ses couleurs au contenu de la voiture, puis les replongeait dans l'obscurité. Gérard y vit encore, comme une fatalité, l'image de sa vie : après avoir été ce même jour un figurant involontaire, voilà qu'il était arrosé par à-coups d'une lumière crue et fugitive. Oui, il avait connu depuis hier de brefs moments de surprise et d'exaltation, de quoi redonner un petit éclat à sa destinée miteuse. Mais la toile de fond de son existence était noire, plus noire que la mort. Parvenu ici, il ne savait plus où aller. Demain, c'est sûr, il serait pris. Comme pour le narguer, une voiture fila à fond de train sur la petite route départementale, résonnant du bruit des basses que l'on avait poussées à pleine puissance et de cris excités : des jeunes gens allaient faire la fête, déjà ivres peut-être et méprisant le danger. En contrebas, il y avait la falaise. Eux suivaient le ruban sombre de la route comme si, au bout, se trouvait un trésor qui s'effaçait à mesure qu'ils avançaient.

Il abaissa le miroir accroché devant lui au plafond et sourit. Il y voyait Valentin qui s'était endormi, roulé en boule sous la couverture. Un petit animal sauvage qui ne se laissait pas facilement apprivoiser, rompu de fatigue après les émotions de la journée. Même devant la perspective lugubre qui s'ouvrait devant lui, Gérard ne regrettait rien : aujourd'hui, il avait trouvé à la fois un ami et un fils. Il se dit qu'il pourrait passer sa dernière nuit d'homme libre à le regarder dormir, la bouche légèrement entrouverte, sa respiration calme soulevant le plaid avec régularité, un côté de son visage caressé et caressé encore par le rayon lumineux. Gérard retrouva alors un autre souvenir englouti : une nuit, à l'âge de sept ou huit ans, il s'était réveillé et avait trouvé son frère penché sur lui. Gilbert avait quitté son lit et s'était assis au bord du sien. Il le regardait. Quand Gérard avait ouvert les yeux, son frère avait bredouillé : « Je… Tu faisais un cauchemar… Je suis venu voir ce qui se passait… » Gérard n'avait aucun souvenir de cauchemar ; au contraire, son sommeil était paisible et profond. Dans le regard de Gilbert, il ne savait que lire. Il s'était demandé ce que son frère pouvait bien lui jeter comme sortilège. On aurait dit qu'il cherchait à aspirer la substance de son visage endormi. Dès lors, il avait eu peur de la nuit et de leur chambre commune. Jamais plus il n'avait dormi sans se réveiller au moins une fois, le cœur serré par la crainte de retrouver ce regard posé sur lui. Et pourtant, quand il constatait que Gilbert était assoupi dans le lit voisin, il se sentait floué et regrettait cette présence délicieusement inquiétante qui veillait au-dessus de lui à son insu.

Au petit matin, l'animal bougea sous la couverture et poussa un long bâillement. Gérard, tiré de sa torpeur, se rendit compte qu'il avait sombré lui aussi. Ses muscles étaient douloureux, il respirait difficilement, presque étouffé par les replis de sa propre chair. Il lança un petit bonjour à Valentin qui déplia ses membres engourdis et ouvrit la portière. Un air frais chargé d'iode rentra dans l'habitacle dont les vitres ruisselaient de condensation. Le ciel était aussi bleu que la veille. Une brise légère soufflait, bien différente du vent violent qui mugissait des années plus tôt, lorsque Gérard était venu ici pour la première fois. Il contourna la voiture, inspirant et expirant avec concentration. Puis il ouvrit le coffre et fouilla dans les sacs de provisions. Il en sortit un cake aux raisins tranché et des yaourts à boire. Valentin l'avait rejoint au-dehors. Ils s'assirent tous les deux sur un muret de pierres et se restaurèrent. Les différents bâtiments se détachaient nettement devant eux : le phare et le sémaphore, une église et un édifice modernes, et surtout, comme placée sous leur protection, en leur centre, une haute carcasse en ruine, l'abbaye.

– Voilà ce que je voulais que tu voies, dit Gérard. Quand j'avais ton âge, ou à peu près, j'ai visité cet endroit avec ma mère. C'est l'un des derniers souvenirs que j'ai d'elle.

Ils pénétrèrent à l'intérieur des vestiges. L'herbe sous leurs pieds était élastique.

– Ça me rappelle les tapis de la salle de gym, à l'école ! fit Valentin.

En levant les yeux, ils voyaient le ciel. Au bout des piliers et des pans de murs à demi écroulés, des chapiteaux usés de taille inégale donnèrent à l'enfant l'illusion d'être prisonnier d'une bouche géante aux dents cariées.

– Je crois que c'est la première fois de ma vie que j'ai vraiment vu le ciel, expliqua Gérard. Et encore, ce jour-là, il faisait un temps d'orage : ce qu'on voyait, c'était surtout les nuages qui se couraient après. Je n'oublierai jamais cette sensation : la vitesse, là-haut, au-dessus de nos têtes, et l'impression que j'avais d'être protégé par ces vieilles pierres, comme si elles ne devaient jamais disparaître. Pourtant, tu vois, ils tombent lentement en morceaux… Et quelques années plus tard, ma mère aussi est partie pour de bon. Je me suis toujours dit, depuis, qu'elle avait voulu me montrer le ciel pour que je n'oublie pas que c'est ça, l'important – la course des nuages, l'air, le vent… Si je ne t'avais pas rencontré, Valentin, je serais encore cloîtré entre mes quatre murs. Rien ne me serait arrivé : je serais juste un obèse qui se bourre de pizzas en attendant que ça se passe.

Ils restèrent là un long moment. Des mouettes tournoyaient au-dessus de l'édifice en poussant leurs cris stridents. Parfois un courant d'air les prenait à revers, les obligeant à faire du surplace. Puis elles descendaient de quelques mètres, vers un autre couloir aérien. Gérard et Valentin finirent par sortir de la coquille de pierre.

– Viens, dit Gérard, on va marcher sur le sentier côtier.

Ses cuisses et ses aisselles ne le brûlaient plus. Son corps lui semblait sans poids et son esprit vif, malgré le mauvais sommeil de la nuit.

Devant eux, la mer s'étendait à perte de vue. Ils pouvaient distinguer des îles au loin. Plus près, vers la gauche, trois énormes rochers paraissaient avoir été jetés là, dans les flots, comme des repères semés derrière lui par un Petit Poucet géant en partance pour l'Amérique qui se serait interrompu, peut-être même noyé, dès le début de son voyage. Le ressac venait battre le pied de la falaise pour leur enjoindre de ne pas s'y risquer.

– C'est vraiment beau, souffla Valentin. Je resterais bien ici toute ma vie.

– Peut-être en effet qu'en restant postés là assez longtemps, on finirait par voir revenir le bateau de ton père !

– Même sans ça… dit Valentin.

Gérard sentit le temps arrêté autour de lui. Porté par le souffle du vent, il était devenu une mouette immobile.

## 28.
## RETROUVAILLES

– Non. Ça ne m'intéresse pas. J'ai assez donné. Débrouille-toi tout seul.

Gilbert raccrocha, fier de lui. La voiture roulait sur la quatre-voies vers le nord. Il venait de se rappeler l'existence de son téléphone portable et de l'allumer pour consulter sa messagerie. L'appareil voisinait dans sa poche intérieure avec le petit carnet et soudain il trouva cette proximité indécente. Il remisa le téléphone dans la poche extérieure droite de sa veste. Isaac n'appartenait pas à ce monde, lui seul méritait le calme et les battements de son cœur.

– Eh bien, dit Flore, en lui tapotant la cuisse de la main, voilà qui est envoyé !

– Il n'a que ce qu'il mérite. Il faut croire qu'il y a peut-être une justice, après tout.

Son téléphone ne lui avait délivré qu'un seul message : « Allô, c'est Melchior. Appelle-moi, vieux frère, et fais vite. » Il datait de la veille. Gilbert avait composé le numéro de la galerie. Melki avait décroché dès la première sonnerie.

« Ah, enfin, c'est toi ! avait-il immédiatement embrayé. Je suis dans la panade, figure-toi. Il y a eu un dégât des eaux dans mon sous-sol, une canalisation du restaurant d'à côté qui s'est rompue durant la nuit. Tous les tableaux que j'entreposais là sont abîmés. Une vraie catastrophe. L'assurance me donne soixante-douze heures pour en dresser la liste. Deux cents toiles environ. La plupart d'entre elles anonymes, évidemment. J'ai besoin que tu viennes voir ça tout de suite. Tu trouveras bien des attributions un peu ronflantes, pas vrai ? Ils n'y connaissent rien de toute façon… Ton avis les convaincra forcément.

– Et tes stagiaires, tu en fais quoi ? Ils ne peuvent pas s'y coller ? Tu les paies bien pour ça, non ?

– Ça leur prendrait trop de temps, ils n'ont pas ton œil et ton expérience… Pour toi ce sera un jeu d'enfant ! »

Tant d'outrecuidance… Gilbert n'en revenait pas. Il avait dit non. Conduit par Flore, sur cette route qui gravissait des landes austères, il avait l'impression de retrouver sa liberté. Et quand soudain le paysage s'ouvrit sous leurs yeux pour leur offrir la mer, ciselée par la côte puis étendue à l'infini, il se sentit un autre homme. Plus une seule parcelle de son être ne voulait s'enfermer dans une galerie obscure, encore moins dans une cave. C'était tout juste si l'idée de retourner au Louvre, dans cette salle sans fenêtres où les tableaux le cernaient, ne l'incommodait pas. Isaac lui avait enseigné la meilleure des leçons : nul ne savait quels obstacles il rencontrerait en travers de sa route. Et pourtant, se mettre en mouvement, tenter l'aventure, là se trouvait tout le sel de la vie. Si Flore le lui demandait, il se mettrait à la plongée sous-marine avec elle, il ramènerait dans ses filets les plus rares spécimens d'hippocampes, et ensemble, ils les élèveraient, oui, ils ouvriraient un parc aquatique, un aquarium géant où se concentrerait ce que la mer avait produit de plus beau, et de l'autre côté de la vitre, leurs collègues ébahis les regarderaient s'ébattre main dans la main parmi les créatures marines, agitant gracieusement leurs palmes et leur soufflant à la figure des bulles qui viendraient s'écraser, légères, contre la paroi et leur brouiller la vue.

– On n'est plus très loin, maintenant, dit Flore. Une fois contournée l'agglomération brestoise, il doit rester une vingtaine de kilomètres. Ensuite, on sera vraiment au bout du monde. D'après la carte, la pointe Saint-Mathieu est celle qui s'avance le plus loin dans l'océan.

Gilbert sentit que son intuition était la bonne. Sa mère avait autrefois fait la même remarque tandis que leur père les y conduisait à contrecœur. Ce qu'il voulait, lui, c'était regarder les résultats sportifs à la télévision. Mais Sylvaine Rataud obtenait toujours gain de cause.

Ils arrivèrent en vue du site vers quinze heures.

– C'est grandiose ! s'exclama Flore. Je n'aurais jamais imaginé une chose pareille.

Elle se gara sur le parking aménagé où se trouvaient, en ce dimanche, quelques autres véhicules. En reconnaissant les vestiges de l'abbaye, veillés par le phare et le sémaphore, Gilbert sentit son cœur se serrer : il ne savait pas trop si c'était à cause de souvenirs imprécis ou de cette autre vision – celle du château de Saint-Maurice lui aussi en ruine, détruit par les flammes. Isaac, il s'en rendait compte, regardait par ses yeux, il sentait désormais avec ses sens. C'était un peu sa main qui serrait celle de Flore.

D'autres promeneurs arpentaient les lieux, comme eux, et s'égayaient sur les chemins douaniers, remontant leurs capuches contre le vent qui s'était levé. Ils formaient des taches de couleur animées sur le bleu de la mer.

– Je n'en vois pas un qui soit obèse, grommela Gilbert.

Ils contournèrent chaque pilier de l'abbaye, visitèrent l'église moderne, renoncèrent à monter au sommet du phare, misant sur le fait que Gérard n'aurait jamais pu négocier l'étroit escalier en colimaçon. Après trois quarts d'heure d'exploration, Gilbert avoua sa défaite :

– J'ai dû me tromper, mes souvenirs m'ont sûrement induit en erreur. Il va falloir repartir de zéro. Et cette fois, je n'ai plus d'idée.

– Écoute, ce n'est pas grave. Nous avons déjà bien progressé depuis notre départ. Pourquoi ne pas nous arrêter dans le petit hôtel ravissant devant lequel nous sommes passés ? Cela nous permettrait de réfléchir, et de profiter d'une vraie nuit en amoureux…

Gilbert laissa Flore le conduire jusqu'à la vieille bâtisse restaurée. Il fut séduit par l'intérieur chaleureux et se rangea à son idée. Ils ressortirent avec en main la clé de leur chambre et l'envie de vite s'y retrouver pour faire l'amour face à la mer. La voiture n'était pas loin, il ne leur faudrait pas longtemps pour rassembler leurs bagages. Ils longèrent quelques maisons collées les unes aux autres : face aux intempéries, qui en hiver devaient être redoutables, l'union faisait la force. Un peu plus loin, à l'écart du parking, une voiture grise était arrêtée. Son isolement surprenait en ces lieux. Elle ne semblait appartenir ni à un touriste, ni à un habitant du hameau. Gilbert la scruta machinalement. C'est alors qu'il les vit : l'obèse assis à l'avant et l'enfant à l'arrière.

– Flore, regarde… Là, ils sont là ! balbutia-t-il en lui serrant le bras jusqu'au sang.

– Eh, attention, ce n'est pas une raison pour me broyer les os !

– Que fait-on, maintenant ?

– Eh bien, c'est simple, on va les trouver et leur parler ! Rappelle-toi, tu es ici pour ramener ton frère à la raison !

En approchant du véhicule, Gilbert se surprit à trembler. Il n'était plus qu'à vingt mètres d'eux, et il voyait l'enfant, la tête baissée, intensément absorbé par un objet qu'il tenait à deux mains devant lui – à coup sûr un jeu vidéo. Gérard, au volant, examinait une carte routière et paraissait perplexe. Il se retourna à demi pour poser une question à l'enfant qui ne répondit pas. Quand Flore et Gilbert furent tout près de la voiture, il leva la tête. Dans ses yeux, Gilbert lut la peur et la stupéfaction, brutales, emmêlées. Il adopta des gestes lents pour contourner le véhicule et parvenir jusqu'à la portière du conducteur, dont la vitre était en partie baissée. Flore s'était postée du côté où se trouvait l'enfant. Il pouvait encore s'enfuir par l'autre côté, aussi essaya-t-elle de prendre une posture relâchée et de sourire, afin de l'amadouer.

– Bonjour, Gérard, dit Gilbert, la main sur la poignée.

Il avait la voix cassée ; les mots restaient comme bloqués au fond de sa gorge.

– N'aie pas peur, je suis venu te chercher. Il faut que tu reviennes à la maison… Je veux dire, à la raison. Nous en avons eu du mal à te trouver !

– Mais qu'est-ce que tu fais là ? murmura Gérard, incrédule.

– Je voulais arriver avant la police. Voici mon amie, Flore. C'est elle qui m'a encouragé à partir à ta recherche.

Flore avait ouvert la portière et tendait les bras au jeune garçon, qui lui jetait un regard noir sous ses mèches en bataille.

– Tu peux y aller, Valentin, ce sont des amis, fit Gérard.

Il reposa doucement la carte et extirpa avec peine la masse de sa chair du siège où le volant le retenait prisonnier.

– En fait, ce monsieur est mon frère. Il s'appelle Gilbert.

Les deux frères se tinrent un instant face à face, muets, immobiles. Ils avaient la même taille, les mêmes cheveux, les mêmes yeux. L'un paraissait juste être une version étrangement surdéveloppée de l'autre. Ce fut le plus mince des deux qui ouvrit les bras pour recevoir son double obèse, l'étreignant aussi étroitement qu'il pouvait sans toutefois parvenir à faire le tour de sa personne. Flore avait posé sa main sur l'épaule de Valentin et tous deux contemplaient, interdits, cette accolade insolite.

– Et toi, tu vas comment? murmura-t-elle en se penchant vers l'enfant. C'est Gérard qui t'a forcé à partir?

– Pas du tout, on a décidé d'aller chercher mon père, ici, en Bretagne. Il est marin, vous savez? On l'a pas vu parce qu'il est parti très loin et qu'il reviendra que dans trois mois, mais on s'est bien marrés. On en a fait de ces choses, en trois jours! Le seul truc qui m'inquiète, c'est que Gérard a un problème au cœur. Hier, j'ai même cru qu'il allait mourir…

– Rassure-toi, on va le faire examiner par un médecin dès que possible. Il n'a pas l'air trop mal en point. Il devrait tenir le coup, Gilbert y veillera.

Quand ils eurent desserré leur étreinte, les deux frères se tinrent de nouveau l'un devant l'autre, gênés.

– Bien, dit Gilbert, maintenant, il faut agir. Plus tôt nous préviendrons la police, plus tôt cette chasse à l'homme s'arrêtera. Et si tu te rends de toi-même, ils seront plus indulgents.

– Gilbert, enfin, protesta Flore, nous ne sommes pas à une heure, ni même à une demi-journée près! Laisse-leur le temps de se rafraîchir et de souffler un peu ! Avant toute chose, Valentin, tu dois appeler tes parents et les rassurer. Ils doivent être fous d'inquiétude.

– Y a que ma mère, je t'ai dit, grogna le garçon.

– Eh bien, à plus forte raison, vas-y, prends mon portable, explique-lui que tu es en sécurité, que tu vas bien et que tu rentreras le plus vite possible.

Valentin s'exécuta. Des cris lointains furent poussés dans le combiné et des larmes perlèrent aux paupières de l'enfant. Après quelques minutes, il raccrocha.

– Ça va… Mais elle va me passer un de ces savons !…

– Je ne lui donne pas tout à fait tort, fit Flore. On essaiera d'arranger ça, de lui faire comprendre que tu avais besoin d'air. Je ne sais pas ce que vous mijotez, d'ailleurs, tous les deux. Vous comptiez aller où, après ?

– Justement, je n'en avais aucune idée, dit Gérard dans un soupir. Il faut croire que l'aventure est finie.

– Voilà ce que je propose, déclara Flore. Toi, Gilbert, tu vas aller à l'hôtel réserver une deuxième chambre à notre étage, en expliquant que ton frère et ton neveu nous ont rejoints et qu'ils y passeront aussi la nuit. Moi, pendant ce temps, je les emmène par l'entrée que la réceptionniste nous a montrée, sur le jardin, et on se retrouve là-haut. Comme ça, vous deux, vous pourrez vous débarbouiller et passer une bonne nuit au calme avant le retour à la réalité. Elle risque d'être un peu dure à affronter…

Chargés chacun de leur sac, ils se mirent en marche. Gilbert jeta un regard en arrière vers son frère qui avançait d'un pas pesant et chaloupé. Une tendresse inattendue s'empara de lui. Gérard avait défié le pays tout entier et déjoué tous les pièges, suivant son idée fixe avec lenteur et bonhomie. Il méritait bien la médaille de la ténacité ; ou de l'inconscience ; ou les deux à la fois.

Gérard et Valentin s'installèrent dans une chambre mansardée où deux lits nichaient chacun sous une pente du toit. Les murs étaient tendus d'une toile blanche ornée d'un semis de fleurs rouges. Gilbert et Flore posèrent leurs bagages dans une vaste chambre d'inspiration marine, dont le balcon donnait sur la mer. Pour l'heure, l'envie de s'ébattre les avait quittés. Ils restèrent allongés à même le couvre-lit, leurs têtes collées l'une à l'autre, soupesant mentalement la situation.

– L'enfant va bien, c'est le principal, finit par dire Flore. On ne pourra pas accuser ton frère de grand-chose, si ce n'est d'avoir entraîné un mineur dans son escapade. Il ne lui a fait aucun mal, ça se voit, le petit est même inquiet pour la santé du grand. Ce sont deux gamins, au fond. Ils n'ont pas vu les conséquences de leur aventure. J'espère que la justice saura en tenir compte.

Gilbert ne répondit pas. Il était hébété, comme assommé par ces retrouvailles. Contre son corps, il sentait encore l'embonpoint de son frère, cette sensation de mollesse accueillante. Douze ans qu'il ne l'avait pas revu. Il ne savait pas à quoi ressemblait sa vie. Il fallait pourtant que Gérard ait quelque chose, une forme particulière de charisme, pour se lier d'amitié avec un sauvageon de son voisinage et l'entraîner ainsi à l'autre bout de la France sur un coup de tête. Contre son cœur, aussi, il sentait le poids du petit calepin qui renfermait les secrets d'Isaac. Treize ans qu'Isaac avait quitté la maison de son père. Cette histoire-là, elle aussi, serait bientôt close. Depuis des mois, Gilbert avait voyagé en sa compagnie. Il avait partagé son bonheur et ses souffrances. Il savait désormais tout de lui.

Il déposa un baiser sur la joue de Flore. À chaque fois, elle lui faisait l'effet d'un fruit velouté. Il l'aurait volontiers dévorée. Plus tard, ce soir, sûrement. Mais en cet instant précis, le contact de sa chair parfumée lui offrit comme un brusque concentré de réalité. Ce qui comptait, au fond, n'était-ce pas avant tout ces corps qui l'entouraient, celui de la femme allongée à ses côtés, celui de cet enfant farouche aux cheveux en bataille, celui de son frère, occupé à se doucher et à se raser dans cette chambre au bout du couloir ? Oui, lui, Gilbert, était en vie, probablement pour quelques dizaines d'années encore. Il était temps de remiser ce carnet où palpitait une créature de mots et non de chair. Isaac, bon prince, l'encourageait ; il diffusait un rayonnement de son cœur vers les extrémités de son corps, lui insufflait l'envie de se lever et de rattraper le temps perdu.

– Il faut que j'aille voir mon frère, dit-il en se redressant sur son séant. Il y a trop longtemps qu'on s'est perdus.

Flore serra sa main et acquiesça en silence.

## 29.
## CALEPIN, PAGES 31 À 34

28 mars, 23 h 30

Moi aussi, quand j'ai perdu ma mère, je m'en souviens soudain seulement aujourd'hui, je me suis retrouvé debout dans un parc, perché sur une butte, regardant la ville déployée autour de moi. Je ne savais même pas comment j'étais arrivé là, ni quel besoin avait guidé mes pas. Je sentais l'air vif et léger, agité par la brise, qui m'enveloppait ; des inconnus allaient et venaient autour de moi. D'en bas, tout autour, montait la rumeur de la ville. Mes sens étaient à la fois développés à l'extrême et comme étouffés – comme s'ils percevaient tout avec une acuité douloureuse et que pourtant cette réalité n'était qu'un vide immense, habité par des formes trompeuses. J'étais là, debout, vivant, et ma mère était morte. Ce que je percevais, elle ne le percevrait plus jamais. Le monde continuait à s'agiter comme si de rien n'était, mais elle n'en faisait plus partie. Je m'étais retenu de hurler. C'est tout cela que je retrouve en me mettant dans la peau d'Isaac.

Il se tenait debout sur une colline, d'où il voyait la découpe des remparts de Corbie et les mouvements désordonnés des troupes. Les Espagnols donnaient des signes de faiblesse. Les armées du roi avaient leur chance. Là-bas, vers l'est, ils pourraient sans doute percer une brèche. Parce qu'il montait bien à cheval et qu'il avait une autorité naturelle, Isaac, une fois sa blessure à peu près guérie, avait été versé dans la cavalerie, l'arme d'élite. Du haut de la colline, il regardait avec ses camarades l'artillerie se mettre en place à portée des remparts. Leurs chevaux piaffaient d'impatience, pressés de donner la charge à travers la plaine qui se déroulait devant eux. Isaac sentait la lanière de son casque qui l'étranglait presque, il portait au côté une rapière et un mousquet, et jouait nerveusement avec sa hache. Autour de lui, les autres dragons attendaient le signal de la charge.

Pourtant, il était là sans y être. Les silhouettes qui se battaient, au loin, lui paraissaient moins réelles que les petits soldats de bois qu'il avait taillés pour ses deux fils, dans sa vie d'avant. Il revoyait les branchettes qui leur servaient de lances. Agenouillés contre la pierre chaude de la cheminée, ils jouaient à s'entretuer. Il entendait leurs voix de petits hommes et celle de sa fille, pour qui il avait sculpté une poupée. Elle s'amusait à venir les tancer et à les exhorter à la paix. À présent ils étaient morts pour de bon. Ses yeux se voilaient, ses oreilles bourdonnaient, l'espace autour de lui était d'un bleu infini et froid en ce début de novembre. Seules montaient les colonnes de fumée des canons qui crachaient leurs boulets avec vigueur. Pour Isaac, tout cela n'existait pas vraiment. Il s'en voulait d'être en vie et de discerner les êtres et les choses avec une netteté si incongrue. Il portait en lui le souvenir de ses morts à qui il n'avait pas pu dire adieu, il lui semblait que c'était eux qui voyaient désormais par ses yeux, et il ne savait plus bien qui il était lui-même, un mort ou un vivant. Se jeter dans la bataille lui était indifférent. Son corps bougeait de nouveau sans trop de difficulté, ses bras maniaient le fer et le feu comme une mécanique de précision, il fondait sur l'ennemi et le taillait en pièces au mépris du danger, car il n'aspirait au fond qu'à rejoindre les siens. Pourtant, il était à cette heure toujours vivant, et même, aux yeux de la troupe, auréolé de ses actes de bravoure. Le roi en personne, alors qu'il les passait en revue – dragons, cuirassiers et carabiniers, tous au garde-à-vous, impassibles à côté de leurs montures –, lui avait donné l'accolade après que le capitaine eut glissé quelques mots à l'oreille du souverain empanaché en le désignant, lui, Isaac, le mort vivant, du menton.

29 mars, 2 heures du matin

Je ne peux pas dormir. Dans quelques heures j'ai rendez-vous avec elle. Nous partirons à la poursuite de ce frère que je ne connais plus. Je me demande ce qu'Isaac en dira. Se sentira-t-il trahi si je l'abandonne là où il est ? Non, je ne crois pas. Il comprendra. Il attend juste que je finisse son histoire. Peut-être alors pourrai-je me consacrer à la mienne ?

Après la victoire de Corbie, Isaac et sa troupe avaient eu droit à trois jours de repos, à des barriques de vin et à des tonnelets de bière. Isaac ne pouvait pas boire. Il pensait aux paysans à qui on les avait volés. Des misérables dont on avait pillé les demeures avant de les réduire en cendres. Pendant toutes ces semaines, il avait combattu avec une ivresse étrange. Une fontaine aigre se déversait de son cœur, inondant son corps, décuplant sa force, le rendant insensible aux cris et aux coups. Aujourd'hui, parmi les hommes ramollis du corps de garde, il fumait sa pipe avec concentration, ne se laissant étourdir que par les volutes du tabac. Il avait vu le massacre fondre sur lui, puis il avait massacré à son tour. Il ne distinguait plus le bien du mal. Il n'était plus vraiment de ce monde.

Quand on avait demandé des volontaires pour une mission de reconnaissance dans le sud-est de la région, Isaac était sorti des rangs. Le roi voulait signifier sa puissance aux villages les plus reculés, les assurer de son engagement à leurs côtés et leur rendre un semblant d'espoir. Mais partout où s'avançait la troupe de cavaliers, on se barricadait avec terreur, on jetait à leur encontre insultes et malédictions. Jusque dans sa Thiérache natale, la désolation s'était répandue et Isaac voyait aux fenêtres des cordes où les paysans avaient pendu des chapelets d'oreilles coupées – trophées pris sur l'ennemi, destinés à les repousser eux aussi. À leurs yeux, ils étaient des soldats, des pilleurs et des violeurs. Qu'ils soient envoyés là par le roi, ou mercenaires à la solde des Espagnols ou des Suédois, le résultat était le même : après leur passage, les femmes berçaient dans l'ombre leur honte et leurs ventres saccagés ; certaines, n'y tenant plus, allaient se noyer en silence. Les champs étaient piétinés, les étables vidées. La faim était si cruelle que, disait-on, certains déterraient les cadavres ou mangeaient leurs nouveau-nés. Des semaines encore après l'assaut, on retrouvait dans les fossés des corps mutilés dont on ne savait plus dire à qui ils avaient appartenu.

Quand il avait franchi le seuil de la maison de son père, il avait eu le regard comme abîmé par cette vision. C'est à peine s'il reconnaissait les siens, ou du moins ce qu'il en restait. On ne le fêtait pas comme un fils prodigue. On le regardait, c'était tout. Les yeux braqués sur lui étaient emplis d'émotions diverses. Certains pensaient qu'il revenait en sauveur, d'autres le tenaient pour coupable. La guerre avait à ce point endommagé les esprits que plus personne ne savait où se logeait la vérité. Lui, Isaac, pouvait être tout et son contraire.

30 mars, 9 heures

Quelque chose s'est ouvert cette nuit. Pour la première fois, j'ai envie de lui être infidèle : Isaac a vécu. J'ai porté sa douleur en moi trop longtemps. Je dois vivre à mon tour. Flore m'appelle. Elle est le printemps. Nous faisons route ensemble. Je ne suis pas le gardien de mon frère. Je le talonne, mû par ce désir étrange qui s'est soudain emparé de lui. Je veux le rattraper, le serrer dans mes bras, lui dire qu'enfin je le comprends. Que mon appétit est aussi grand que le sien, et que j'avalerais le monde.

30 mars, 23 h 30

Je sais à présent ce que je leur dirai lorsque je retournerai les voir, salle 29 :

« Je suis là, parmi vous, cerné par vos regards. Un revenant en point de mire. Vous n'osez pas me reconnaître, et pourtant vous ne me reconnaissez que trop. Durant tout ce temps, vous m'avez tenu pour mort. Votre deuil de moi était fait. Mon absence s'était installée en vous et peu à peu, elle était devenue définitive. Aujourd'hui, vos yeux crient et s'exclament, de joie, de surprise ou de terreur. Je me trouve dans l'intéressante position du défunt qui continue de voir les siens par-delà son propre trépas ; qui les surprend dans leurs activités, le marteau sur l'enclume, le verre à la main, le nourrisson dans les bras ; debout, assis, perchés sur la charrette. Là d'où je reviens, certains d'entre vous sont allés. L'orage aussi s'est abattu sur vous, a détruit vos maisons et décimé vos familles. Aussi aujourd'hui, en me voyant, vous ne pouvez dire qui je suis. La victime ou le bourreau ? Désarroi sur vos visages : vous ne savez plus. Je ne le sais plus moi-même. Je crois que je me suis perdu.

Vous êtes sagement restés chez vous. Il y a treize ans, j'ai pris la route et j'ai bien dû faire avec les cahots du chemin. Je reviens dans les habits du soldat qui n'a plus pour richesse que l'arme à son côté. J'aurais pu revenir vêtu comme un prince. J'aurais pu ne pas revenir du tout. J'ai joué ma vie à quitte ou double. Au moins j'aurai vécu.

Vous avez peur. De la guerre et de ses ravages, bien sûr. Mais aussi des hommes comme moi, et même de mes frères peintres, qui vous ont pourtant portraiturés avec tant d'amour. Vous avez peur de nous, qui avons osé partir et rompre le pacte immobile. Pourtant je vois briller dans certains de vos yeux une petite lueur qui dit l'envie : peut-être, vous aussi, si vous osiez…

Il faut que vous sachiez ; que vous regardiez les choses en face : devant nous, il n'y a rien d'autre que la mort. Nous marchons vers le néant. De mon périple, je n'ai pas rapporté d'autre savoir. Je suis un homme usé. Hier un soldat blessé ; aujourd'hui un obèse traqué. À travers tout le pays, les écrans renvoient mon image et m'accusent, comme le font vos yeux aussi. J'ai le souffle court, ma chair me pèse et m'encombre. Pourtant, pour la première fois, je suis fier de moi. J'ai mené cette chair où je voulais. Je lui ai rendu le goût de vivre. Je l'ai rendue aux siens. Elle n'est plus seule. Elle exulte, voyez-vous.

Cela vous arrangeait de me croire mort. Vous pensiez être les seuls à vivre. À présent, vous voudrez me punir. Mais avant de refermer les barreaux, pensez-y : je suis votre frère. Et, que vous le vouliez ou non, notre route est la même. »

Ce livre doit beaucoup aux travaux du professeur Jacques Thuillier, à qui il est ici rendu hommage. Le lecteur pourra se reporter à son ouvrage : *Les Frères Le Nain*, catalogue d'exposition, Paris, éditions de la RMN, 1978.

Achevé d'imprimer sur les presses de France Quercy à Mercuès en mai 2009
Dépôt légal : août 2009 • ISBN 978-2-84742-139-2 • Imprimé en France